黑暗中的人，不要枉费你的空想与苦痛。

瞎子

SON OF THE DARKNESS

路魅——著

時代文藝出版社

图书在版编目（CIP）数据

暗子 / 路魃著. -- 长春 : 时代文艺出版社,
2022.3
ISBN 978-7-5387-6931-9

Ⅰ. ①暗… Ⅱ. ①路… Ⅲ. ①长篇小说－中国－当代
Ⅳ. ①I247.5

中国版本图书馆CIP数据核字(2021)第207257号

暗子
AN ZI
路魃　著

出 品 人：陈　琛
责任编辑：王金弋
装帧设计：李　扬
排版制作：隋淑凤

出版发行：时代文艺出版社
地　　址：长春市福祉大路5788号　龙腾国际大厦A座15层 （130118）
电　　话：0431-81629751（总编办）　0431-81629755（发行部）
网　　址：weibo.com/tlapress（官方微博）　sdwycbsgf.tmall.com（天猫旗舰店）
开　　本：880mm × 1230mm　1/32
字　　数：234千字
印　　张：11.25
印　　刷：三河市万龙印装有限公司
版　　次：2022年3月第1版
印　　次：2022年3月第1次印刷
定　　价：48.00元

目 录

1 暗子图谱

虚数是美妙而奇异的神灵隐蔽所，它几乎是既存在又不存在的两栖物。

一

我出生在第五纪的X市，没有确切的出生年月。自幼年时代，妈妈便多次跟我说，我没有人类父亲，我是她感孕而生的孩子。与其说是感孕，不如称之为凭空造物吧，但她既非女娲，我亦非泥人，皆为血肉之躯。在我一再追问之下，妈妈终于说："你的生父是一只山魈。"此回答无疑更加荒谬。一天，我迷路经过沙门寺，在里面逗留了一个下午。我从一位僧人口中得知，山魈是一种传说中的妖物，也是一种猿猴的名字。这种猿猴生活在第四纪早期，如今早已灭绝。僧人的恳切回答让我更加肯定，我是妈妈和男人野合生下来的孽种。后来我想回到沙门寺，试图进一步厘清某些困扰我少年之心的问题时，却再也找不到去路。

我的外祖父苏祖全，年轻时在X市的剧院做文员，奋斗大半生后终于晋升为院长。他的院长生涯只短暂地维持了一年，便因为他的心脏病频繁发作而宣告结束。我在他留给妈妈的书里发现了《聊斋志异》的手稿本，其实只是一个空书壳，里面只有一个故事被存留下来，记载的恰巧是孙太白遭遇山魈的奇事。生活在第五纪的人们，对古人的想象力失去了好奇，这种书早已没有读者。舅舅与妈妈早就断绝来往，很大原因在于我。他对妈妈的婚姻不满意。但这里面根本不存在婚姻，如妈妈所说，她没有步入任何婚姻，是一夜之间感孕的。舅舅不相信这种胡话，他将妈妈坚决生下我的决定看作是她人生的耻辱。我本不该成为出生前那个旧世界的受害者。

以上种种证据足以支撑我的猜测：为了糊弄我，妈妈从她父亲的书架上随便拿来一个古代怪谈的角色充当我父亲，以为就此可以镇住我，打消我追问那个不负责任的父亲是谁的念头。妈妈早就盘算好了，如果我敢拿自己父亲是山魈的事在学校里四处说，肯定会被当成小疯子。我把她的言行看作是对一场羞耻苟合的障眼法，直到后来我才明白，她并没有说谎，至少她本身对感孕一事深信不疑。在这个人人都想成为天之骄子的年头，受山魈的感孕而生岂不是污秽之子？这个恶名伴随我多年。

妈妈不姓孙，我之所以姓孙，全因为手稿本里的主角孙太白的姓氏。“孙圣西，去往西天取经的孙大圣。”对这个名字，妈妈曾赋予它这样的含义。污秽的起源，神圣的寄望，那是我一生的矛盾……妈妈是我童年时唯一的依靠，即使她满嘴胡话，在信与不信之间，我的童年乃至青年时代，依然承受着一种难以言说的“无我”之苦——它是一块多棱石，可触可感，痛感鲜明而丰满。我活在时间之外那块没有身份的空白中，在我之前，有人因为这种苦恼而惶惶不可终日吗？肯定有，但最终得以超脱的又有几个？

妈妈对我越来越严厉了。舅舅一家又不欢迎我们，几个姨妈也远嫁他方。我只好跑到外祖父于生前——他现今已魂归天国——任职的市剧院，希望抓住渺茫的机会，在那里为自己谋一份工作，过上独立的生活。

“院方能否在下一部戏为我安排一个小小的龙套角色？”走入市剧院时，我这么开口请求道，“说实话，我不知道自己是不是一个真正的人，未来又要成为谁。如果在这里，我可以有个什么身份，至少能让我继续生活下去，哪怕是虚拟的，我都会感激不尽的。作为条件交换，我愿意在这里免费干活，比如做做文员，就算打扫卫生也没关系。当是给我外公一点儿面子吧。”

这样的开场白太突然，又太奇怪。

“唔，我倒是认识你外公。”保卫科的人只听懂了我最后一句话，“但我最多帮你到这儿。”他给剧院人事部打了电话。

随后，人事部的一个小职员出来见我，听完我的话后，觉得我是在为难剧院，便说：“你四肢灵活，说话振振有词，脑筋看不出问题，为何会有这种奇怪的想法？”

“哎，肢体、语气、血肉和骨髓，都只是一朵白色火焰，一朵飘浮在空中的白色鬼火，若无根又无源，灭了就再也难复明啦。”我解释道。

我拥有强烈的自我意识，也有着对“无我”状态的清醒认识。

“既然你外公是前任院长，你不会不知道剧院的规定吧？”他问我。

“什么规定？确实不知道。”我回答。

“你有这层人事关系，要是在别的剧院，不是不能通融一下。但市剧院有固定的班底，从来都是宁愿解聘一群不及格的演员，也不会轻易增加半个对舞台效果不利的演员。”他坚持要赶我走。

我不得已绕过小职员，直接找到人事部总监。人事部总监当年和我外祖父一起来到剧院任职。见我刚毕业，于是他以招聘实习生的名义将我招进了剧院。一开始，他考虑的并非解决我的根本问题，而是为了安抚死者的家属，尽一个多年同事的责任，这才破例准许我进入剧院。

“圣西，你知道，”人事部总监说，“市剧院跟其他剧院不一样，这里每一个演员的角色都是固定的。他们一生只演一个角色，他们的日常生活，包括衣着、言行、名字等等都会按照剧本指定角色的属性来安排。也就是说，这里的生活没有戏里戏外之分。另外，演员大多数生活在剧院，除非得到特别允许，从不外出活动，为的就是保持与角色关系的纯度，你要有忍受长期封闭生活的耐力。你想过自己以后的职业发展吗？”

“当然，我想过当画家。”我说，“难道你们的剧里有这样的角色给我演？”

“无可奉告。你太急了。”人事部总监摇摇头，“我不能因为你想当画家，就不加考虑地为你安排类似的角色，这会破坏我们目前剧本的逻辑完整性。而且，任何角色和故事线，都是深思熟虑的结果，不能随便确定，它们是构成剧院的重要命脉，关系到剧院的至高荣誉。如果观众在观看表演期间，对演员的演出有任何出戏的感受，对我们来说都是致命的打击。因此，招你进来，是我冒着极大风险做的决定。至于你能得到什么角色，需要进行一次严格的面试。我们决不允许任何破坏角色设定的行为，简单来说就是：安分守己，恪守角色天性。”

“这听起来很复杂。不过，‘安分守己’四个字，我还是听得懂的。”

“嗯，那是好事。”

人事部总监安排我入住剧院宿舍，等待面试。他还要我准备一份详细的回忆录材料，回顾我的童年往事，以及如今作为一个青年对世界的看法，这有助于他们来最终确定我到底适合饰演什么角色。人事部的小职员见我走关系成功进入剧院，没给我不好的眼色看，只是说：“所有角色都是天注定的。我能做什么呢？来，签了这份合同吧。”这位叫春聿的小职员摊开合同，把墨水笔塞到我指间。这份合同写明，一旦被接纳为实习生，我就有义务为剧院付出除了作为演员以外的劳动服务，比如文员、打杂、清洁卫生、耕种生产等等，直到我的角色最终确定下来。这时的我是多么高兴啊！签署合同，意味着被接纳，意味着能够逃离妈妈所在的那个苦闷家庭的掌控。

于是，我欣然签署了这份后来被证明是跟魔鬼交易灵魂的合同，而我又何以拥有浮士德的学识和心智，在这里获得真理和救赎？

此刻我正在X市的剧院，度过青年时代某一年的某一天，在手抄本上记录傍晚时分要向人事部提交的回忆录材料。书写回忆录是我每天的工作，它有利于人事部根据材料判断我的角色定位，顺便大发慈悲地救治我所谓的“无我”之苦。即使不写回忆录，我也能确切告诉他们，我妈是一切的源头，但这样无法拯救我自身。剧院没有权力在精神道德上指责我妈，要她停止对我造成更深的痛苦。我要在回忆录中，逐条逐例地把我的痛苦成因写清楚，若能因此获得一个角色，在观众面前演出，那么全世界都会从此相信，我是一个有灵魂个性的人，撕掉山魈之子这块疮疤。

在我之前，剧院从来没有这样一个实习生的职位，现在它完全是因我而设。春聿说，当年来这里工作的演员，在进来之前就已明确自己在这个剧院，或者说是整个人生角色的定位，那都是天注定的，也如人事总监所言，从来“安分守己，恪守角色天性”。言下之意，我是整个剧院里唯一需要依靠回忆录来确定角色定位的人，低人一等！

剧院有明确严格的管理体制，基本不允许演员外出。然而，这里时常大门洞开，离大马路很近。“为的是考验演员的定力。”春聿告诉我，“不过，即使演员们偷溜出去，他们也没有地方可以去，他们早就对社会和家庭厌倦了，这里提供的剧本和舞台才能给予他们生命的热情，所以哪怕有演员耐不住性子溜出去，最终也会一个个跑回来。”

剧院给每个演员制订了一套日常作息表，固定活动有朗诵和背诵台词、练习走位、洗冷水浴、劳作之类，根据季节不同，还会增补新活动作为过渡调节。现在是演出淡季，我的到来恰好填补了时间空白，聆听我的回忆录报告将加入演员的日常活动列表。

每到台词训练时间，剧院就是这个宇宙最嘈杂的地方啦。每个角落都充满演员朗诵和背诵台词的声音。念台词具有跟一般谈话不一样的能量，对其他非演员的职员来说，这近乎折磨。因为在剧院出演的全是悲剧，而莎士比亚的悲剧是常演剧目。台词语气，激昂，撕心裂肺，充满自省，具有强大的思维声波。

为了将这种强大的声波加以利用，剧场还引进声音发电装置，在霍尔姆兹共鸣器收集声波、声学晶体共振腔驻留声波的基础上，通过电极把大脑接入装置，捕捉存在于大脑隐藏区域的思想潜流，转化为电能，统一储存在剧院的供电系统中。电压通常是不稳定的，时高时低，这取决于当天演员在角色身上的自我代入程度：反派人物的奸诈、堕落和忏悔，正派人物最初的正义、中期的迷惘以及同样来自最后的忏悔与自省——种种跌宕起伏的精神感交织，从演员的喉舌喷薄而出，电压过高时，整个剧院的电灯甚至会过压爆掉。

经过每天刻苦的训练，演员对台词想必已了然于心，死死刻在大脑深处了吧。事实相反，剧场为了清空演员对台词的记忆，在他们睡眠之前，都会给他们每人派发一杯含有降低乙酰胆碱功能的特制药水。药水的量必须要控制好，若过量会直接摧毁某一段大脑记忆，甚至使演员陷入昏迷，危及生命。只要控制得当，翌日，演员便会几乎忘记昨天背诵过的台词，利用这种手段迫使他们重新掏空大脑，如同进入记忆搜索的轮回，直到药水不再对他们的记忆产生影响为止。亦即意味着，演员将永生不会遗忘自己的角色台词和性格，直至成为角色本身。只有最入戏的演员，才能毫无折损地呈现那些经典角色的灵魂——无论是邪恶的，还是纯洁的。

我仔细研究过这套系统的运作机制，发现痛苦才是电力的根本来源。每天降低乙酰胆碱含量，演员会因为精神不振无法启动大脑，进而无法进行回忆，结果自然是焦虑和抑郁，又由于担心给这座视荣誉为生命的剧场丢脸，不得不反复进行台词训练。而那些竭力对抗药物影响的演员呢，搜索枯肠，终于抵达回忆的维度，彻底成为角色本身，时时刻刻沉溺在角色世界中。这两种情况所产生的痛苦是供电系统的电力来源。他们心甘情愿接受这杯每天定时提供的药水，只为成就一个经典角色。

“头顶上电灯的柔光，就是我们的思想华光！”

剧院广播系统每天都在播放这句话。也许是跟我们开玩笑吧。虽然人类清醒时大脑产生的能量可以点亮一盏小灯泡，而全球的人类一起讲话产生的声波能量，抵得上一个大型发电站一个小时输出的电能——但我绝不相信从这里所转化的电能，大到足以支撑供电系统，不过它的确可以成为让供电系统过载的最后一份能量。

每个人手上都佩戴一个微型电压表，上面有读数，能检测输出能量的大小。这个小小的装置成了我们赌博的工具，当天达到最大电压的人会被奉为“王”，最低电压的则是“卒”。当然，赌博是私下进行的，赢或输的人都不会得到剧场的奖惩。但个体输出的总电量，会作为考量一个演员荣誉的标尺，数值越大，越能说明人戏合一。这份荣誉，是他们毕生追求的目标。

除了书写回忆录，我要跟其他人一起参加日常劳作：采集风球草和捕猎草原鼠。除此之外，夜深时我还要去打扫卫生间。我经常躲在里头不打扫，在夜的宁静中想起独自一人在外的妈妈。劳作一般在午睡结束后开始，听到鼠鸣一样的尖锐铃声，我们就排队去工具房领取捕猎工具。这两种日常劳作干起来很难。

我的老师张先生，他在“夜游者的废墟”生活过，在那里他也曾以风球草和草原鼠为食。“夜游者的废墟”，是X市乃至整个省份的一个最奇特的坐标，是一个流放地，是自暴自弃者的聚集地。张先生曾向我描述过那里的生活，当时我并没有放在心上，后来我才领略其中神秘独特的风景。

三月底，我即将进行第一次报告。报告在劳作结束后的下午，或晚饭前的黄昏进行。在这两个时间点之间，我身心俱疲。虽说我的主要任务是撰写回忆录，不能接触台词训练等正式环节，可是书写回忆录也足以耗尽我的精力。

春聿来到我的宿舍，要我背对墙，套上黑头套，在手上拴一根绳子。我顺着那根绳子一直走，就能走到报告厅。我只是去做报告，为什么要把我弄得像一个囚犯呢？原来这是剧院的一贯手段，任何行为都必须带有表演性质。这次他们想搞一个模拟法庭。他们打算用法庭审理的形式，像听囚犯自我辩白似的聆听我的回忆录报告。我非常兴奋，虽然无法正式参演舞台剧，但这样的日常生活已有足够的戏剧性。然而，我一时很难适应这种刻意的走法。首先眼睛看不见，再者，绳子软塌塌地撂在地上，没有方向感，很容易碰壁。后来我发现只要把绳子用力抻直，手就能感受到一个拉扯的力道，这样行走会更具方向感。

在报告厅门口，春聿摘下我的头套。

我问春聿："我身在何处？"

春聿深吸一口气，说道："只有自省！这里只有自省！你需要镜子，看清自己。"

我回答："我认不出镜子里的自己，实在过于丑陋。"

我们用舞台腔表演似的一来一回地说着，像演对手戏的两人在对台词。这儿不是报告厅，而是排演舞台剧的圆形剧场。"不好意思，由于没有额外空间用来修建报告厅，我们只能暂时挪用圆形剧场。暂时委屈你一下。”春聿如是说。这才不是委屈我呢，他不知我是多么渴望踏上舞台！春聿穿着带领结的燕尾服，像个谦卑的服务生，解开我的绳子，推开剧场木门领我走进去。

作为临时报告厅，圆形剧场的装饰还处于整修过渡阶段，夸张花哨的戏剧道具挂在墙上还没清走。那个所谓“法官席”的上方，挂着三个形容可怖的女巫布娃娃，是前天《麦克白》上演结束后留下来的。有几位女演员不愿意穿上戏服来演女巫，她们觉得自己的心足够邪恶，足以凭本色演出，剧院只能请人做三个女巫布娃娃代替她们，并开除了她们。舞台就在剧场中部，“法官席”在最前方，“陪审团席”像罗马斗兽场的观众席，高于地面，环绕四周。我要站在舞台的中央进行回忆录报告。春聿把我送上舞台，上面竟还有个小笼子。“我在杂物房发现了这个笼子。在笼子里做报告看起来更像法庭呢。”春聿对自己的独特设计感到满意，打开笼门请我进去。我成为笼中物，茫然地观察这个狭窄的空间。

在场人员中，有几张我很熟悉的脸。我不敢确认他们是不是我记忆中的“他们”，因为他们已经在多年前去世了。比如在剧场边上布置道具的中年人，是我和妈妈住在高斯大区时的邻居——易德叔叔。他年轻时上过战场，退役后在高斯大区开了一家商店，卖从战场上收集的子弹和子弹壳制作而成的纪念品，令人惋惜的是，他最后在里面饮弹自尽，大概源于战争创伤吧。那些死去的人在这里继续着他们真挚永恒的事业，有些很久以前就要完成的事，在他们死后就一直搁置，比如纪念、爱情和理想。在这里，他们得以享受一种二手生命。春聿告诉我，那些生有执念的人，死后在这里会变成一道影子，成为剧本里的幽灵演员，他们是剧院另一个重要的构成部分。

“法官”和几位“助理”依次落座，面前各有一份回忆录复印稿。“请报姓名。”“法官”说。透过笼屋的栅栏，我一下子认出那位“法官”，就是我死去的外祖父苏祖全——学识渊博的外祖父，孙太白奇遇手稿本的抄写者，剧院的前任院长，我妈妈的父亲，我上一级灾难之源——这统统是他的身份标签。

“我叫孙圣西！”我高声说。为了验证法官是不是外祖父，我补充道：“苏元元之子。”法官的神色没有变化。在这里复活的人记忆都被清除了，复活的只是模样，以及延续下来的生存惯性。法官跟外祖父的模样极似，不苟言笑，长着瘦削的马脸，身材高大，每回说话前总要用狐疑的眼神盯着对方一会儿。现在坐在席上的那个老头，就像外祖父生前常做的那样打量我，凝视我，欲言又止。我和外祖父曾有过一段天天绕着数学运算转圈的相处时光，数字和符号是我和他生命之间无解的密码。我能否唤醒他被抹去了的生前记忆？

“我第一次见你这样的年轻人，竟然要别人给你定位角色。实在荒谬！你是什么样的人，该在这个社会、在这个剧场里扮演什么角色，难道你没有一点儿自知之明？”法官以严肃又带着嘲讽的语气质问我，揶揄我，“你站在上面准备给我们表演朗诵？你的朗诵能比得过其他专业演员吗？”

“阁下，我正是因为不知道自己是什么人才来求助剧院的。另外，我这不是朗诵，但您要是说它是表演，我会很感激。我已经完成了回忆录的第一节，”我举起手中的回忆录，“请您先听我读完第一节，再做判断。”

法官又盯了我好一会儿，才继续说道：“朗诵和表演的工作，应该在正式舞台上进行。你站在这里，完全是在浪费双方宝贵的时间！”

“阁下，我认为剧院的存在目的，首先是为了给观众呈现一场又一场精彩绝伦的戏剧表演，至于演员呢，在其他剧院里通常被看成是表演工具，只有舞台角色才是灵魂所在，才是赚钱的核心所在。但市剧院显然把演员的地位提升到了另一个高度，要求他们成为角色本身，融为一体。我非常佩服和赞赏这一点。听说昨天你们解聘了几个演员？正好有空缺，何不考虑一下我呢？你看我，我是一个空白的人，是一张还没有写上台词的白纸。我跟其他演员不一样，他们进来之前，角色就已是天注定的——而我呢，你们想在上面写什么，我就是什么。我这不是越俎代庖，但我认为，剧院是时候需要一道流动的活水，灵活处理角色的替补问题，消除观众对于重复演出的厌倦，增加新的可能。如果阁下认可这一点，也就是认可您的工作。在我进来之前，您身在何处呢？工作是什么呢？您还记得吗？恐怕您的这份记忆并不牢靠，或者不存在。您是因我而出现的。我是第一个进来剧院却没有角色自我定位的人，至于这个自我是为何物？全由院方定夺，我一概接受。虽然我不能保证写完回忆录后，一定能认清自己的定位，说不定效果还不如天天对着镜子自怜，但我自愿接受一个新角色的安排。这绝不是为了蹭吃蹭喝、跟院方耍花招，而是一方面为我自己填补个性，另一方面为演出开创新局面。您的工作因我而生，但不会因为我最终获得了角色而终止。您将继续在那个高高的位置上，检视更多像我一样的人，为这座剧院注入更新鲜的表演血液。”

这番阿谀奉承、装腔作势的话取得了效果，虽然法官还板着脸，但开始和几个助理交流意见。观众席上坐着的是剧院的管理层和一众演员，他们似乎被我滔滔不绝的话语弄得天旋地转，一脸茫然。我把话讲得坦荡，表明自己是心甘情愿留下来的。

在似乎永无天日的剧院里，演员没有世俗生活，只有悬在他们头上、等待他们去攀登的角色山巅。在剧院以外的未知世界里，有众多在梦中也要撕裂我的事物，我也深知在剧院寻求安身之所，主动接受角色安排，同样是一种自虐，是削足适履，我因此时常告诫自己的心灵：“去干点儿有意义的事吧！”可是，此刻的我宁愿躲在蜗牛壳里，也不愿在外面漂泊，承受妈妈在血缘上对我施加的精神摧残。

“那么，好吧，晚饭时间延迟一小时。现在你可以开始了。”法官说。

“我希望能在笼子外进行汇报，这里实在太挤。”

“那个笼子是我对你的唯一要求。”法官说，生怕我会做出什么出格行为。

在我翻开回忆录的第一页前，春聿为我戴上微型电压表，接入脑部电极——他们在考察我体内到底蕴含多大的能量。

“祝你好运。”春聿说。圆形剧场的灯闪了一下。演奏区的弦乐团改奏，用的是大调，将气氛烘托得无比明亮、昂扬和悲壮。但他们无从知晓，我的心灵此刻是多么黯淡啊！

二

我有必要先向你们介绍高斯大区。你们已熟知这个名字的由来，它的区域形状跟著名的数学模型“高斯分布”——即钟形曲线——几乎重合，但就宿命论而言，你们对它还很陌生。

妈妈在因感孕而怀上了我后，被羞耻心以及某种神秘的认知所驱使，她选择离开外祖父和舅舅，独自生活。其实她是被舅舅赶出家门的。疼惜小女儿的外祖父，在高斯大区的偏角（钟形曲线的左侧），购置了一处房产。外祖父一生钟爱文学与数学，在那儿购置房产不仅出于对数学家的崇敬，还因为他其实没什么钱，而高斯大区的房子（主要是左右两侧区间）几乎是贫民区一样的存在。当时人人都可以轻易买到一个看起来像是用树枝和石头简单糊出来的单元房。除了从剧院搬来的一大摞旧书，这个房产是外祖父直到去世后唯一留给我妈妈的东西。外祖父希望，妈妈可以在书籍的温润中找到生命价值。言下之意，他打从心底认为，女儿的怀孕只不过是众多不顾后果的青春少女犯下的错误之一，所谓山魈与感孕等种种荒谬言辞，统统是文学世界的现实。而现实世界的现实，是残酷和枯燥的，如同圆周率是一连串无限的数字。

外祖父没有彻底放弃他的小女儿，在我出生后，他回来过一趟，带来很多旧书，而不是金钱。他在高斯大区的房子和我们住了半个夏天，向年幼的我一再讲解文学形象，教我那些我永远无法理解的数理知识。

“圣西，钟形曲线的两侧是事件发生概率趋近于零的区间。说说你的想法吧。”

“零概率？也就是说，这里什么事都不会发生，世界看不到我们啦？”

“对，除非你走出去。”

整个高斯大区朝海，像一个流线型的飞机头部，正对猛烈的气流。每到海上风暴袭来的季节，高斯大区首当其冲，风卷起的垃圾灰尘，顺着曲线的方向，最终堆积在我们公寓所在的街上。我一再分析高斯大区呈现的命运象征：绝望沉重的时间，从中间高耸的曲线位置滑落，堆积在我们居住的侧翼土地上。两侧区间的现实，毫无出路，实现理想的概率小于千分之三，被挤压变形。因此，在正负无穷的空间里，我们的幻想获得了无限膨胀。妈妈关于山魈的噩梦，感孕的妄语，认为我需要被净化、重新确立人格的渴求，都是在这个区间内生活的意识产物。

后来我才意识到，在外祖父自言自语似的向我描绘失败而富有理想的堂吉诃德时，妈妈也许在一旁仔细地聆听过，并为自己的人生找到了对应的人物形象。在外祖父第二次给我们带来的书中，妈妈发现了孙太白的奇遇，从而为我的人生找到了虚构的生殖源头：一个耻辱之名，山魈之子。外祖父的愿望以惊人且相反的方式落空了，他没有给妈妈带来书籍的温润，而是错手将她推向更深重的幻境，并最终促使我今天站上这个舞台，向你们回忆我的“无我”之苦。

如你们所知，市剧院的前任院长，我的外祖父，后来死于家族遗传性的心脏病。海风持续吹刮，我家楼下到处是清扫不完的垃圾。如果海风卷起漫天垃圾，妈妈恰巧在街上出现心动过速，她这个傻女人不会想着找个地方休息，而是站在街边，捂着胸口，扶着墙，垃圾吹到脸上也不管，直到心率恢复正常后才离开。

“我也会得心脏病吗？”我问。

“在血缘上，你并不算这个家族的人。”她回答。

“我属于哪里？”我追问。

她又会再次拿出感孕的论调，说我只是一个妖物借用她的肚子生下来的后代。严格意义上来讲，我甚至不是人类。上小学期间，我脑袋每天都被这样似是而非的认知充斥。当某天我继续追问，妈妈以严肃的语气把回答重复一遍："你是山魈之子！"

我的心灵因此受到了最初的创伤……

山魈的形象横亘在我们母子之间，使我的诞生成谜。面对妈妈的有意回避，我欲言又止，常常陷入无尽的思考，无法专心上课。在出生问题上，没有哪个同学的认识能超出正常的两性结合，即使是被收养回来或父母离婚的孩子，也知道自己至少曾拥有基因意义上的父母。

我的班主任张先生发现了我的情绪波折。张先生是个三十多岁的男子，学校师生间流传着他在"夜游者的废墟"生活过的秘史。由于长期挨饿，被低温折磨，他的脸还留着在那里生活过的痕迹：严重发黄，颧骨高突，最为标志性的印记是虹膜上的异常色素沉淀，茶褐色，覆盖一层灰。在那里生活后再回归社会的人，都是经历过自我放逐的，人人唾弃，因为没人知道他们是否真正找回了与人类社会共存的信念价值。张先生是极有可能理解我的。我向他表达了自己的疑惑，但为了保险起见，我没有将妈妈关于山魈的妄语向他和盘托出。他对此一知半解，只能蜻蜓点水般地安慰我，没法在根本上解决我的疑问。在他眼里，我也许跟其他普通学生没什么两样，生在单亲家庭，但没必要特殊对待。

一天下课后，我拦住张先生，借口说准备搬家，需要在学生档案上变更住址。档案一般由父母来填写，在这种公共关系领域里，妈妈到底为自己丈夫安排了一个什么身份呢？张先生有自己单独的办公室，那里原本是作为卫生间的储物室使用的。校长说，不是他故意安排张先生在那里办公，而是张先生自己要求的。在他辞掉老师的职务，去“夜游者的废墟”生活之前，张先生和其他老师一样都在公共办公室工作，和同事们走得很近。

“他原本是个有前途的人民教师，竟沦落到这种地步。”校长假惺惺地叹息。

我在办公室门口等张先生。他叫我一起进去帮忙找档案。他教生物，办公室里常常能见到解剖后忘了处理的青蛙残体，放置久了后臭味四溢，其他同学都不敢进来找他。幸好旁边卫生间的尿臊味儿掩盖了他办公室里的腐臭。

办公桌上有一台显微镜，载物台上的玻璃片还黏着一块淡绿色的生物组织切片，已经半干。墙上挂图中有一幅手绘的解剖图，从身体结构上分析，不是人类，是某种类人神话生物，有一对小型翅膀。这种逼真挂图对我当时的脑袋造成了新的冲击。我缓缓退后，一脚踩中地上的水缸——里头养着一堆蝌蚪。我的鞋底全是黏糊糊的蝌蚪尸体。蝌蚪有拇指那么大，张先生在水里注射了生长素。我连忙道歉，觉得自己彻底阻断了蝌蚪认识自己未来的道路，它们永远不会知道自己将会长出四条腿来，还能鼓起巨大的声囊，享受求偶的快乐。

“孙同学，你家是在高斯大区对吗？”张先生问，一头扎进小山一样的档案文件里，往外翻出麻绳、空塑料瓶和多年前的废弃档案。

“对，我们现在要搬去舅舅家住。”我偷偷把鞋底的蝌蚪尸体在桌脚上蹭掉。

“是啊，大家都想离开高斯大区。我和女朋友也在那儿住过，因为从那里去夜游者的废墟很近，有一次我们直接徒步到那里。”张先生竟然跟他的学生说起这件事。我当时对夜游者的废墟的印象跟其他人一样，觉得去过那里的人总是怪怪的——就是极度厌世的那一类人。“后来呢？”我问。“再也没回来，她在那儿患伤寒死了。”张先生多少有点儿心不在焉，“啊，找到了！来，你的档案。”

这时校长过来了。张先生将档案塞给我，出去和校长聊天。我碰到了什么黏糊糊的东西……档案封面上竟有条青蛙腿，还能清晰地看到里面的肌肉神经。我用镊子把它夹下来，丢到养蝌蚪的水缸里，让它们见识下自己长大后的模样，如果它们不介意被这样切开的话。档案里的信息会给我带来什么打击？我是在盒子外的薛定谔的猫，在打开档案前，我的生死互相叠加，是量子态的人，混沌无序。经过一番挣扎，手指终于伸入纸页，轻轻翻开它。

母亲那一栏填写的，确实是妈妈的名字苏元元。父亲那一栏却被狠狠画掉了，只有一摊墨迹，但还能依稀看出墨迹底下有写过字的痕迹，具体是什么字就无从辨认了。然而在紧急联系人一栏上，填的居然是“易德”。易德叔叔。我们楼下那个卖子弹纪念品的退役士兵。妈妈为什么要这样做？难道父亲那一栏本来就写着易德的名字，出于某些原因，妈妈不愿意承认他的身份，于是在另一个栏目上保留了他的信息？这个猜想给了我长久渴望的线索。遗传病史一栏空着，没有写家族遗传性心脏病。张先生回来时，脸色发白，目不转睛地望着那幅奇怪的挂图。

“哎……回去？回去？”他自说自话。“张先生，你要我回去？”我问。“我当初那么坚决离开，现在怎么有脸回去？你说我有脸回去吗？”张先生问我。“回去哪里？”“夜游者的废墟。”“啊？”“校长肯定在捉弄我，要我以生态调查员的身份，回去那里执行公务。”张先生钻进档案堆躲起来。我想安慰他，但对夜游者的废墟并不了解。于是，我指着那幅画，问：“张先生，那个生物是什么？”张先生抬起头，若有所思，目露凶光，跳将起来，把挂画扯下，从窗口丢出去。“它就是我们的祖先……我们只是它的分支。”张先生似乎着了魔，胡言乱语，“夜游者的废墟是它出没的地方……后裔是一场灾难……看到它的翅膀了吧？我们曾经会飞！但进化到现在——不对，是退化……人类退化到今天，已失去了飞翔的本能。”张先生的话刺中我敏感的内心——后裔是灾难？我的出生给妈妈带来了多少屈辱？但我没有主动选择降生至世上，降生后，我的脑袋空无一物，连自己为何出生都无法知晓。“翅膀？它是人和鸟生出来的吗？”“我白白跟你讲了这么多课！生殖隔离，记得吗？人怎么可能跟鸟产生后代？！”张先生越发激动。我在脑海里快速搜索课本上的知识，试图弥补自己的过失。“也就是说，我不可能是妈妈跟别的动物生下来的？”我补充。“当然不可能！”张先生说，可转头又说：“除非，你妈妈会孤雌生殖……啊，我在说什么，孤雌生殖不可能生下一个男孩……孙同学，你的基因肯定有一半来自你爸爸。”张先生勉强回答。

他往杂物堆更深处钻进去。办公室门口聚集了一群看热闹的学生。我带着档案走出办公室时，他们纷纷涌进这个从前不敢涉足的空间，围在洞口外，嘟嘟囔囔地议论着他们的班主任是不是发疯了。

那幅丢出去的挂画，恰好砸中了校长的脑袋。他被送去了医院，但挂画还留在原地。这个凶器沾着校长的血，血溅到了那只叫“祖先”的生物的内脏位置上，仿佛一下子获得了生命。我把挂画拆下来，带回了家。欲盖弥彰的档案，以及古怪的生物解剖图，成了我仅有的两样证物。我发誓要继续追问下去。

我没有马上找易德叔叔问个究竟。在有记忆以前，妈妈跟易德叔叔是否有来往，我不晓得。那么档案上的名字怎么解释？易德叔叔开的纪念品商店又不是杂货铺，我们很少进去买东西。总之，楼上楼下的这两家人就像是生活在两个不同星球上的生物，极少有交集。那时易德叔叔的商店尚未改建成博物馆，除了有特殊爱好的人，没人会进去买子弹。那里是个商业孤岛。

我带着档案和挂画回到高斯大区。经过易德叔叔的商店时，我不敢朝里头望一眼，直接从楼梯跑上六楼。我们住的这栋公寓属于回迁房，建成后空出了很多个单元。在这里住的人大多怀揣秘密，需要隐秘的角落藏身。我马上钻进房间，把东西锁在抽屉里。挂画太长，塞不进抽屉，折起来又会破坏平整，我只好掀开床垫，将它摊开放在下面，再把床垫压上去。

妈妈最近有点儿神经质，是心脏病造成的，血液问题让她精神不佳，暴躁，多动，衰弱，对事物抱有敌意。比如，她不相信理性，认为理性只是人类自以为是的行为准则，是顽固不化的脑袋信奉的愚蠢教条。她不相信人世表象，认为在意识之外应该存在另一个隐藏的世界，人间只是这两者在平衡点上的投射，人类要捕捉每一次在潜意识里涌现的幻象，那才是真实世界向人类发送的召回讯息。

那些日子里最困扰妈妈的，是一个茅厕的梦，每次做完这个梦，她就把能形容其不堪的词语，统统念了一遍：肮脏，不洁，污秽，罪恶，虫子……她相信，自己从这个梦“看到”了真实的世界——她称之为“他世界”——山魈正是在梦的现实里让她怀上了孩子。她对“他世界”深信不疑，但她所做的努力只是为了让我和她能以人类肉体的姿态，在人世幻象中生活下去，因为她始终悲哀地认为，我们无法抵达彼岸。这种认知上的矛盾让她受尽折磨，她把自己种在被人们遗弃已久的文学土壤中，同时想尽办法驱除我从“他世界”沾染的那道污秽之气。

妈妈善于把一个小问题拆成无数个更小的问题，这样就够她忙活了，她不想去琢磨一些令人头疼的问题。比如，她怎么也想不通自己怀孕的事。书里说，山魈在夜里喜犯人，包括熟睡的妇女。电视里播一百个外星人节目，都不会出现一个节目介绍山魈，如果妈妈把怀孕一事归咎到是外星人掳走了她，进行跨物种生殖实验，我认为情有可原，只要她的精神有寄托。她要是把这个问题解决了，还对人类探索外星生命有贡献呢。可是，山魈？谁愿意承认自己生父是一只丑陋的妖物啊？为了不再去琢磨山魈的事，妈妈找到了新寄托。几天前，妈妈对房子进行了入住以来的第一次全面整饰。在外祖父送来的书中，她把她认为最有价值的撕下来作为墙纸，贴满墙壁，再用浅蓝色的油漆刷了一遍。为了保持前后情节衔接有序，同一个版本的书她打算多买一本，前后张贴。算下来，这笔花费无疑很大，要知道，我们大部分收入都来自舅舅每个月寄来的生活费。

“万一让你舅知道，他就不会再给我们寄钱了。你要保密，我只有这个要求。”

“算了吧，舅舅根本不关心这些。”

妈妈挑了几本大部头进行完整展示，其中包括厚厚的《堂吉诃德》。我从未读过这本书，只是单纯厌恶这本书，因为它最终指向妈妈必然要面对的荒诞结局。纸张排列得很整齐，刷上油漆后，没有缝隙，别人根本看不出这间屋子用了成千上万张书页糊了一遍。蓝色油漆下，还能清晰地看到蚂蚁般的文字，密密麻麻地遍布墙壁。

"圣西，我现在过得一天比一天好了。"

被文学的圣洁之光环绕，在一天中的任何时刻，只要抬头就能接受文学的洗礼，妈妈以此缓解心灵上的忧虑。她把餐桌挪到贴满《堂吉诃德》的墙下，吃一顿饭的半个小时里，有三分之二的时间，她的目光都专注在墙壁。有些书页贴得很高，坐着吃饭看不到，妈妈只能一遍遍地阅读她身高范围里的书页内容。几乎没人能和她产生共同的话题，现在还有谁对古老的幻想产生兴趣？如果妈妈只是一个普通的家庭妇女，她肯定会在烹饪和养生的话题上和女邻居产生共鸣，并过完她简单的一生。

当我再长大些，有了更好的阅读能力后，在书店里翻阅书籍时才偶然发觉某些曾在墙上读过的段落究竟出自哪本著作。这个寻找过程如同解密探险，只要逐一找到对应的原书，生命的密码就能拼凑完整。我始终觉得，这种文学的救赎是脆弱的，是摇摆的。

我很庆幸，自己房间墙壁上糊的不是外祖父带来的那些深奥的数理之书。但我没什么真正值得庆幸的：蚯蚓般的经文符号，布满天花板以及四壁，常常会引起我的梦魇。很大原因在于我没有看懂它们的含义。这只是妈妈为我安排驱邪净化的第一步。除了潜藏的心脏病，妈妈还得了其他毛病，她的世界观发生颠倒错乱。生活在这样的环境中，我所有注意力都被迫放在如何对抗它的行动上，也可以说，妈妈的错乱催生了我为了对抗错乱而产生的错乱。

今天，农历六月初三，是韦驮尊天菩萨诞。

妈妈邀请了一个新认识的姐妹到家里吃饭。我和妈妈二人的生活非常清简，大家都缺少朋友，极少有客人来访。除了哥哥，妈妈另外还有几个亲姐妹。我从未见过那几个阿姨，她们早年嫁到了省外。我们的关系是疏离的母子，也是无法亲近的朋友。她看得我很紧，要是我和同学出门玩，必须把她带上。她看我们玩闹，嚷个不停："注意别掉到河里……秋千不要荡太高……别吵……我想清净……再吵，山魈就要来抓人啦！"这样几次后，同学对我带妈妈出来玩感到不快。为了维系同学友情，我不得不摊牌说不再带她出去。妈妈表面上显得不在意，说是为了我的安全才跟着去。

妈妈开始对我进行报复，打电话给张先生，擅自给我请假，今天说我睡过头，后天说我肚子里有虫，要去医院驱虫，其实是把我锁在家里。没有体罚，但她让我读经，读那些单个文字组合起来却没有实际含义的经文，从早到晚听她朗诵《堂吉诃德》，特别是主人公把风车当巨人这类章节。张先生整日忙于研究青蛙生殖问题，每次都随意批准妈妈的请假。那几天，家里的饭食吃起来连猪潲都不如。她在对我进行抗议，惩罚我不听管教。我总是背着她把饭食从窗口倒到后巷。后巷有群流浪狗天天望着我家窗口，就等着我往下倒饭。

很庆幸，妈妈找到了姐妹，终于有伴儿了。能和妈妈成为姐妹的人，性格想必和这里的天气一样，变化无常，时而干燥时而潮湿。这片土地很擅长塑造这样的人格。两个同样不稳定的女人坐在一起，会聊出什么火花来？

妈妈在厨房里准备食物，她对付食物很有一套。可是今天，她很努力地想做一顿丰盛的菜，却把厨房弄得一团糟：锅碗瓢盆塞满池子，肉太咸，蔬菜煮得发黄，锅腾腾地冒烟，全乱了套。我及时关掉煤气，再迟一点儿，那个锅可能就会炸掉，把墙纸也烧掉。妈妈一气之下把食材塞进垃圾桶，坐在地上哭。可怜的妈妈，她没法处理好自己的情绪。我扶她去客厅。她一边骂自己，一边抹眼泪，叫我到楼下烧肉店里买点儿熟食，说不能亏待那位来吃晚饭的姐妹。

刚来到街上，节日钟声就响起了。傍晚天色灰暗，亚热带风暴缓缓刮过，力不从心，吹不散街道上空的浓雾。街上挤满了前来迎接庆祝韦驮菩萨诞游行队伍的行人。更晚些时，行人手中的烛火如漂浮的鬼火。烛火烟气模糊视线，我小心穿行，以免撞上烟雾里的行人。我迷失方向，找不到熟食店的位置，努力辨别熟食店飘出来的密汁烧肉味。

有一个人举着枪，躬下身子，在烟雾间蛇形走位。是易德叔叔，他手中那柄枪是商店里的仿制品，他好像回到了硝烟弥漫的战场，进行孤独的突击游戏，正躲避敌人的子弹。此时，游行队伍到来，人们欢呼。大钟敲得越急越洪亮，易德叔叔就跑得越快，还撞到了几个人。我趁机拉住易德叔叔。他戴着布满弹孔的头盔，转过身用枪口对着我，恍惚一下，才收起枪，紧张地把我拉到电灯柱下，对着我的耳朵大喊什么。我听不到声音。一种无法描述的寂静。易德叔叔的嘴像垂死的鱼一张一合，我从未见过他这副样子。他随后转身冲进了人群。

游行队伍由沙门寺的僧人组成，队伍中心是一尊韦驮菩萨像，放在木台上，由四个挑夫抬起，僧人在两侧随行。韦驮菩萨背后是一个巨大的香炉鼎，人们拥上去，争先恐后地把香火插到鼎里。瞬间亮起来的火光照亮了韦驮菩萨的脸和手里的金刚杵。尽管吵闹喧天，我耳内依然是一片无法描述的寂静，什么也听不到，被迫随着人流前进，困在人造的烟火里。

突然出现一双手，将我托起，送到韦驮菩萨脚下，好像把我当成观音童子。我好不容易才找到落脚点，紧紧抓住金刚杵末端。站在菩萨脚下，我一眼就看到了熟食店，熟食店的老板娘正给烤炉里的烧肉刷上一层金黄的蜜糖。沙门寺僧人在诵经，吟诵的是不是我房间天花板上的经文呢？沙门寺住满了曾经流浪的僧人，他们在X市发展起另一套生活。那个下午，在沙门寺里，我第一次知道山魈是种丑陋的东西：倒足，大嘴，牙齿稀疏，脸色如老瓜皮。

一个僧人对我说："韦驮尊天菩萨会保护你。"我并没有恢复听力，僧人的声音是从脑袋里传出来的。他在我下方的大路行走，圆润的脸庞上，那双眼像菩萨般没有视线焦点，投落在无垠的遥远处。"圣西，你在做什么？！快下来！这是敌方的车队！"易德叔叔从韦驮尊天菩萨背后钻出来。我终于恢复了听力，疲惫不堪。易德叔叔背起我，从木台上跳下来，穿过街道，直至钻进他的商店。门关上那刻，我重新感受到了人间的温暖。他的商店前台挂满了生锈的子弹，每颗子弹下，都标明了那场战役名称和日期。“你刚才被揪住了。”易德叔叔递给我一条毛巾。“被什么东西？”“从战场回来后，我就忘不了死的感觉。”“我得走了，我妈叫我买烧肉。”我说，“她交了个新姐妹，请她吃饭。”“不错，多交些朋友她会过得更好。”“你可以和我妈做朋友啊。”“我不需要朋友。”易德叔叔仔细地擦拭枪杆。“我妈可以做你的第一个朋友。”“回家吧。你看，”易德叔叔说，“天黑了……停战了……活下来的战士，都回家了……”

他打开门送我出去。街上的人都走光了，没有留下一丝烟雾，天空变得黑蓝，星辰真实而澄澈，游行队伍仿佛只是一场海市蜃楼。我朝熟食店走去，一转头，又在那里遇到易德叔叔。我刚遇到的又是谁？易德叔叔正跟老板娘争吵，他怀疑熟食店里的猪是用枪射死的。但老板娘坚称猪头上的洞，是屠宰场的铁钩留下的。“就算是用枪射死的，又怎样，挑剔什么？”老板娘把猪头骨摆在收银台上，找大家评理。“枪是危险邪恶的，”易德叔叔说，“我们怎么能吃被枪杀死的猪？”“大小刚刚好，就是铁钩！”老板娘把钩子钩进猪头骨的洞里，提起来让大家看。“我比谁都清楚子弹造成的创口。”易德叔叔掀开上衣，展示腰部的枪伤，“还有一颗子弹在我体内。”易德叔叔退役好几年了，腰部的几处枪伤尚未愈合，还流出脓血来，把群众都吓了一跳。“走开！走开！我只是卖猪肉的。你都干些什么买卖？卖子弹？！想给大家吃子弹吗？！”老板娘挥刀，从中间一刀将猪头骨砍成两半。

易德叔叔见状，觉得理亏，悻悻地离开熟食店，在街边做了个立正的动作，踏步走到街对面去，沿街而过的海风好几次把他吹得摇摇欲坠。我买了半边烤熟的猪头肉，跟着易德叔叔走，担心他出车祸。他这样的人，活在一个过去的世界里，走也走不出来。走着走着，他就不见了。我只好带着熟食回家。

门口的鞋架上有双陌生的灰蓝色布鞋。那个姐妹显然比我早一步到家。我赶紧推门进去。她们已经吃过饭了，吃的是妈妈刚才丢进垃圾桶又偷偷捡回来重煮一遍的食材。为了招待她，妈妈在慌乱之下做出些丢人现眼的事。我隐隐感觉眼前这个满头银发的老女人，不可能是妈妈的好朋友。谁会这样对待自己的好朋友？

“哦，你就是圣西？”老女人说，“来，坐下，和你聊聊天嘛。”她笑着招我过去。我把熟食放在桌面，转身走向房间。妈妈马上拉住我。“没事，她是妈妈的朋友，来，叫姨婆。”妈妈把我拉到她跟前。我预感到一种恐怖——接下来，我将描述的这个晚上，以及无数个由此衍生而来的晚上，如一堵向我倾轧过来的高墙。如果您允许我继续往下说，我会一遍又一遍地回忆它——回忆与梦一样古老——直到我明白比妖物更恐怖的，是对个性雏形的彻底摧毁。

我没有跟“姨婆”打招呼。她伸出手抚摸我的脸。她在摸什么：命脉？胎记？骨形？我浑身发冷。妈妈却把我抓得更紧了。“从前种种，譬如昨日死；从后种种，譬如今日生。”

老女人缓缓吐出一句话，一脸正经，又挤出故作神秘的恐怖扮相，“这孩子啊，他的血源，偏了歪了，需要纠正！”

“圣西，我们今晚会干干净净的哦。”妈妈在我耳边说。

我感觉自己是一个恶疾的胎物。妈妈那句话是苦行僧的鞭笞，是刑罚与苦修，不在物质上，不在动作上，不在时间上，而在母子的关系上，在对内部净化的强烈渴望上。妈妈想从我意识未开化那天起，就将“污秽”两个字像耳环一样，穿过我的耳垂，牢牢焊死，企图纠正我的人生道路。每当有任何其他偏离中心的言语欲穿耳而过，它们必定会碰撞那只敏感的耳环：

“你是污秽之子！”引起疼痛，勾起罪恶。

老女人从行李袋里掏出几捆红蜡烛，在神台前点燃。一旦烧完了，新蜡烛继续补上。老女人的胡言乱语持续半个夜晚。蜡烛堆积成山，蜡水如山体滑坡，滚涌而下，在神台底下积成一堆白色蜡尸，其上供奉着韦驮尊天菩萨像。由于长时间烟熏，神像已经看不出本来的样子，手中的金刚杵已发黑。火终于暗了。“衣服脱掉。”老女人说。

烟熏火燎，雾雾蒙蒙。妈妈帮我脱掉衣服后，她和老女人接着也脱掉外衣。无法回忆年龄，或与梦同龄，客厅里，在烛光前，三个摇晃的阴影，像三只密谋的野狼，念着透支天命的经文。我等待什么发生，如果我当时抬起脚，跑出家门，去易德叔叔的商店度过这个恐怖的夜晚，或许我的人生、我的个性，都会得到不一样的发展。老女人在神像前舞动手脚，痉挛似的跳起舞来。我被那幅衰老丑陋的身体吓坏了：一副老瓜皮似的身体，母山魈！

舞蹈完毕后，老女人抓了一团灼热的蜡液，用力按在我的耳垂上。皮肤承受灼热的疼痛，热量正在纠正我的生命！妈妈站在一旁，惊惶无措，“圣西！圣西！很快就好了，过了今晚，你会白得发亮，像月光一样洁白！”老女人拿起一个耳环。耳环的尖端划过空气，穿过我薄薄的血肉，抵达另一端的空气，圆环最后封闭。完毕后，女人拿出一块玉石为我戴上，是韦驮菩萨玉石。戴上它等于间接承认自己从前是山魈之子，披着一件污秽的大衣，如今开始接受神圣洗礼。

妈妈从老女人手里花高价买了一尊韦驮天像，日夜供奉。过后，我的耳朵发炎了整整一周。对于我的炎症，妈妈解释说，那是因为山魈的污秽正被抽离出来，是免疫反应，就像发烧一样。我感到自己正在远离一切，远离那条罪恶的血源。可是我同时感到了害怕：那我不就真正成了一个无根无源的孩子？

我每天都照镜子，第一次如此在意自己的外貌。一个快要从学校毕业的孩子，开始注意自己的容貌原本很平常。然而我在意的不是鼻子是否长痘了，发型是否潮流，而是自己生活的另类变化：我侧头仔细观察耳环穿过耳垂的伤口，它结痂了，再慢慢转动耳环，光滑的金属表面竟没有断口。耳环是怎么穿进去的呢？还有那块玉坠，每晚睡觉前，我都想把它摘下来，可绳子上没绳结，宽度也不足以从头部摘下。有时我产生一种错觉：它们本来就是我身体的一部分，丑陋，但无法摘除。我只能保持平躺入睡，不经意翻身可能会压到硬邦邦的玉坠，痛得我难以再入睡。我依然读不懂房间四周的经文，无聊时玩起连字游戏，用笔把文字连起来，试图组成一句有意义的话。很快我厌倦了，因为经文包含很多生僻字，没法组成通用句子。

某天夜晚，我记起床褥底下还藏着那张“祖先”画像，背脊一凉，马上掀开床褥。画像原本沾有校长的血的地方，只有一片淡淡的水渍，血迹消失了。在灯下仔细欣赏栩栩如生的祖先形象，它慢慢地取代山魈的形象，仿佛成了我的祖先。画像最底下，有个手写的标题：Y染色体亚当。它的身体颀长，眼睛所占比例很大，说明它很可能是一种靠视觉捕猎的夜行动物；脚上有蹼，但手指跟人类的一样五指分离，这是由鱼类进化的证据；最奇特的是它没有头发，却有羽毛丰富的大翅膀。祖先的形象变得非常不合理，它到底是在草原上飞奔的兽人，还是在水里潜游的鱼人，还是在天空滑翔的鸟人？山魈的恐怖形象重新笼罩我。一气之下我撕碎画像。

妈妈闻声推门进来。我求她告诉我出生的真相。她在床边坐下，把我抱在怀里。我想推开她，那种母性气息多么恶心！在净化会上，我就在她的怀里接受了那个骗子女人的恐怖摧残！可是，这仍然是一种温暖，是妈妈的温暖，即使没有父亲也能拥有的温暖。我慢慢把头靠在妈妈怀里，吸收她的温暖。

“圣西，在你出生前，我梦见过你。”妈妈的故事是这样开场的，“你还记得我跟你说过的梦吗？我梦见一个肮脏的茅厕，你学校旁边的茅厕……不对，也不完全是那里。梦里的茅厕，在乌鸦藤树林里，很窄，黑漆漆的，只有路过的猎人才会进去，地上到处是猎物的鲜血。树林很安静，茅厕顶上蹲着一只猴子模样的生物，是山魈！就是它！我记得……它向我招手，叫我进茅厕里去。进去做什么呢？但我还是走了进去……”

“猎人？猎人就是我爸爸？”

“不，里面没有人。茅厕顶是漏光的，传来呼吸声。我一抬头，就看见了山魈那金黄色的眼睛。”妈妈回忆起来小心翼翼，“我以为那是一头豹子，或者一头老虎。可偏偏它就是山魈。我跑啊，跑啊，跑不动——我掉进了粪池里！污秽的深渊！黑暗的沼泽！沼泽开始下沉，淹没我的脖子。蛆虫！从耳朵和嘴巴钻进去，从下身钻进去，钻到肚子，附在那儿开始发育！”

“张先生说，蛆虫是苍蝇的孩子。我难道是一只苍蝇？”

“我醒过来时，几乎窒息。”妈妈模仿起那种喘气声，像老风箱一样。

“够了！”

“故事还没完呢……床上流满了血，一个血池，一片海洋……我去医院检查……医生告诉我，我怀孕了。为了打消我的疑惑，他还给我拍了片子……的确是个孩子，是你，圣西。”妈妈亲了我的额头，“我也曾想过，你爸哪天会回来呢？肯定有这么个人，但我没能等来……你出生前，我就一直做那个梦……”

“妈妈，睡前故事开始了吗？”

“故事很早就开始了。你外公给我买了个大房子，就是我们住的这个家啦……我第一次走进这里，它跟梦里的茅厕多么相似啊！我的肚子一天天大起来，不敢出门，也不敢告诉你舅舅和外婆……你外公偷偷照顾我，他对我说，生命在他眼里就是一堆数字，23对染色体基因组，100万亿个细胞的综合体。他只是不愿意相信我身体能凭空造出生命来。我相信那个世界就是‘他世界’，人可以飞翔，可以凭空造物……

“第二次梦见山魈，在你出生那晚……我又梦见那个茅厕……去茅厕路上，我用布把大肚子固定好……经过牛棚，泥泞，腥臭，雨水……推开门，茅厕落下潮湿的木灰，里面很窄……我把双脚搁在踏板上……朝落口望去，昏暗的粪池！全是黑乎乎的蛆虫！我很害怕，一个孕妇应该被洁净围绕，这样她未来的孩子才能在死后变成白鹤飞升……一棵草都能在粪便里生长，但对人来说，是有害的……我抚摸鼓起的肚子，隔着肚皮感受你……你在动，在踢腿……我不敢脱裤子，害怕一个小动作都会惊醒你……我一直在等待你的降生……

“突然，我感受到那种痛！我挪动双脚，想走出去叫人帮忙……踏板很脆，嘎啦一声！向两侧断开——我掉了下去！万幸的是，我撑住了断木，半个身体悬在粪池上，羊水滴落，疼痛剧烈……每滴羊水都能净化一条蛆虫，让它们来世不再做苍蝇……身体越来越沉……直到你出来，小小的身体很轻盈……

你连同胎盘，一起掉进粪池……我本想一走了之……人从污秽的黑暗诞生，又在污秽的黑暗里灭亡，不是最好的归宿吗？可是你在哭，我决定把你捞回来……一个浑身污秽的孩子，要面对多少绝望与毁灭才能最终长大啊……我抱着你跑出茅厕，回头一望，那只山魈站在屋顶上，看着我。老虎一样的眼睛！”

妈妈把我放在床上，打开窗，“醒来时，我在医院生下了你……你还活着，我很幸福。”我没再说话，只觉眼皮沉重，戴耳环的耳朵变得很敏感，听着风声整夜呼啸，好似有什么要来了……睡前我想，世界会不会只是神的一摊美妙的呕吐物？

三

笛卡尔创立虚数，用以拓展空间，像个儿戏滑稽的玩意儿。后来莱布尼兹加了个注释：“哦，虚数是美妙而奇异的神灵隐蔽所，它几乎是既存在又不存在的两栖物。”在净化会之前，我是一个实数；我不认为山魈真的存在，因为灵魂从未受过山魈骚扰，始终认为妖物只是妈妈为了搪塞而捏造的；那时我还是孙圣西，黑暗还离我很远。在那之后，我成了一个虚数单位“i”——真实，却又似乎不存在。我这副空虚的身体成了神灵的隐蔽所，那时山魈才真正降临至生命中。

我终于第一次梦见山魈，梦见它隐居的乌鸦藤山林，梦见自己住在瓦屋中。沿着藤蔓，山魈一路爬到我的瓦顶天窗上，垂下长长的手臂要勾走我。它的唾液滴落在我手臂，皮肤便长出一片密密麻麻的刺痛的水疱。我梦中的山魈形象更接近于一头年老的大树懒，而不是同样名为山魈的灵长类动物，它的手臂只需稍稍伸直，就能把我的身体连同魂儿一起勾走。

惊醒时，我伸手去抓耳垂，多希望一切都是幻影！然而，耳环还在那儿，勾连着我的皮肉。我的脖子仍戴着护身玉石，韦驮菩萨的金刚杵在我瘦削突起的胸骨上留下一道红色的印痕。如果昨夜有夏夜巨兽在房顶的悬梁间出没，留下的最后踪迹应该是颤动的空气、尘埃、瓦砾，以及最重要的是，它的唾液在我身体上造成的白色水疱。在我们众目睽睽的白日梦里，它在树林的光线中隐身，我们经过时会把它当成一只从没见过、但谁也不想靠近的巨大树懒。

我卷起衣袖，一排整齐的水疱赫然暴露！

“妈！这是什么？！”我喊道，举起手臂。“是山魈！”妈妈抓住我的手臂，一道灵光似的镜面反射，填满了她皱纹里的黑暗，“它终于对你下手了。”“你瞎说，明明是那个女人烫伤我！”“她是在救你！”妈妈拿来钢针，将我手臂上的水疱一个个挑破，“不能留下痕迹……这下它找不到我们了……嘘……安静……”“我爸真的是妖怪吗？不可能吧，你被骗啦……”

妈妈卷起袖子。她的手臂布满更多水疱，部分已结痂，很多还胀满着。这样的现象在她身上出现多久了？难道她每天都用火烧自己？难道真如梦中所见，是山魈的唾液之痕？

以那个恐怖之夜作为分界点，在那之前，我还能感受到生命之实体，在那之后，我的灵魂既存在又不存在，被火分离又黏合，逐渐失去人性。外祖父教的那些我无法掌握的数理，此时变得多么有象征意义！那原本只是十个阿拉伯数字，以及二十六个字母。

妈妈需要的不是文学，而是一个有能力照顾她，并且愿意带她去医院看看脑子问题的男人。我甚至想过为妈妈做媒，比如张先生和易德叔叔，他们都是值得考虑的男人。张先生不着边际，幻想能力在妈妈之上，但他的生物学知识可以为妈妈解答生命起源的基本问题。要是她能好好理解生命起源，之前的事完全不必发生。但这些学识在她看来就是所谓的“理性”，她更倾向于认为第一个人类是被造出来的，而不是从一条鱼进化而来的。她无法理解一条鱼怎么可能长出手脚。那个超出理解范围的时间过程，绝不是从一只蝌蚪长出四肢变成青蛙那么短暂。科学本应是妈妈最好的信仰，但她对科学保持的审慎距离，令她难以彻底扭转思想局面，神秘事物纷纷扰扰。易德叔叔住得近，当过兵，但患了战后创伤，不过为人老实，可以相守一生。我有时候不能原谅自己有这样的想法，我没有资格剥夺妈妈主动选择这样一种矛盾重重的人生的权利。我相信某些人，包括我自己，生来就必须要自觉认识到“无我”之苦……

当然，只要全盘接受，我势必能拥有一个极度风格化的童年，必定是个有艺术气质的孩子……但这并没有满足我，我开始筹划为妈妈做媒。

七月初，外祖父的心脏病随时会发作，却不接受住院安排。剧院计划在鹿岛腾出一间古旧别墅安顿这位老院长，让他在鹿岛上看看鹿，看看海。这也许是他生命的最后一个夏天。

鹿岛原名叫鲁岛，有一个生产镜子的村庄，后来作为“北鹿南养”的实验基地，改名叫鹿岛。外祖父一直梦想着在那儿生活，他不接受这个改名，坚持用原名称呼那里，还给自己起了个昵称：鲁岛夫——鲁道夫的音译，那个有强迫症似的把圆周率算到小数点后第35位的人；或称之为“一个住在鲁岛上的老夫子”。剧院还安排了一个年轻的女护士杜雅上岛照顾他。外祖父认为没必要，叫杜雅离开。但女护士坚持留在岛上，却在被外祖父辱骂了一顿后，负气走进森林，后来不知所终。

别墅配有电话，外祖父从来不用。我收到他从鹿岛寄来的信件，邀请我们去岛上避暑。也就是在信上，我们才知道女护士失踪的事，那时距她上岛的时间已经过去大半个月。在最初的表述中，外祖父将死亡的静寂看作是一种终极的恩赐，认为走向“宇宙同一化”的过程不应该被阻碍，医生以所谓悲悯之心阻断灵河的水流，都会侮辱死亡的神圣。在信的后半部分，外祖父解释为什么邀请我们上岛。他说有一种接近死亡但不属于死亡范畴的东西，霸占了他的死亡浓度。他用“肺积水”来比喻它。他希望在呼吸顺畅时死去，因为心脏病发作时引起的肺积水会堵住肺部。我们的到来，似乎是为了清空他体内的杂质，为死亡扫除路障。我和妈妈在心灵上更靠近死亡，有什么比用死亡来安慰死亡更有效？

舅舅有个古怪的老婆。舅妈意识到，自己丈夫的结局终究逃不过相似的命运。家族遗传性心脏病是一把会传递下去的自戕的利刃，只要选择繁殖，后代终将独自面对疾病的痛苦。在外祖父心脏病发作最为频繁时，舅妈建议他离开这个家庭，独自生活，在一个无人知晓的地方平静面对死亡。所谓的生命回响，只是人类家庭的幻象。为此，舅妈为外祖父准备了一系列工作。那些工作有条不紊，具有强大的说服力，似乎是一种被埋藏在人类世俗生活中的黄金准则，那道夺目的金光，那种深信不疑的语气，令整个家庭在短暂的激烈反驳后选择了同意。

外祖父不相信任何人，在家庭成员为他的临终而奔忙时，他并不像拒绝女护士那样，阻止他们干这些只剩象征意义的死前礼节。外祖母在患了老年痴呆多年后，认不出家里的任何人，她的存在像一个影子，无论家庭对自己丈夫做出什么决定，她都没有参与定夺的能力。舅妈曾跟一个世代替人做临终法事的男人有过几年婚姻。在那期间，一种古怪的天命感进入了她的身体。她认为，活人与死者的分离不该是漫长的纠缠，也不能互相守候，而是在死亡迹象不可避免地到来之时，就要帮助濒死之人逐步清空他对尘世的留恋。这也是她跟前任丈夫离婚的原因，在关于死者如何走向死亡的问题上，产生了严重分歧。

外祖父的一家，曾属于一个旁系和直系混居在同一栋房子的大家族，房子有六层，名为“六层楼”，走廊很长，房间众多，如同达官贵人的大庄园，多出来的房间用来出租，赚取租金。

舅妈在每层楼的某处放一份经文，从下层往上层，食物和水次第减少。在第六层，只备有干净的饮用水。仪式分七天完成。第一天，舅妈让外祖父吃一顿丰盛的食物，然后洗干净身体，坐在书房冥思。第二天，舅妈让他从一楼的书房搬到二楼，自行照料起居饮食，并找到那份经文，诵读一天。第三天，外祖父从二楼搬到三楼，重复同样的工作。第四天，第五天，第六天……经历六天的净化后，在第七天，外祖父走上顶楼。这个街区的老房子彼此相连，阳台与阳台之间相通。舅妈早就跟邻居们商讨好了，外祖父只需按事先规划好的路线，从自家阳台跨到别人家阳台，在最后一户人家的阳台找到下楼的出口，便可离开这个房子。

从此活人与死者实现分离。在逐步上升的七天里，外祖父是否想过，自己正在接近的是天堂的出口，还是荒芜人世的另一个缺口？邻居都知道这只是一个幌子，是舅妈在想方设法赶这个老不死的出门，但他们装作一无所知，说不定他们也认同舅妈的做法，协助她为外祖父铺平一条逃离人世的路径。在那段维系了几年的婚姻里，舅妈早就目睹了死亡的贫瘠，那儿的土壤寸草不生。在自己的父亲以这样一个冷酷的方式被送走后，舅舅独自承受着那份无边宏大的谴责和不安。

我费尽心思为妈妈创造一个和男人相处的机会。我给外祖父回了封语气迫切的信，说我和妈妈以及两个朋友会尽快到岛上来，希望他在我们到来之前能保重身体。我向妈妈传达了外祖父的意思。妈妈的日子过得相当平静，她很快就接受了上岛计划，还说这是我调养身心的好机会。

我缺了很多课，几个同学以为我真的病了，打算来看我，但不是来我家，而是约到公园见面，因为他们不想见到我妈。我以身体没大碍为由，婉拒了他们的来访，说过几天就会回学校上课。暑假就快开始了，我不打算回学校，但如果要邀请张先生前往鹿岛，我就必须回一趟学校。

我设法遮住耳环，要是在冬天，我还能戴个护耳帽，可现在是炎炎盛夏。我回到学校，第一个注意到我戴耳环的人是校长。他头缠厚绷带，额头被挂画砸出一个凹陷的大口子。校长断言我提早进入了叛逆期，要不是看在我是单亲家庭的份上，肯定会把我爸爸找来谈话。“为什么不找我妈妈？这耳环就是我妈妈让我戴的。”我解释。校长搔搔头，说他需要的是一场男人间的对话。说话期间，来了几个班上的同学，他们对我的耳环很感兴趣，还问我是不是想当女人。其中一个女孩子说，她爸给她妈买了很多耳环，要是我喜欢，她不介意偷一对出来送给我，反正少一对不会被发现。我知道他们在取笑我，“懂什么？我这是净化用的！”我气冲冲跑去张先生的办公室。张先生一见到我，立刻问我是否见过他的挂画。“校长一口咬定是我高空坠物！要是被他找到证据，我不去出差都不行。那样我就没法好好研究青蛙的孤雌生殖。不过我提了个条件，假如我成功完成实验，就能免去这趟任务。”“什么画？没见过。”我回答，“不过我知道有个地方，那儿有很多蝌蚪。”“七月份还有？！”张先生来了兴趣。“不骗你，就在鹿岛。”我说，“政府为了养鹿，当时特意把那里的气候弄得像北方一样，好让鹿群适应，你知道的，这后来导致青蛙产卵期发生紊乱。”“太好了！”“我准备和我妈一块儿上岛，到外公的别墅过暑假。要是你愿意，我想外公会答应的。他有很多藏书，说不定那里有你用得着的书。”于是张先生爽快答应了，马上做出游计划，打算在暑假期间实现青蛙的孤雌生殖过程。“我的期末考试能顺延吗？我要准备上岛的东西。”“当然，这是小事。”“Y染色体亚当是什么？”我补充问道。

张先生听完，眉头皱了一下，若有所思地打量我。很明显，是谁拿走了挂画他此刻心里有数，便没有再问画的事情：“Y染色体亚当（Y-MRCA），是我们父系最近的共同祖先，你身体里的Y染色体，包括我的，都是从他那里遗传过来的。”“他到底是个什么生物，会飞吗？还是在水里的？”“他只是个生活在六万年前的非洲男人。不对，他并不是一个人，而是一个群体统称。”“要是我身体里没有Y染色体呢？”“这不可能。你妈又不是青蛙，不能孤雌生殖。我知道你在单亲家庭，但不意味着你没有爸爸。”张先生明显在搪塞我，“好吧，这些残次品可以丢掉了。”张先生把玻璃缸里失败的试验品拿到厕所冲掉。上厕所时，我撒了泡尿，看到排水口那里还有几只硕大的蝌蚪，在黄黄的尿液里挣扎。我用鞋底和谎言杀死了两批蝌蚪。我跑到那个女孩的座位前，骂她妈是个不要脸的东西，然后飞似的跑出学校大门。

回到高斯大区，我有点儿空空落落。在易德叔叔的商店门前，我看见有几个工人正在测量招牌尺码。易德叔叔坐在街边凳子上，看着车流出神。他叫我一起坐下。

“有个富商出资给我装修，他说我这种是慈善行为。卖子弹，就是为了提醒人们不要忘记战争的伤痛，所以他找上我，希望我能把这项事业继续下去。”他说。易德叔叔平常住在商店里，现在商店内部被拆得七零八落的。“打算装修到什么时候？”“过完这个夏天吧，之后会恢复常态。”“但你的伤还没好。”“谁的伤？”“你的腰伤……”“只要一想起那些日子，伤口就会发作，治不好。”“现在你也没地方住，我妈想叫你去鹿岛避暑。”“谢谢，可是我要守着这家店。”“不用担心。那个富商既然主动出资，肯定会搞得漂漂亮亮。”“唔……是啊，我不能以小人之心度君子之腹。”“鹿岛还开放了猎鹿场，你枪法那么好，可以玩一把。”易德叔叔苦笑了一下。我才想起他反对用枪杀猪的事，猎鹿在他看来也是不合理的，我赶紧补充道：“那里的天气比较凉快，对伤口的愈合有好处。”“也许吧。”他苦笑着说。

在以上过程中，我发现了自己作恶的本能，谎言，虚伪和功利性，种种如同疾病与恶习的东西，那么轻易就感染了我。那是从什么时候开始的？母胎、幼年、童年，漫长的潜伏期……既然只有一具皮囊，没有灵魂，任由自己作恶，惩罚之刃与宿命之轮都无法伤害我。肉体有罪，但灵魂不会受罚，因为它不存在。自由和作恶给我带来了快感，带来了肉欲的快乐。

莱布尼茨早已做出了关于我的预言：他是神灵隐蔽所！

四

时至今日，我对虚数单位“i”，乃至整个数学世界，仍抱有畏惧、厌恶甚至神秘主义的心态。在无法解开某些现实逻辑问题时，一个新的假设条件出现，人类就能完美地在预设中抵达世界的答案。答案是概念性的，但提供了一个基本模型。

我上学时总是为难解的数学题大伤脑筋，某些求解方式往往古怪，比如未知数介入，数值替代。介入和替代似乎成了我抵达自己完整生命答案的方法。因此，引用一个生物学上尚未知晓的“常数Y”，用以介入生命答案的推导过程，显得非常必要。当时，我深深以为，正如为了扩大数理的定义，虚数被创立出来，那么为了补充X染色体的生殖意义，Y染色体的空缺理应被填充。张先生和易德叔叔，到底谁才是我的“Y染色体亚当”？我期待他们能够像求偶季节的雄蛙一样来一场竞争。

暑假第一天，我们来到码头。妈妈、易德叔叔和张先生三人面面相觑。见到妈妈一脸惊疑，两个被我蒙骗的男人立刻知晓，她实际上没有邀请他们同行。同样，他们加入这趟旅程，妈妈也对此不知情。于是他们齐刷刷地看着我。作为幕后黑手，我厚着脸皮耸耸肩。两个男人假装一切如常，向妈妈问了好，感谢她的邀请，然后互相握了手，等待上岛的船到来。和我们一同登船的，还有一名警察。登船后，妈妈没有进船舱，她在甲板上吹海风。

张先生作为班主任，跟妈妈聊了起来，偶尔讨论起我在校期间的表现。只有易德叔叔站得远远的，即使我们住在楼上楼下，档案上的紧急联系人写的是他——这足以证明他跟妈妈存在某种关系——今天却呈现了相反局面：妈妈和易德仿佛是两个陌生人。简直是欲盖弥彰。

四人在海上随船摇晃，硕大的云层低垂在依稀能看见轮廓的鹿岛上空。同船的警察四处逡巡，我们似乎成了他监视的目标。易德叔叔表现出一个士兵应有的敏锐，请那个警察别像苍蝇一样在我们身边悠转。易德的正义感引起了妈妈的注意，但她投来的不是感激的目光，更多是因久违的宁静被打破后产生的烦躁。警察走开了，直至离船前也没有出现过。暗中被盯梢的感觉让整个渡海过程弥漫着不安。我知道那个警察上岛是为了调查女护士杜雅失踪的案件。

“在岛上我们到底吃什么？”妈妈问。

“我们可以猎水鹿。”我说，“外公说那里有猎鹿场。”

“是个不错的消遣。”张先生笑道，“要是有时间，你们能帮我抓蝌蚪吗？”

“真是原始的生活啊。”妈妈说，“食物一定要丰富，我们总不能吃一个夏天的鹿肉，杀鹿也不是件容易的事。”

易德叔叔走到我身边，“你妈妈说得对，杀戮不是件容易的事。”

但风太大，掩盖了他的声音。我们三人一同望着他，他在风中的形体像冷冽的雾，太阳出来后就会散去似的。如果生死有征兆，那么现在易德叔叔与我们仿佛隔着一面毛玻璃，我们也许还能看见他的影子，但折射率已发生了改变。

“张老师抓蝌蚪干什么呢？”妈妈问道。

“我在做一个有趣的实验。听过孤雌生殖吗？在没有雄性的条件下，通过电流的刺激，让雌蛙产下可孵化的卵。”张先生说。

妈妈木然地点点头，“看，岛上有反光，好刺眼啊！”

“是镜子的反光。”船长说。一些镜子工厂在岛的边缘偷偷倾倒镜子边角废料，在阳光反射下，它们闪闪发亮，闪得人双眼发昏。

“镜子是用来防野兽的吗？像火一样。希望岛上没野兽吧……”妈妈看着我说。

所谓的野兽，她暗指山魈。昨日夜半她醒来，慌乱中跑来我的房间，对我说，她又做了那个茅厕的梦，以及蛆虫是如何穿透皮肤钻进子宫然后发育成我的。“不行不行，保险起见，要带点儿什么防身的上岛。”妈妈说。我捂住耳朵不想听，竭力把这个恐怖的睡前故事挡在视听之外。

鹿岛没有码头，船抵达浅滩后，船长放下一道舷梯，让我们涉水上岸。易德叔叔和张先生率先走下舷梯，站在海水里等我和妈妈。妈妈犹豫一下，走向张先生，爬到他背上。易德叔叔主动将我从舷梯上抱下来。外祖父是怎么上岸的？蹚水？游泳？还是有人背他？也许他有蹼或者一双翅膀吧，想想他那双很会盯人的眼珠，跟“祖先”的大眼有几分相像。

上岸后，我们的裤脚湿透，提着沉重的行李，在海边的礁石上站了几分钟。眼前岛屿的景色如此令人失望。由于鹿岛引种过多的水杉，树下的空地显得灰蒙蒙的。太阳从堆积过厚的云雾中散漫出足够的光线时，树林才稍稍露出诱人的金黄色。部分从鹿场逃出的水鹿，像幽灵一样在树下跳跃，仔细观察能看见某棵水杉后面露出一只警惕的黑眼珠。张先生朝树林里扔了一颗石头，每棵树干足够粗壮的水杉后面，几乎都跑出一只水鹿。它们轻盈无声地转身消失在密林深处。礁石上的海蟑螂似乎对镜子废料很感兴趣，太阳西斜，云雾散开后，镜子废料堆上爬满了这种甲壳类动物，在镜子的相互反射下，它们的数量猛增几倍。

显然，鹿岛不是度假的胜地，气氛太冷冽，太沉寂，不属于人类的领地。然而，我的目的不是度假，求偶的游戏已经开局，无法回头，若能出其不意地制造一些危险时刻，无疑能增加趣味性。天就快要黑下来了，很可能会有觅食的野兽出没，我催促大伙赶快找到外祖父的别墅。

“剧院可真够意思，让你外公在这种荒无人烟的地方度假。”妈妈讽刺道。

“那边的村子住了不少人，只是跟外界很少来往。学校所有的玻璃都是在这座岛上生产的。”张先生说。

妈妈抿抿嘴，伸出一只颤巍巍的脚，寻找可落脚的礁石，突然有好几只海蟑螂爬过，吓得她把脚缩回来。海蟑螂的模样跟草丛里有毒的蚰蜒很相似，有一排排光滑密集的蜡质小腿，爬行速度极快，让人毛骨悚然。

“那个警察呢？”易德叔叔问。

“整天吓人，那人根本就没下船吧。”妈妈说。可是我们三人明显看到两道湿漉漉的脚印，从左侧岔路进入了树林。

“走吧，晚上不能在树林逗留太久。你还记得乌鸦藤山林吗？”妈妈几经努力，终于越过礁石，踏上了坚实的陆地。一只突然冒出的水鹿从她身边迅速掠过，她抱头蹲下，“山魈！”

我跳上岸，压低声对妈妈说：“拜托啦，那是水鹿。你不要再鬼叫了，他们都看着。我做得还不够吗？”我用手指把耳环弹得咣咣作响，又把玉坠从脖子下翻出来，“我想在岛上好好过暑假。”“你还是不相信我。”妈妈把头埋进双腿间哭泣。张先生来到妈妈身边关心地问："怎么回事，还好吗？这里动物都太野了。"妈妈没有回应他。张先生只好把行李揽在身上，等眼前这个女人哭完。

我不能让妈妈断送了我的未来。我这么做也是为了给她找个男人。在没有男人的家庭中成长，我对这种母性气息被无限放大的环境产生极度厌恶，宁愿听车流噪音也不愿意听妈妈来我床前复述她十月怀胎的臆想。山魈在我的一生中到底是什么样的存在？我已经无法与它撇清关系，就像藏在妈妈血液里的病毒，在没有隔断的情况下通过胎盘传染给我，她还认为，我此生的终极目标就是与之对峙。我宁愿此生对抗的，是外祖父嘴里念念不休的数学，是牵扯不清的多面体文学形象，是一片复杂难解的符号学森林。然而另一片更复杂的符号学森林，正藏在我的体内，所有的算法逻辑都是双螺旋状的。

我们面前有三条岔路。易德叔叔正查看树干上的三个指路牌。往左是镜庄，中路是鹿场，往右是猎人小屋。镜庄是那个有众多镜子工厂林立的村庄，是这个岛上唯一的人类聚居点。如果没猜错，那间猎人小屋就是外祖父所谓的别墅。妈妈抹干眼泪，朝猎人小屋方向走去。去猎人小屋方向的路上，人类活动痕迹罕见，湿润的泥泞布满水鹿的蹄子印。太阳很快就要下山，金黄色的飞虫从树林里涌出来，在头顶上聚集成一团。

"那是摇蚊，这种寿命极短的飞虫在人的头顶上盘旋，不是为了吸血，而是在群交。"张先生介绍说。妈妈提醒他不要在孩子面前说这些东西。"它们出生就是为了繁殖，几乎不吃东西，只喝露水。要不是因为它们的寿命太短太脆弱，拿它们做孤雌生殖实验也是个不错的选择。”张先生伸手拨了拨头上的摇蚊群。妈妈听到这话，加快脚步向前走，“你可以闭嘴了。”

“摇蚊可以没父亲？”我在摇蚊群中拍了一掌，手里满是黑点儿。“雌蚊可以单独产卵，孵化出的也是雌蚊，这批雌蚊又可以继续产卵……无穷无尽！”张先生放下行李，扫荡空中的摇蚊，“不过也有例外，当雄性不足时会孵出雄蚊。”“那我就是雄蚊啦。”我说。“你是人。”张先生说，“我还是用青蛙来做实验吧，太脆弱的生命终究无法承受时间的折叠。也许每种能孤雌生殖的动物体内都藏有几面彼此映照的镜子。”“为什么呢？”“这样就可以无限复制影像了，虽然那些影像都是虚像。”“我妈体内也有镜子吧，我是虚像，青蛙也是……”

张先生还没来得及接我的话，妈妈就跑到我面前扇了我一巴掌。这两个男人没来安慰我，像犯错的孩子一样低着头继续赶路，说起别的来转移注意力。

“太阳要下山了啊。”张先生说。

“海边的落日比战场上的温柔太多了。有时我还真想回到战场上去，现在的日子太平静，有点儿难接受。”易德叔叔说。

是啊，海边的落日太温柔了，谁愿意在此刻破坏它的美好？我为操纵自己未来的行为付出了代价，在这样的消磨中一点点失去期待。我走在张先生和易德叔叔之间，分别拉着他们的手——如果没有妈妈，拥有两个父亲也是一件幸福的事吧。岛上傍晚的气温下降得很快，体感干燥，冷飕飕的，X市的人工气候干预把这儿的环境弄得稀奇古怪，时而像南方，时而像北方，或者说不像任何一个地方。

我们追上妈妈时，看见她正跟另一个自己对视。在妈妈面前，还有另一个妈妈。我们走近之后发现，前面有一面巨大的镜子。树林光线不足，镜子边缘显得很浅，几乎看不见，跟周围融为了一体，我们仿佛看到了另一个自己从对面走来，非常奇异。我们四人在镜子前端详自己的镜像，打量彼此，眼珠子骨碌碌地转，在现实里我们从未这样长久地直视对方。

一个头颅从镜后冒出来。

“不好意思，我刚才睡着了，镜子实在太重。”是一个搬运工人，“你们要去猎人小屋吗？帮我把镜子送过去吧，这是老院长定做的镜子。”张先生和易德叔叔抬起镜子两端，我和妈妈分别在镜子的两侧稳住镜身。搬运工人在前面带路。妈妈的那一侧是镜子的反射面，走了一小段路后，她想跟我换位置，说无法忍受离自己这么近，仿佛感受得到另一个自己的呼吸。搬运工人理解妈妈的难处，还说他早已习惯不去注意镜像里的自己，否则人会发疯，“我总是担心万一哪天，虚像跟实物两者的动作不同步——要是那样的情况出现，就太吓人了。”

“没有实物哪来虚像？虚像只能遵从实物的姿态。”张先生说。

“那是因为你没上过战场。”易德叔叔说，“在战场上，你就是一杆枪，是一颗手榴弹，就是一个没有实体的影子。”

“别再讲战场了，现在天下太平！”妈妈喝止，“上一次的战争是在多少年以前了？好像从来就没有发生过战争吧，我只记得我跟噩梦做斗争……”

镜身的重量几乎都压在我这一侧。我喘不过气来，试着调整呼吸节奏。由于镜子反射我右侧的树林风景，我的方向感衰弱了下去。一只好奇的水鹿跑来，仿佛有两只水鹿跑来，一时不知该提防虚像还是实物。镜中世界也是相对意义上的真实世界，一个人拿起镜子看着自己时，镜子里的自己也正好拿起镜子，看着镜子外的自己，以镜为界的双方没有察觉到对方身份的真伪。若我跟镜中的孙圣西打招呼，他肯定会做同样的动作。虚实不同步的情形是否会出现呢？一个最常见的例子是，神经反射比灵魂意识的反应速度更快。

夜色下的幽灵蠢蠢欲动，越来越多水鹿在鬼祟地观望。这条路似乎没有尽头。水鹿穿梭草丛，窸窣声如海潮起伏，众人轻微的喘息声如海中鱼鸣。在小径转弯时，镜子照到金黄色的月亮，我斜眼发现镜子里并没有自己的影像。我认为是影子太黑的缘故，后来我数次确认镜子里确实没有自己的影像，光直接穿过了我的身体。我想开口说话，可是喉咙被锁死。我想停下脚步，可是双脚也被固定在运动之中无法停止。我再次望向镜中世界，一个浑身乌黑的类人生物，正蹲在树上，垂下一双几乎要碰到地面的瘦长手臂，它的毛发在月光下颤动，如快速生长的菌丝。它的模样像猴子，轻盈地跃过树枝，飞速朝我靠近——随后一股巨大的冲击力穿过镜子，爆裂声惊起了藏在暗处的水鹿和夜鸟，顷刻将镜子撞得四分五裂。地面上有一只受伤的生物在颤抖，血汩汩地流。我们捕获了山魈吗？走近去看，那只不过是一头浑身扎满镜子碎片的水鹿，奄奄一息。

“这头鹿把镜子世界当成了可以穿过去的树林。”易德叔叔说。

水鹿冲向镜子的冲击力全都落在站在背面的妈妈身上，好几块碎片砸中她。但妈妈毫发无损，木然地站起来，扫掉身上的碎片。“你们站在那里干什么？走吧，堂吉诃德的旅程还在继续。夜色愁煞人啊。”易德叔叔拿起镜子碎片，结束水鹿的生命，血瞬间喷到他的脸上。他有些错愕，站在水鹿尸体旁发呆。也许用枪来杀鹿会比用玻璃碎片更利索吧。我和张先生捡了些尚且完整的大碎片带上路。易德叔叔拖着那具水鹿尸体，跟在队伍的最后。这是我们收获的第一份狩猎成果。

“圣西，我刚才在沼泽里看到了蝌蚪。”张先生很兴奋。

“我也看见了……”我举起带血的碎片，在月色下端详自己那张苍白的脸。

进入夜晚没几个小时，天就开始亮了。我们走出树林，来到一片卵石滩涂。猎人小屋就在那儿，背后是七月清晨的雾霭海面。外祖父坐在小屋的走廊上静候我们到来。他站起来，身体高瘦，头顶几乎要触到走廊的顶棚，看起来像一根腐朽的柱子，随时会被海风吹折。

“爸，你等了一整夜？”妈妈迎上去问道。

“夜晚的时间长短不定，我才刚睡下天就亮了。天一亮，你们就来了。”外祖父说，“元元，那两个人是你朋友吗？你们手里的玻璃不会是我在镜庄订的镜子吧？”

我跟他说镜子被水鹿撞碎了。外祖父根本不在乎镜子的好坏，转动那双充满暗示的眼睛问我那两个男人是谁。他们向外祖父打招呼，并没有介绍自己。张先生从我手中接过镜子，走到海边清洗鹿血。易德叔叔则拖着水鹿尸体问外祖父，是在外头杀鹿还是在屋里杀鹿。外祖父纠正他的用词，说鹿死了不能用“杀”，而是“宰”。

外祖父叫我和妈妈进屋。小屋面积不大，称不上别墅，但胜在装修和摆设很精巧，色调柔和，家具大多是木制的，墙上挂着几把有金属铭牌的猎枪，面朝大海的床边有一张桌子，摆满了书籍和文具。妈妈被那些鹿纹墙纸吸引了，告诉父亲，她亲自给高斯大区的房子制作了墙纸，用的是他送来的书，还说被文字包围的感觉让她如沐春风。

妈妈期待着外祖父的赞赏。她多么需要父爱啊，哥哥讨厌她，嫂子嫌弃她，老母亲仿佛从来没有生下过她，儿子也不相信她，只有她父亲，只有他送了她一屋子的旧书籍，给予她自我救赎的机会呢。外祖父没有给她预期的赞赏，而是一言不发地盯着她，致使她的骄傲烟消云散了。妈妈肯定以为，外祖父是因为自己损毁书本而生气，其实他的怒气是被我激发出来的。我站在妈妈背后，有意无意地向外祖父展示那只丑陋的耳环，以及胸口前那块韦驮菩萨玉坠。外祖父，一个热爱文学和数学的老头，怎么能忍受有人在他外孙身上戴着这种东西？耳环和玉坠，没有肉身，在锤子面前也不过是齑粉一堆。世间最神秘莫测的，是众多数学符号，是文字的万千组合。我成功对妈妈进行了报复。然而妈妈对神秘之物的痴迷，与外祖父对符号与文字的狂热，同样是无可救药的，我只是夹在其中的牺牲品，承受着他们以高尚名义所施加的种种无名之力。我的未来只不过是浮烟朝露，要抓住自己的虚渺形体不被风吹走是何其艰难啊！

妈妈大受打击，沮丧地坐在沙发上。墙纸上的鹿纹描绘的是水鹿跳跃时的动作分解：积蓄、蹬腿、跃起、划弧、下落、着地……一轮一轮的动作重复，让整间屋子的墙壁仿佛运动起来。我在客厅的左上角发现了猎人的图案形象：他举起枪，瞄准，身体分别位于两堵墙上，一分为二，通过形成的夹角从而获得立体生命。我下意识侧身避开他的枪口，撞上另一个埋伏已久的猎人——外祖父抓住我的肩膀，伸出另一只手，要把我的耳环和玉坠硬生生扯下来。我轻巧地躲开了，像只狡猾的野鹿一跃起，离开猎人的攻击范围。

“为什么不摘下来？”外祖父指着我问。

“菩萨会保佑我。”我说。

“什么乱七八糟的？！”

我本可以安心摘掉这丑陋的耳环，以及肉瘤一样的玉坠，可是，万一妈妈所言确凿，那我至少还有身份依凭，将在菩萨的庇荫下获得新的身份。

“你的心脏好些了吗？”妈妈在客厅自言自语，但没有得到外祖父的回应，“圣西，出去帮易德叔叔干活吧，别让自己闲着，这显得你很傻。”她忽然笑起来，然后枯萎了似的躺在沙发上缩成一团，睡了过去。

屋里闷热无比，海上的风暴即将来临。我想打开窗户通风，发现所有窗户都没有玻璃，只有一个个空木框。我望出窗去，张先生用硬邦邦的水草擦掉镜子上的血迹，他回头看我一眼，示意我出去帮他洗镜子。我摇摇头，既不想帮易德叔叔宰鹿，也不想帮张先生洗镜子，更不想安慰妈妈，反而想起那个失踪的女护士杜雅。一只海蟑螂从妈妈的脚上爬过。她在疲倦的梦里咬紧牙关，满额冷汗。不一会儿，两个男人完成各自的工作：鹿肉整齐地晾在竹架里，作为钓鱼诱饵的内脏切成了适合的大小，洗净的镜子放在走廊上晾晒，洗刷过的走廊沐浴在耀眼的太阳光下。张先生和易德叔叔坐在靠门口的椅子上，冷静中透露着局促，不知道接下来该怎么做，又能做什么。外祖父的严肃完全搅乱了他们的闲适心态。张先生嘀咕着要返回树林，回到最初遇见池塘的地方去捞蝌蚪。易德叔叔整天守在电话机前，不停往商店里拨号，想知道装修进展，但那头总是占线。妈妈醒来后，对他们俩一点儿兴趣也没有，只是无神地瞄瞄四周，从行李里拿出来一个用布包裹起来的东西，是那尊韦驮菩萨佛像。妈妈清理茶几上的杂物，腾出一片空位，把佛像安置好。她还嘱咐我不要让外祖父把它扔了。

“他不懂！他什么都不懂……”

这里每个人身在其位，本可以安然过完这个夏天，不需要额外的情节。若命运不发挥它的作用，我决定自行制造机遇。我没法一下调动两个男人进行决斗，除非孤立其中一人。无论从哪方面看，张先生的情绪要比易德叔叔来得高昂，把时间花在张先生身上显然更有效果。

“圣西脖子上戴着的就是那个菩萨吧？”张先生忽然问妈妈。

“明知故问。但我什么都不信。张先生，你只相信科学对吗？”妈妈说。

“不完全。我一直在研究神话里的科学。白天，我也许是个理性的人。但是到了夜晚，我对神话的狂热会完全抹掉科学的理性呢。”

“你这样的人怎么能当好一个老师？学生们需要的是坚定的信仰，像你和我这种完全分不清虚实的人啊，最好是乖乖接受命运咯。”

“你供奉菩萨就是在寻求安慰，我知道你的难处，没有一个男人在家，孩子的教育、生活的各种支出，都是问题……”张先生站起来走向我，“你儿子需要一个健全的教育环境。对，我和你都不适合做圣西的教育者。恕我直言，你不能放任自己的臆想，怎么可以说他父亲是——”

没等他说完，妈妈转身指着门口，叫他滚出去，“难不成你要做他爸爸？”

“你误会了，我从没这么想过。”

张先生彻底玩完了！他原本是最适合的人选。易德叔叔坐在沙发上一声不吭，如果张先生被淘汰，作为第二顺位的他自然会成为最有力的竞争者。爱如此困难，但在这样一个封闭的小岛上，一男一女独处也许能产生依赖关系，只需要一次偶然的对视，一个偶然的心动。张先生说，趁天色尚早，他要去树林里找蝌蚪了。我也跟着他走出门去。我刚离开，就听到易德叔叔问妈妈：“岛上还有别的地方可以打电话吗？”“也许要到镜庄那儿去吧。”妈妈说，“可是有谁去过那儿呢？你会迷路的。”

在走廊上，张先生打开储物柜，想找几件抓蝌蚪的工具。“张先生，你不喜欢我吗？”我问。“什么意思？”“你不愿意做……我爸爸？”“找到了。”张先生找到了工具。“我需要一个爸爸，这样我妈才会好起来。人都需要一个父辈，一个祖先，才能了解自己的过去。”“谁会相信那幅画的怪物是我们的祖先？但也许它才是上帝的真实模样。爱伦·坡说，我们只不过是上帝自我扩散形成的万物。也就意味着，你是上帝粒子，我也是上帝粒子，每个人最终都只会回归单一，那就是上帝本身，那就是虚无。”张先生向我解释他的宇宙观，一边抄起工具，朝树林快步走去。我没法理解张先生的话。上天没有赋予我结实的肉身，山魈给我的是比神话更虚渺的魂魄，菩萨成了我胸前的肉瘤。“为什么要研究青蛙生殖？青蛙也是上帝粒子，粒子产生粒子，粒子又产生粒子……我是自体分裂出来的吗？”我跟上张先生，在后面追问。“你问题真多呢。”张先生说。

易德叔叔和妈妈一起出门，朝另一个方向走去。他们在闲谈，心情看似不错。我告诉张先生，妈妈和易德叔叔一起去散步了，劝他不必太在意刚才妈妈的话。

我们找到了昨晚的池塘。小小一方池塘，直径大概十米，飘满青苔，密匝匝的褐色蝌蚪在黏稠的水面上游着。张先生拿起塑料勺，一勺下去连同青苔捞上来一滩青褐色的液体。张先生吩咐我拨开池塘的青苔，打一桶清澈的水。我们挑选了个头大的蝌蚪，放入水桶里带回去。蝌蚪有拇指那么大，能清晰看见它们嘴里黑色的牙齿和腹腔内一圈圈的消化道。我捡起一根小树枝，轻轻划开蝌蚪的腹膜，挑起盘成一圈的消化道。我在上面截了一个口子，便开始往外拉蝌蚪的肠子。它的肠子很长，怎么拉也拉不尽。我的手掌黏满了蝌蚪细小的消化道。我的肠子有没有这么长？“烦恼丝，烦恼丝，拉不尽，连着心。”我随口哼着。“你在唱什么？”张先生问我。“不是我，是蝌蚪在唱。”“哦，小蝌蚪也懂得烦恼。”“有个同学给我看了部可怕的片子，男主角掏出肠子勒死了一个坏人。”“你觉得怎么样？”“我想……器官可以当武器来用……”“很好，你打人的武器就是你的器官，就是骨头。”“不一样。”“烦恼丝，烦恼丝，拉不尽，连着心。”“是小蝌蚪在唱歌吗？”“是我在唱。小蝌蚪长大了。”

“大个头的褐色蝌蚪长大后会变成蟾蜍。”张先生说，“只要是蛙类就可以拿来做实验。同样是蝌蚪，有些长大后是普通的树蛙，有些是艳丽的箭毒蛙，蟾蜍在感官上无疑是最恶心的品种。”趁张先生不注意，我在路上倒掉小半桶的蝌蚪。我属于哪一类呢？

给我看那部恐怖片的同学有个外号，叫“负子蟾”。他原名叫付梓单，某天我们学到匈奴首领的称号“单于”，为了贪玩，称他为“付梓单（chán）”，与“负子蟾”同音，本来事情到此为止。不幸的是，他的青春期过早到来，脸上有很多痘痘脓包，破损后留下的坑坑洼洼，跟负子蟾背上用来养育蛙卵的莲蓬状皮肤窝极度相似，令人头皮发麻。这个称号就这样跟他绑在一起了。他经常从网络上搜集一些稀奇古怪的影片，我是他唯一的观影伙伴。我不想别人知道我和他的关系。表面上我跟他维持距离，只有在放学后，我们才躲在公园的巨型蘑菇洞里，进入那些奇异的世界。他孤僻，口味不寻常，是生活里最不合群、位于最底层的那类人。然而在他看来，我妈才是这类人。我很不服气，凭什么我妈要被一个所有人都不喜欢的人踩在脚下？有一次，我问他，为什么他父母要给他起这样一个名字。他说他爸爸姓付，妈妈姓梓，他是家族九代单传的男丁，所以起了这个名字。“长大后，我会把名字改成付梓丹。”他说。

那时我既看不起他，也嫉妒他，嫉妒他拥有一对真实的父母，没有过多的命运迷雾，所有的不幸都仅仅是简单而明显地表现在他的脸和行为上。付梓单从来没有问我为什么要跟他这种人瞎混。某天我们在蘑菇洞里看了一部情色片子。第一个镜头出现时我就溜了，它与我长久以来所理解的关于人的诞生之道完全背道而驰。张先生对付梓单这个学生没印象。我提起外号“负子蟾”，他才想起曾经有只负子蟾出现在他的办公室里。负子蟾是完全水栖性的，出现在教学楼的可能性不大。付梓单这个人消失很久了，听说是离家出走。他消失那天，正好是我们在蘑菇洞看情色片子的第二天。

树林里的时间过得特别快，太阳已经向西斜了。我们对时间流逝的尺度没有太大把握。桶里的蝌蚪有几只已经长出了后腿，可是刚捕捞时，每只蝌蚪都尚未发育到后肢阶段。鹿岛上的时间，一天可以充当两天使用。我们的生命在加速流失。

约莫十分钟后，天色已完全进入黄昏，我们白天的活动时间总共才两三个小时。水杉间弥漫着清爽的水汽，在雾蒙蒙的光线里，水鹿被濡湿的毛闪闪发亮。张先生说，大自然的隐秘联系在他眼里清晰无比，就像昆虫能感知空气里人类肉眼无法辨别的信息素一样，这样的特异能力多多少少使他成了泛神论者，太一论者。正如他引用的爱伦·坡的观点，世间万物都是上帝，是“神的自我扩散”所形成的。假如神的思维赋予其中某颗粒子跟它地位相近的视野，那么，那颗粒子就几乎等同于神的分身。这样的人没有痛苦，也没有感情。可是，张先生有过爱人，对科学和神秘主义保持着同等的热爱，他尚未达到与神平起平坐的地位，在人性与神性间摇摆。思及此，我为自己的纠葛感到难堪，无法接纳从无到有，又从有到无的归虚过程。付梓单也许退化成了一只蟾蜍，又归化为尘土，成为自然的统一。

“微风，上帝的呼吸。”张先生朗诵起爱伦·坡的诗句。

走着走着，我们看见了猎人小屋在树林间的轮廓。风吹开林雾，我们看见妈妈和易德叔叔，他们站在几棵密集的水杉中间，彼此靠得很近。我们压低身体，躲在草丛里，偷偷看他们在搞什么。易德叔叔默默无言，杵在那儿，犹如站军姿。妈妈低头看着他的口袋，迈出了人生中重要的一步，尝试去接纳另一个男人。这不能说明他们两个早已有感情，毋宁说，这只是在树林单独相处时，被催化出了一份露水情缘，只要强风吹拂，哪怕是蹦出一只鹿，就能破坏这苦苦维持的情网。半晌，易德叔叔才抬起手，也许想握住妈妈的手。一双湿漉漉的手，捂住我的眼睛。是出于一个老师对学生的保护吧。但他的手指岔开了缝，他明白我有权利见证自己母亲的某个伟大时刻。黄昏光线铺洒在那对男女身上，两个贞洁的灵魂，即将融为一体。

易德叔叔的手最终划过空气，落回大腿一侧，紧张的情欲在一瞬间消散了。他们两人继续低声交谈，什么事都没发生似的，最后朝小屋走回去。张先生松开手，如释重负地舒了一口气。我隐隐觉得张先生慢慢进入了情欲陷阱，开始关注妈妈……我提起水桶，发现蝌蚪竟全部变成了小蟾蜍，一只只往外跳，最后剩下大概十只。不到一个小时，这些过早发育长大的蟾蜍都死了。

后来我再问起树林里的情事，张先生竟说什么都没见过。而且妈妈和易德叔叔又开始冷战了。我经常在梦里重遇那桩发生在树林里的情事，最常出现的是大雾天，雾里有咸味，伸出舌头就能尝到。我设法重置现实的可能性，改变妈妈和易德叔叔最终没有牵手成功的结局。梦中重游的形式多样：我有时变成一头水鹿，藏在草丛里偷窥，有时变成一只摇蚊，一片叶子，妈妈脖子上的一滴汗，易德叔叔的一颗眼珠，甚至变成张先生。每种可能性最终都无法延伸至现实，唯一的作用在于反衬我的无能为力。多年来，我期待通过他者结合来完成本体确认。如今站在舞台上的我，不是以一个局外人的身份诉说，因为我仍在承受这一切。

潮起时，猎人小屋通向鹿岛海岸的道路被海水覆盖，被孤立起来。小屋所处地势相对要高得多，涨潮后，海水淹没了门前低矮的卵石滩涂，小屋成了与鹿岛海岸隔海相望的小孤岛。由于日夜长短不定，月亮运转和停留的时间都是未知数，五人困在小屋里很长一段时间，我们埋怨外祖父为什么不备一艘小船应急。

“没有渡海小船，人就有尽情浪费时间的理由。”外祖父辩解。

“可以游泳过去，水根本就不深。”张先生提议。

“上了岸，我们又能做什么？”妈妈说。

“是啊，身处地球这个孤岛上，本来就不必远航。”易德叔叔附和道。

我们只能吃鹿肉填饱肚子，在竹篮里放几块鹿内脏诱捕虾蟹。小屋阳台和屋顶停满海鸥，易德叔叔尝试捕捉几只海鸥，但它们的肉很臭很硬。小屋有三个房间，我和妈妈住一间。张先生和易德叔叔共用一间，两人轮流睡在床上。外祖父则单独住在书房里。

外祖父在镜庄举办了一个读书会，每隔几天，他就会步行到镜庄礼堂开讲座。被海水围困的日子，外祖父只好把读书会转移到家庭内部来。他有很强烈的诉说欲望，常常在阅读的过程中跳出来发表自己的见解，冗长不绝。在这个古怪的岛上，我第一次感受到了家庭的温暖，随着潮汐流动，具备了可被感知的情感。外祖父安排每天的读书内容，古历史，文学，战争和数学。学习数学那天，三个大人都不愿意起床，我迫不得已成了外祖父唯一的教育对象。

“小孩子必须学习！”这是他们强迫我背圆周率的理由。

除了读书会，闲来无事时，我们坐在门口，隔海寻找树林的黑暗中发光的水鹿眼睛。水鹿聚集岸边，跟我们对视，好奇打量这五个奇怪的人类。黑压压的鹿群里，偶尔出现一个人影，戴着帽子，手插口袋。易德叔叔断定，那是一同上船的警察。没人信他。

某天夜里，趁几个大人都在睡梦中，外祖父翻开线装书，向我讲述了一段镜庄的秘史。镜庄的房屋从古时起就用镜子做墙，从黄铜镜到玻璃镜，那里的人总是担心某天自己会退化为一头猿猴，对自己是否是一个人缺乏信心，必须时刻用镜子来确认自己的模样是一个人才罢休，但每天醒来，他们又陷入了新一轮的焦虑。一天，一头猴子随渡船抵达镜庄，它从前坚信自己是一个人，直到它面对眼前的千百块镜子时，才意识到自己与所见到的人长得不一样，被自己的模样吓坏了。猴子出现后，那里的人也吓坏了。原因很奇怪：由于长年与镜子生活，那里的人总觉得眼前有一块镜子，因此当他们看到猴子时，以为看到了镜中的自己。猴子要求镜庄拆掉镜子，那里的人只好将猴子赶上山，从此人猴为敌，镜墙数量倍增，因为他们相信，猴子下山一旦看见镜中的自己，就会落荒而逃。说完这段历史，外祖父异常疲惫，径自回到书房休息。

我在沙发上假寐，听到外祖父的鼾声后，潜进他的书房。那里黑暗温润，排列不整的书背像岩壁上的页岩，错落有致，被翻过或受潮的纸页在膨胀，发出轻微的嘎哒声，如一堆堆小泡沫在爆裂。我压低身子，从外祖父的床沿爬过，月亮照落在冰凉潮湿的地板砖上，细沙硌着我的膝盖。我轻轻拿起那本线装书，悄悄翻看。然而里头只有一个题目——镜庄的猿猴。根据一个题目，外祖父虚构了一个村庄的历史。也许镜庄根本就不存在吧。

“镜庄。遥远之地。红柱子。照镜之人。”外祖父发出梦中细语。

正当我退出房间去，一只手掌那么大的负子蟾蹲在门口，背上的皮肤窝里，有几十只半蝌蚪半蛙形态的幼崽，伸出一束束小爪子。它们被母体喷到空中，在空气里游弋，扩散开来，像灰尘粒子一样飘浮着。它们钻进我的鼻腔里、耳朵里，我也跟着飘浮起来，上升至窗户的中央时，望出去，海面浮起很多光滑的生物头颅——它们爬上岸，在月色下展露健硕的肌肉，皮肤泛着暗蓝色的光，似玻璃，似水晶。那些生物上岸后，脚上的蹼渐渐消失，变成五趾分明的人脚，朝镜庄的方向走去。它们是镜庄的居民吗？我吐出一口气，像鱼类利用鱼鳔控制浮沉，缓慢下降到床沿。我在外祖父身边躺下来，钻进被子里，害怕得死死抓住他的手。我把背贴在外祖父的胸骨上，他心脏跳动的节奏紊乱无序，像有一只挣扎的蟾蜍被困在里头，拼死要跳出这副衰老的身体……我戴着耳环的耳朵听到了，他的血液是一条在深谷下流淌的小溪，遇到了诸多嶙峋岩石的阻挡，时而湍急，时而阻塞。

外祖父在梦中挣扎，瘦削的双手绕过我的脖子，似乎要勒死我。我越挣脱，他的手臂就勒得越紧。当外祖父熬过了梦中最艰难的情节后，手松脱了。我喘着气，却不想离开床。这个晚上，我像找到了某种象征意义的父体：我是一只从外祖父的躯壳里钻出来的虫子，在躯壳即将消亡的夜晚，留下无限的眷恋。我在梦里看见死者的脸庞。死者的脸庞长在后脑勺。好几次我回过头看外祖父，他的脸正要往后脑勺那儿爬去。我抓住韦驮菩萨玉坠，求它让外祖父多活一阵子，至少过完这个夏季。在察觉外祖父的呼吸完全停歇后，我再也不敢回过头去，静默地与一具尸体度过整个长夜。

第二天，持续几天的夜晚结束。白天来临。我醒来时，身边的床位正空着，也许他们把外祖父的尸体抬到外面去了。房间内光线还很暗。我走到床边，伸手去触窗框上的那一层白色的雾。雾突然扑簌簌地散去，发出一阵聒噪，原来是一群海鸥。这时，阳光猛地灌入书房，妈妈进来了，可她的神色没有一丝悲伤，还催促我起来干活。

“你再不起来，活就干不完了！”

“干什么活？”

世上最漫长最艰难的活，就是给死人挖坑吧。每挖起一抔土，就是向死者告别一次。外祖父死了，我感到悲痛，但我还没对死亡本身产生足够的悲伤感，只好对着镜子挤眉弄眼，摆弄一通，想在脸上固定一副哀悼的模样。当我带着这个古怪生硬的模样走出客厅时，看见他们坐在走廊的栏杆上商讨着什么。外祖父也在那儿。他还没死！我向韦驮菩萨许的愿竟灵验了。

外祖父叫我站到一边儿来，他要给我们分配工作。岛上的夏季有很多工作。他独自生活时很多工作是没有必要的，但现在一下子多了四个人，那些集体工作不仅是为了营造一个健全融洽的家庭气氛，更是为了生存需要。第一个，是如厕问题，健康卫生影响着我们的基本生活。在我们来之前，他一般是到靠海阳台那儿解决的。张先生皱眉头，说道：“我们从那儿捉来的虾蟹，都被你的屎尿污染过啦。”

“所以我们才需要修建厕所，解决公共卫生的问题嘛。”外祖父辩解。

“直接在阳台解决就好啦……”听到厕所一词，妈妈非常不安，立马提出抗议。

见我们沉默，妈妈只好妥协，修建厕所可以，但她坚决不参与，她想选别的事干。外祖父看看我，想从我身上找到妈妈这样做的原因。我耸耸肩。易德叔叔马上自告奋勇，把工作揽在身上。在营地生活期间，他挖过埋尸的土坑，有挖坑经验。

“埋粪和埋尸，本质是同一种工作。”易德叔叔说。

“窗户怎么办？”我问。

“都换上镜子吧，墙壁也是。”外祖父说，“这是镜庄几百年来的传统。”

“对！镜子可以辟邪！”妈妈说。

“这个我来做吧。”张先生说，“只是那面镜子碎了……”

“圣西，你去一趟镜庄工厂，买些镜子回来。”外祖父说，“你该去那里看看。”

我欣然答应，终于得到了去镜庄的机会。我们陆续分配了工作，诸如采野菜、捕猎、修建栅栏之类。散会时，我们才意识到妈妈手上没有工作。她嘴唇发白，支支吾吾。外祖父气不打一处来。“四体不勤，五谷不分！我给你送了一堆书，里面就有野菜图谱，如果你仔细看了，就知道该采什么吃的……

好吧，城里用不着这些书……但你想过去工作吗？要不是你哥每个月给你寄钱，你早就饿死了！你还想等着那个男人回来养你？”“爸，你说什么呢……根本就没有什么男人……你还不信我吗？我天天供奉菩萨，就为了圣西不受伤害……”“受谁的伤害？你的伤害？”“山魈啊！我梦里全是它。有厕所的地方就有山魈！他是山魈的孩子……”“看来是我错怪你了，你是真的读书了，满嘴志怪故事。”在众目睽睽之下，被妈妈说是山魈之子，我的脸简直丢尽啦！“在厕所出现前，这个世界就是个大粪坑！每一寸土地都是！你能逃到哪儿去？”外祖父伸手划了一圈，“无处不在，无处可逃！”“啊啊啊……”妈妈跑出去，踩着厚厚的泥泞，冲到海滩，掩面哭泣。她躺在海滩上，像一条浑身脏污的人鱼，想要得到爱，却被遗弃在无爱的人间。“这两人谁是你爸？总有一个吧，要不然他们跟着来干什么？”外祖父指着张先生和易德叔叔。“对啊，你们谁是我爸呢？”我顺水推舟地问。张先生和易德叔叔，看了对方一眼，各自忙去了。

“我一直希望是我，但我不是。”易德叔叔回头说，掀起衣服，紫红色的伤口像永不瞑目的眼，“你看，那些痛都在血液里。我不可能养大一个孩子。”

“时间和宇宙，都应该有源头，但它们从不问自己的起源。”外祖父说完，走进屋里去。

我、时间和宇宙，这三者的源头都不明确。我既是时间，也是宇宙本身。每当我被此类思绪笼罩，都能体会到一种彻底的“无我”：人性被抽离，解脱了，一个确切的父体是不必要的。妈妈艰难撑起身，沿着海岸独行，跳起那段裸体之舞，灰黑色的泥尸从她身上簌簌落下。那两个男人没有理会这个女人，各自走进树林。一个寻找池塘，一个寻找木材。

五

一整天，我都在清理门前的淤泥，抓弹涂鱼，用板砖铺出一条通向镜庄方向的小径。那边有什么呢？我希望能在没有外祖父命令的情况下，独自进入镜庄。那里是人类的古老家园，是寂静村落，还是繁华市集？人们也许过着与世隔绝的生活，只进行镜子贸易活动。

我回到上岸时遇见路牌的地方，沿着所指方向行走，却如同行走在倒退的履带上，无论怎么加快脚步都无法前进多少，很快又绕回了猎人小屋。森林有时会形成天然的回旋岔道，众多闭塞村落的古老文明也会在关口设置魔法般的障眼法。我猜我面前的某个地方，挂着许多面彼此照射的镜子，循环往复，最终把外人引回原点。硬闯的人无异于那头在昏暗中撞上镜子的水鹿，身上插满千百片足以目睹自己血淋淋惨状的镜片。

失败而归的我每天都在外祖父的书房里游荡，寻找关于镜庄的资料。外祖父迟迟不开口叫我去镜庄采购镜子。我整日缠着他，寻找各种理由，比如刮风下雨的天，灌进来的风雨会弄坏他的书。外祖父通常对我的话置若罔闻，每当有风时，一群海鸥就会飞来，站在窗户栏杆上，用雪白的身体堵住漏风的空洞。

“跟房间的风比起来，我心里的风更大啊。”外祖父说。

我站在窗前，伸手戳破那面由海鸥组成的屏障，海风直灌进来。风吹掉外祖父手中的稿纸。他在计算什么，叫我捡起纸来。稿纸吹到床底下，我钻进去，浑身沾满蛛网。外祖父叫我站在那儿别动。我身体僵直，握着写满符号文字的稿纸。“站着干什么？”我问。“圣西，我在思考一个问题，我老得快死了，还在思考那个问题。我这一生由什么组成，为什么偏爱虚数？由实部和虚部构成的复数，不就是我整个人生的形式吗？然而我拥有太多实部了，只有那些虚部还未被满足。”“你的实部是什么？”“病躯，家人，职位，食物……”“包括我在内？”“我不能将你算到里面。”“唔……那我就是你的虚部？”“美妙又痛苦的虚数，就是镜像。我在具象事物里看到自己的镜像，从科学层面看，这是物理现象。物理是否只是投射的另一种形式？我呼吸空气，却抓不住空气。当我想去触摸虚幻的自己，摸到的只有那个实部，也就是镜身之本身罢了。”

稿纸上的符号在游动，在混乱中排列出新的位置。事物朝着熵增大的方向进行，越来越混乱，最后散成粒子，跟张先生的上帝粒子理论是一致的。然而，此时稿纸的符号正趋于有序，趋于可观……“如果镜庄是一个复数，那么人是那个实部，你只是缺了一个虚部，也就是一条路线。”外祖父指着那片莽莽丛林，“人需要什么力量才能穿越这样庞大的空间？彻底的无助，没有标尺，没有引路人，你的维吉尔现在还是一个婴儿。即使上天给了你指示，你还是会问上天那到底具体是什么。在这个没有尽头的循环，你成就自己的唯一方式，就是创造自己。凭空造物并非不可能。”“对啊，妈妈就是凭空造物，造出了我。”“她那是瞎说！”

外祖父将稿纸摊开，符号已不再移动，变成清晰可辨的数学符号和式子。外祖父给我一种推演的方法，越接近答案，那碗名为本质的热汤就越冷。说了一通让人云里雾里的解释，他最后向我讲授的还是复数的运算，简单基础的运算：$z=a+bi$——这是他口中的人生形式，也是全人类的生命组成形式，极简、冷漠、数理化、浓缩、形式。他是站在抽象高地上的王。

我理解能力迟钝，他花了几个日夜来演算如何将其转化为角度数值。最后我才明白，这些角度最终指向的是去往镜庄的唯一道路。

“通常前往镜庄之前，读书会领事蒙着我的眼，由他领我去。我没见过那些道路，但我知道它们的转弯角度，用复数形式来代表角度是一个很好的掩饰。我时时怀疑，虚数的创造是一件多余的事，是为了象征与拓展才特意捏造的。”外祖父说，“我完全可以把路线告诉你，但你要把自己变成一种形而上的存在，才能活下去。”“不，我是个有血有肉的年轻人。”“血肉只能承受普通伤害。特殊的形体才能保护灵魂。”外祖父给了我一连串复数，要求我算出对应的转角数值，把所有转角按顺序排列，以树林入口为起点，按顺序完成角度转弯，就能避开障眼法，抵达镜庄。外祖父把稿纸和笔塞到我手里，要求我马上出发，在途中算出数值，确定路线。我以为这只是一个单纯的数学练习，心不甘情不愿地答应了。“女护士哪儿去了？”我问他，“警察在查她。”“如果她人生复数的实部为零，那她就是纯虚数，找不到，也看不见。”他说。“算啦，不和你猜谜语了。”外祖父走出房间，把所有的窗户都打开。因为没有玻璃，打开或没打开都一样，他只想把“打开”的动作做出来，以释放某些象征性的梦魇。他把我推到书房外，关上了门。

客厅没人，我没有求助的对象。张先生和易德叔叔已经几天没回来了。妈妈一圈圈地绕小岛游荡，每次经过走廊，她就拿起外祖父为她准备的鱼干充饥。我准备出发时，看见妈妈刚好从走廊离开，肩膀上挂着一只螃蟹和几个干瘪的黑椰子。她身上的污泥逐渐减少，每绕一圈归来就比之前干净些。我想跟她打招呼，可是已经来不及。我只想告诉她，我正要去完成一项特殊的任务，来安置我特殊的灵魂。

站在树林入口，身体朝着正前方，以双脚为原点，以身体为坐标轴。我即将算出运动的角度和轨迹。我不是心算天才，不能凭肉眼目测角度，也不具备良好的运算能力，于是事先从书房里偷偷带出来一个计算器以及一个量角器。

“z=30+40i”。这是第一个航向，开平方，算角度，朝36.87度的方向前进50米，把量角器放在土地上，丈量这片漆黑的土地，寻找一个精确的前进方向。某些式子算出来的前进距离和角度实在太小，我有几次几乎在原地打转，被困在树林腹地。

一个男人从树上跳下来。“是谁？”我问，“你是镜庄的人？”“不是。我正要去镜庄。”“我也是。”“我在树上观察日落的方向，日落的方向就是镜庄。”男人说。他又爬到另一棵树上，动作敏捷，在树冠顶部眺望远方，“找到了正确路线了吗？跟我一起走吧，离开地面从树上走。”“我不认识你。”我说。“我在船上见过你们一家。”他回答。他是那个警察？我觉得他非常可疑，于是挥挥手里的稿纸，说不必麻烦他。他跳到别的树上，就这么消失了。我继续计算，手脚麻木，脑袋闭塞……从一个点到另一个点，绝非简单的直线位移，而是不断迂回，又折返……但我应该庆幸这种解密方法比莫尔斯密码简单多了。如同遵循惯性地算完近百条式子，并逐步前进，我终于在黑夜结束前，看见一盏挂在树上的白炽灯。一只大飞蛾正绕着灯泡，发出清脆的嘭嘭声。

这是附近唯一的灯。这是镜庄的入口，镜庄四通八达。

我并不是独自一人，灯下还站着一个男人，由于灯下黑，看不清他的面目。他似乎在看我，隔得老远我就闻到他身上的气味，动物似的气味。我看清了他的脸，是刚才在树上的警察，他的脸有红蓝相间的条纹——是山魈的脸！我转身就跑，跑不出几米，就被一只手抓住：“镜庄在这边呢。”“你的脸？！”“哦，这是伪装。听说这里有凶猛的猴子出没。”“你怎么这么快就到了？”“你要是跟着我，你也早就到了。”他出示证件，“我是个警察，我天生爱爬树。”他的证件未能打消我的疑虑，一个警察选择爬树有损其身份的真实性。“特殊环境就要采取特殊方法。”他说，似乎看穿了我的怀疑。

我无视他，继续前行。他默默跟在我身后。

果然，镜庄就如外祖父所描述的，是一个镜子城堡。它建在一个山坡上，地势渐升，向两侧蔓延开一大片房屋。所有建筑物都被镜子包裹着，甚至树木都闪着银光，外墙贴满镜子，窗户玻璃也是镜子。昏暝中，众多等待太阳升起以便再度耀眼起来的镜墙，把前端的景色复制进镜身，与后山风景画面产生了突兀又连续的断裂层。地上铺满镜片，好像把天空切碎后洒在大地。镜子本身没有颜色，它的色泽就是世界的色泽。镜庄的人还在睡梦中。红日初临，灰红色的天空笼罩着镜庄。朝霞流动，镜中画面也随之流动起来，仿佛有千百张露天屏幕，在切割同一个画面。

我们漫无目的地走了一段路，彼此没有说话。无论我怎么甩开他，他总能跟上来。镜墙映出千百个我们。我有点儿生气，叫他停止尾随而来。“你调查的是我外公。我什么都不知道，也不认识那个女护士。”我说。“原来那个是你外公。对，亲人之间不能相互举报。但我的目的不是为了调查他。”他回答，“虽然我是奉命来调查的，但实际上，我不关心你外公，也不关心女护士的行踪。毕竟这个世界每天都有很多人失踪。”“那你来这里干什么？”“我一直在找我儿子，此前跑遍了X市的各个角落，都没找到他。很多路人都回答说，他们见过我儿子，但他们口中所描述的人，年龄各不相同，故事也千差万别。所以我怀疑，这个世界在合谋欺骗我。所以我经常爬上树，觉得在树上才能看清生活。我认为还有两个地方是他最可能出现的。第一个是镜庄。”“另一个呢？”“夜游者的废墟……”警察说，“那里是神弃之地。过几天，我就要去那里找他。”“我听说过那个地方，去那里的人都有问题。”“不见得，可能他只是为了看看不一样的风景。”警察说，“其实我早就放弃找他了，我儿子有自己的理想。况且我从千百个人口中，听说了千百个故事，总有一个讲的是他。”“我也在找我的亲生父亲。”“也许你应该学学我，多爬爬树，看看天空上面有什么。”“爬树是猴子才干的事！”

我们走进巷子，寻找可以坐下来歇息的地方。这里的店铺招牌都与玻璃或镜子有关：玻璃拉丝，玻璃工艺品，还有几家专门做哈哈镜。我以为即将迎来黎明，可是天色不但没有变亮，反而逐渐暗下去。从黎明到黄昏的过渡，仅仅花了一分钟。天色向晚，居民们出来活动。我听到火炉开始嚯嚯地运作，有人在扫玻璃，自行车在隔壁的巷子奔跑。店铺亮起红色的纸灯笼，红彤彤的，充满春节时的喜庆气氛。

警察走路时经常撞上镜墙，但我却像穿过空气一样穿过镜墙。警察坚称这是镜庄的把戏，为了扰乱外来人。在镜庄西面，我们找到一家茶馆。茶馆里亮起红灯笼，镜子制成的茶杯、椅子和桌子，红光炫目。茶馆生意很好，前面有个舞台，一群戏剧演员在唱戏，气氛跟刚才的死寂大相径庭。四周坐满人，唯独中央有一张空桌子，像特意为我们预留的。处处是镜桌、镜椅、镜墙，一低头就能看到自己的脸，我抬起头，连天花板也是镜子。镜中世界如血红深海。

一个侍者走到我们桌前，问道："镜子顺利送抵老院长家了吗？"

"你说的是什么事？"

"那天我本来负责送货，临时有急事中途离开了。既然你今天来镜庄做客，这趟茶水免费。"这个侍者又不是那晚的搬运工人，怎么说起话来好像他就是当事人？警察喝了一口茶，向侍者打听读书会的事，"你们这儿是不是有个读书会？"

"读书会一般在礼堂举办。"茶斟完了，但话还没说完侍者就走了。

"在镜庄，我们是一个共同体。"另一桌客人把头伸过来接话道，"我们共享记忆，样子很快也会变得相似。"这话又没说完客人缩回去，说他要去继续喝茶了。

“在一个共同体里，假如一个人犯了罪，等于是全体犯了罪，”又有另一个客人接话，“因为我们共享的东西，包括道德体系、梦境和个性准则。要惩罚的话，整个镜庄的居民都必须受罚。但在X市，群体犯罪难以执行刑罚，通常会慢慢消解为无罪。”

“这种逻辑的前提必须是，”警察说，“这个共同体的存在合理性得到了法律的认可，但据我所知，X市没有这样的历史案例。所以谁犯了罪，就该抓谁。”

客人耸耸肩，“这种事没法在书面上被承认，只有亲身体验过才能摆脱一时偏见。这里没有犯罪，没有苦难，没有多样的个性。为了维护共同体的荣誉，每个人都谨言慎行。如果出现没有被共享的梦境或记忆，需要上报登记作为违禁品清除。”

这是一种奇异的、不可捉摸的超现实生活。在茶馆中央，我们头顶上，有一个旋转的球面镜子，圆滑弧度在曲解这里的一切。我假设女护士并未失踪，而是选择进入镜庄，并成为共同体的一员，那么她的意识应该无处不在，就在我们与侍者攀谈的过程中，她就知道我们此行的目的了。

“除非女护士主动向我说明这一点，否则我无法结案。”警察说。

“死人是不会说话的。”我说。

既然外祖父是镜庄读书会的主讲人，在某种程度上说，他是镜庄一员，在这个趋于大同的统一世界，每个人无限接近于他所宣扬的“上帝粒子”。也就是说，假设女护士确实遇害了，而且与外祖父有关，那么这里每一个人都将是戴罪之身。然而，为了维护共同体的利益，每个人都会选择否认，或编造一个“女护士”的身份，向我们澄清她并未失踪。

“我就在这儿等！”警察不停地倒茶喝茶。茶水溢出来流到地上，从天花板的镜子里看，水是在往高处流的。这里只有一种过去，只有一种语言，只有一种未来，也只有一种谎言。

“啊，是警察！”一对情侣飞似的扑过来。“求你为我们做一个公正的评判吧，”男子说，“我们要向镜庄证明，为了融入共同体，我们做了很多努力，绝对有资格成为共同体的一员！”说着他们把脸紧贴在一起，“你仔细瞧瞧，这两张脸看不出差别了，对吧？”

这对情侣的长相几近孪生，连性别气质都趋近中性。凭借着残存的细微特征，警察惊讶地认出了这个男子是他的亲儿子。但男子发誓自己从不认识这位警察，更不可能是他儿子。“我们相爱多年，但好几次面临分手。为了修补感情，我们坐上了前往镜庄的船。这里非常适合我们生活，是镜庄给了我们爱的希望，因为两人做不到灵肉统一是无法被这里接纳的。”女子说，“爱的最高形式，就是灵魂融为一体，互为镜像。”警察此前说他早就打消了寻找儿子的念头，所以儿子的出现没有燃起他认亲的欲望。警察向男子说了句抱歉，表示无能为力，“原谅我吧，我只是个在树上才能看清太阳和方向的人。”“那就太可惜了。”男子说，接着又问我：“你好，我们能成为你的朋友吗？”“问他也是白问，他不是镜庄的人。”警察替我回答。这对情侣只好悻悻离去。我被错认成镜庄的人，内心感到异常火热！我知道我的故乡铁定不在那些平庸的街道，只有镜庄这种超脱人世的幻境，才是我诞生的故乡！一个侍者经过，我抓住他的衣角问：“这里肯定有我小时候的照片吧？！”侍者转动眼珠，在脑海里搜索一会儿，“很抱歉，大家都说没见过你的照片。你外公是我们这里的名人，如果你想加入我们，无任欢迎。”“现在能带我们去读书会看看吗？”警察插话。侍者点点头，叫来另一个女人。

女人走来时，警察打翻了茶杯。

“是你，杜雅护士！”警察呛了一口水，“我就说吧，你还活着！”

连一个素不相识的人，警察也能把人家认成是自己儿子，那么一个长相相似的女人当然也能成为他臆想中的调查对象。“你干吗乱喊乱叫？”我喝止他，其实内心慌得很，担心杜雅护士的出现会对外公不利。因为即使杜雅护士还活着，也不代表外公是无辜的，他到底做了什么才逼得一个女人跑来这种地方？

“没错，我是杜雅。”她竟主动承认了，“我也是读书会的助理。来，跟我走吧。”

在去礼堂的路上，有一群小孩子围观我们。空气格外冰凉，嘴里偶尔有股铜腥味。杜雅穿着一身红色的西装短裙，涂了厚厚的口红，还挂了一个黑面纱。她的模样勾起了我和付梓单在蘑菇洞里看影片的记忆。

“你是不是早就知道我们来了？”警察问她。

“刚刚知道。我的记忆共享能力受到了限制，”杜雅说，“不过这是我主动提出的要求。记忆封闭有利我尽早脱离岛外生活对我的影响。但今天例外，在这之后，你们想了解的线索都会被严格控制，因为我的记忆将成为共同体的一部分。”

前面有一个古老的牌坊，两侧分别雕刻有一龙一凤，彩漆正在剥落。我们穿过牌坊，来到礼堂。礼堂里面人满为患，只有主讲台上还空着，人们正等着谁站上去。

“既然杜女士还活着，并且愿意继续留在镜庄生活，那我就该回警局结案了。”警察说。

但杜雅劝他留下来，参加一回读书会，这对生活大有裨益，而且只有在读书会上，人们才会暂时脱离共同体，回归个人的独立身份，迥异的文学阅读经验会丰富共同体的多样性。警察只好走到角落那儿蹲着，整个人昏昏欲睡。

由于镜庄的人长年习惯了在无差别的记忆网络里生活，一旦在读书会上获得了个人身份的回归，记忆被独立开来，他们马上变得焦躁，毒瘾发作似的想尽办法获取别人的实时想法。所以我们身边总是走过几个神情孤苦的人，或飘来好几只好奇的耳朵，想打听我们究竟在讨论什么。

这时，人群中响起掌声，一个舞台机关把外祖父从地下升上主讲台。这位剧院的前任院长，穿着一身骑士盔甲，手持矛和盾，眼睛从头盔里露出来，放出狂妄自信的目光。这期读书会的内容是《堂吉诃德》。外祖父化身主人公，准备上演书中的内容。他兴奋地邀请底下的观众做他的坐骑。一个身强力壮的年轻人主动请缨，把一块窗帘披在身上，四肢着地，把自己当成一匹马，嘶叫几声。外祖父巡视了一圈，把蹲在角落的警察拉过来，要他扮演桑丘，还特意给他配了一张木椅子当马。骑士需要一个女主人公，杜雅自然就成了书中的杜尔西内雅。警察坐在椅子上，依然满脸困倦，无心看戏，但他试着找一把梯子，站在高处观赏这出大戏解闷。

“大家都知道，镜中生活是经过过滤的生活。疾病和疯癫在这里彻底被过滤了。”外祖父骑在那匹人马身上厉声说道，充满表演欲，生命力似乎被重新填满了。神奇的是，在观众席里，我还见到了妈妈！她是怎么到这儿来的呢？她为自己父亲的演讲热情地鼓起掌来。外祖父对她报以微笑。在这个充满可能性的空间，他们重归于好。这时，杜雅却拉着我离开读书会，说要出去散步。外面的天空开始转暗，弥漫着铁红色的云霭。

“杜雅，我听外公说，这里镜子那么多，是为了让你们记住自己是人。”

“是啊，没错。”

“谁会无端端怀疑自己不是人？”我问，“比如，像我这样的人吧，我妈说我爸是猴子，我就得天天照镜子，害怕自己哪天长出猴毛来。”

“很好，我们是同类。”杜雅说，伸手抚摸我的耳环。

“是什么同类？！”我急问。

“我照顾老爷子将近有一个星期……”杜雅说，“整个星期都在下雨，他的心脏病频繁发作，还拒绝急救。每次勉强挺过来时他都会说，死神的脸他比上一次看得更清楚了。就算我把他救活，也没法消除他的空想和苦痛。但他从来说不清楚自己的痛苦根源。”杜雅的脸在变形，好像一道光被黑洞扭曲了，“就是那天，来了一个僧人——不对，他说自己是医生，要来解救你外公……他们在房间聊了一整夜，我听不清也看不清，身体软绵绵的，大海好像跟天空混淆了。当我醒来时，人就在镜庄啦。”

“中间发生的事你都忘了吗？”我问。

“你肯定很想知道镜庄到底是个什么地方。”杜雅说，“为什么这里的人能共享记忆呢？只有纯粹的灵魂，才能彼此共融啊，肉体是我们的障碍。”

“我外公说你是一个纯虚数。”我说，“也就是说……你已经死了？”

“那些镜子，”杜雅把我带到一面镜子前，“是为了让我们记得，即使我们失去了血肉形体，单凭一个灵魂也能以人的名义永恒地活下去……非生非灭……”我分明看到杜雅的脸在慢慢溶解，露出果冻状的透明内质。我甩掉杜雅的手，头也不回地跑了。所经之处铺满跳跃的蟾蜍，它们长着杜雅的脸，还抹着难看的腮红。看啊，天空一片铁红……巨大的云朵，汹涌流动……前方地平线上，矗立着工厂烟囱……不，那是几根蘑菇状的红色巨柱……高耸入云……向天空喷吐着红色的烟雾！我浑身发软，找不到回小屋的路，东倒西歪，浑身无力，走到一片破楼区。这里垃圾遍布，泥泞里、断墙上随处可见被扒光毛的死鸭……野狗趁我不注意闪过来叼走了一只……我在巷子的入口，看见一头趴着的牛犊……我踢它一脚，要它给我让让道。牛犊站起来，在它身后，一头母牛也站了起来，在母牛身后，一头更高的公牛也站了起来……它们像一座比一座高的山峰渐次拔地而起，朝我压来……我被驱逐出去，从它们的领地被驱逐出去。我跑到有人的地方，那里的居民坐在门口，手里都拿着块镜子，或站在镜墙前失神落魄……我问他们怎么离开这里。但谁也不知道。我最后遇到了警察，可是他依然神色疲倦。

“我决定留下来生活。”警察说着，便脱下警服把它丢到一边儿。

“好吧……那就再见！”我说。

这时，一辆黑色灵车似的镜子运输车，在路边停下来。我偷偷钻进车厢，躲在货物里头。运输车启动上路后，我陷入了昏睡，在梦里一遍又一遍地看见蘑菇状的红色柱子，还有那些可怜的游魂，似乎睡了好几个世纪，直到一个巴掌把我从睡梦中叫醒。

“到了！到了！下车！”运输工人打开车厢，拽我下来，“镜子送到了！”

我迷迷糊糊地下了车，站在小屋门口。

“你终于回来了，我们等你等了好几天。”外祖父刚好从屋里走出来。

张先生走出来给我使了个眼色，叫我跟他一起出门去。他告诉我，我妈决定跟易德叔叔谈恋爱。他看起来一点儿没吃醋，反而心情愉悦，快步朝码头走去。这两个人谈什么恋爱呢，一时一个样，大人的世界真是难以捉摸。虽然这算是我撮合的结果，可是我一点儿都开心不起来……妈妈怎么那么轻易地就跟别的男人在一起？这种转变太迅速，我不得不怀疑妈妈是不是有什么私心……一旦想到以后跟易德叔叔住在一起，就得每晚为他清洗伤口。那些腐皮烂肉！可是我总算有个新父亲了，这不是我长久以来的愿望吗？但我还是有点儿后悔，我们三个实在不适合生活在一块儿。三个人的噩梦加起来是何等可怕！“真是太突然了……”我说。“你要有新爸爸了，怎么还愁眉苦脸呢？”张先生问。“当然是好事。对了，你要去哪儿？”“我从一位收藏家手里买了台电流发生装置，正要去取。”这就是他心情愉悦的原因吧。

晚饭时分，我们把沉重的电流发生装置拖了回来。电流发生装置比人要高几个头，看着跟死刑的电椅很相似，有点儿瘆人。大家看见后纷纷放下筷子，围过来打量它。

张先生搓搓手，兴奋地向大家介绍：“凯姆勒电椅！历史上第一个电椅死刑犯凯姆勒，就是在这上面被电死的！”

“他犯了什么罪……太可怕了……”妈妈问。

“他用短柄斧砍死了他妻子，”张先生做了一个砍杀的动作，“就被送上了电椅。”

“我闻到……一股臭味！”外祖父神经兮兮的。

“对的，我的战友烧起来时也是这个味！”易德叔叔说。

“据说当时电压不稳定，凯姆勒被电了三次才死掉。”外祖父补充，“身体都着火了，血管也爆裂了，指甲都扣到肉里了！”

“没错，老爹，你真是博学。”张先生说。

“这电椅能一次性把人电死吧？”外祖父轻声问，“我想试试，我心脏快爆了！”

“你们发什么神经！”妈妈神经衰弱，受不了这种玩笑。

易德叔叔轻抚妈妈肩膀，让她冷静下来。妈妈却甩开他的手，“要疯啦！”

“老爹，恐怕这不能遂你愿了。”张先生说，“这张凯姆勒电椅经过改装，只能使用低压蓄电池，也就是说它电不死人。把它送给我的这位收藏家的老祖先是个记者，当时就在现场观看了这场死刑。他对稀奇古怪的藏品有特殊嗜好，以低价把电椅买到手，就这样一代代传下去。”

“怎么到他手上就要卖掉？”我问。

“因为收藏家不打算将电椅传下去，听说他每晚都闻到肉烤焦的味道……”张先生拍拍椅背，仿佛在安慰这张椅子，“但这都是错觉，人很容易被自我暗示影响。我只是捡了个便宜。”

“用短柄斧杀人太残忍了，没枪来得干净利落。”易德叔叔绕着电椅看了又看。

“但我的本意并不是为了买它，它充其量只是一个附赠品。”张先生打开椅子上方的电箱，从里头捧出一台形如显微镜的装置，“这就是我定制的孤雌生殖电流仪！”

“啊啊啊……”妈妈又被刺激了。

电流仪看起来像电椅的袖珍版，外形更接近一台显微镜：有一个目镜和几个物镜，载物台上还有个小小的金属容器，两个电极从下方的电池接到金属容器的边缘。

“你别太紧张。”张先生露出一个神秘的微笑。

他拨开桌上的饭菜，清理出一片空位，把电流仪摆上桌，接着跑进外祖父的书房，抱来一罐塞满蟾蜍的玻璃瓶。易德叔叔不喜欢张先生在房里养蝌蚪，张先生只好把蝌蚪转移到外祖父的书房里。玻璃瓶里装的是负子蟾。它们柔软的身体填满玻璃瓶的每寸空间，眼睛和皮肤紧贴着四周，滑溜溜的，在场的人都感到恶心起来。张先生用筷子夹起一只蟾蜍，放进金属容器里，最后盖上盖子。

“我给金属容器通上弱电流。一周后，在电流刺激下，蟾蜍产下的卵就能孵化出蝌蚪来。”

“神奇。不需要雄蛙？”易德叔叔问。

“对！但我要不断调整电流大小来确定实验成功概率最高的电流范围。毕竟我们都知道凯姆勒的悲剧。”张先生微旋一个黑色旋钮，调整电流大小。这时金属容器里的蟾蜍剧烈撞击容器，爪子刮擦容器壁的黏腻声让大家再次恶心得起了鸡皮疙瘩……

“简直是异想天开！”外祖父讥讽道。

“等等……”易德叔叔似乎想到了什么，“其实我早就失去了生育能力……如果电流仪能让蟾蜍获得孤雌生殖的能力……我们为何不来试试电椅呢？也许人体也能产生同样的效果？”

“科学界对此尚未有结论。”张先生回答。

“啊啊啊……”妈妈踢了易德叔叔一脚。她简直无法相信，自己新交的男友竟然说出这种荒谬的话！他知道怎么夺走生命，却在制造生命的方法上提出这样可怕的建议！妈妈抓住自己的头发，气得直跺脚，指着易德叔叔咒骂他是个不要脸的东西，是一架可怕的战争机器！妈妈捧起那罐蟾蜍，砸向易德叔叔。玻璃瓶滚到地面摔碎了，蟾蜍四处逃命，滑溜溜的四肢在地上划出一道道黏糊糊的痕迹，还往我们身上蹦。

妈妈抓起一只蟾蜍往墙上扔，“啪嗒”一声，蟾蜍变成一块干布似的东西黏在墙上，但它猛地往肚子里吸气，逐渐鼓起来，又恢复了原形。妈妈怪叫起来，向一侧晕倒下去，刚好坐在电椅上。电椅年久失修，发出刺耳的尖叫声，吱嘎吱嘎。她左摇右晃，像个躺在摇篮椅里的婴儿。易德叔叔趁此机会把两片电极贴在妈妈的小腹上，找到电箱的电闸，迅速拉下——电流从电线里导出，几朵蓝色的火光爆起……屋里充斥着嗡嗡的电流声……被电流刺激的妈妈一下子从晕厥中苏醒过来，在屋子里暴走，捡起砍柴用的短柄斧企图毁掉这架电椅……易德叔叔失魂落魄，从她手里夺过短柄斧，举起来，要朝妈妈砍下去——

“凯勒姆附体！”外祖父浑身颤抖，身体像台老旧的发动机，轰轰作响，仿佛下一秒就会吐出一堆生锈的螺丝。但短柄斧的刀刃最终停在妈妈的额前。她吓得面如死灰。易德叔叔回过神来，马上解释说：“我！我只是想让你冷静冷静……”他把斧子扔得远远的。“不，”他又说，“我完全控制不了自己！”他突然号啕大哭，说自己杀太多人了，还把自己的战友也杀掉了，为了逃命做了个逃兵……但我们谁也不会再信他。他这个逃兵！这个暴君！

为了防止凯勒姆的幽魂骚扰这个家庭，我们把电椅搬到海边烧掉了。电椅燃烧时，我们在海岸边搭起了帐篷，不敢睡觉。火烧得很旺，火光冲天，趋光的鱼类不停地跳上岸来，投入火中，到处都弥漫着诱人的烤鱼香味。我们不敢吃，只好聊些什么转移话题，直至看着它烧成了灰烬才钻进小屋里。我们返回小屋时，依然闻到了一股焦臭味，妈妈以为是凯姆勒阴魂不散，抱起桌上的韦驮天像嘟嘟囔囔地念经。张先生倒吸一口气，打开电流仪的金属盖子，原来是电流过大，容器里的蟾蜍被烧死了。妈妈叫他马上丢掉这玩意儿。但张先生以科学之名保住了这台小小的电流仪。妈妈很不高兴。

混乱后的早晨，屋里有股怪味：残羹冷炙，烧焦的蟾蜍，发酸的木炭……

妈妈和易德叔叔又开始冷战了……无论易德叔叔怎么哄，妈妈还是不理不睬，魂不附体似的四处走动。只要被人碰一下，妈妈的皮肤就会产生一阵电流麻痹，呕吐个不停……“这会不会是孕吐呢？”易德叔叔喜出望外。我们为他感到害臊。

妈妈把电器的插头接在脑门上，试图将体内剩余的电量清空。然而电器没有任何反应。她只好一天洗澡数十次，直到把皮肤刷得发红又发白，仍然于事无补。她沮丧地走到屋外，呆坐着，愤愤不平，瞪着正在干活的易德叔叔，“狗东西！”

屋外有棵树，我们打算在那里搭个厕所。为了弥补自己的过错，易德叔叔很快搭好了厕所棚子，接下来在里面挖个坑。他整天精神恍惚，常常砸到手指。妈妈一抓到机会，就骂他：“狗东西！臭男人！活该！”易德叔叔不说话，埋头挖坑，往身后抛土，像只挖地洞筑巢的雄地蜂，迎接新娘。妈妈绷紧身体，绕着厕所转圈，似乎里面藏有什么凶险之物。张先生则躲在房间里，一遍遍调试电流参数，因电流过大而烧死蟾蜍的事仍频频发生。半死不活的蟾蜍被丢在门口，神经抽搐，四肢痉挛，看起来像在跳舞。

我和外公负责给屋子贴镜墙，量好面积，再用玻璃刀按面积切割好镜子。切割完成后，我们爬上屋顶，给屋顶贴镜子。太阳猛烈，外祖父眼皮沉重，昏昏欲睡，好几次差点儿摔下去，只好用绳子将自己和屋顶的桁架绑在一起。“你摔下去的话，这屋子也会随之倒塌。”我说。“巴不得。”“去镜庄时，我见到了——”“见到了谁？”“一个警察。他从树上走过去，比你那些别扭的数学方程式快多了。”“警察？他现在人呢？”“他想留在镜庄。我觉得自己没有离开镜庄，它就像一圈涟漪荡开来，我去哪里，它就跟到哪里，把那个地方感染成镜庄的一部分。”外祖父拿起一面星状镜子，反射的太阳光猛地刺向我，他问道：“你看到什么？”“太阳，斑点。”“我最近迷上了观星。金星闪耀的夜晚，我的心脏剧烈跳动。到了清晨，我感受不到心跳，还患上了短暂的抑郁。”外公说，“来吧，把最后一块镜子贴上。”“我还见到了杜雅……”“小杜护士还好吗？”“杜雅说见到你和一个僧人聊天。不对，是一个医生。”“他也是一个医生。是他救了我。我希望你也能见见他。”“他是怎么救你的？”“他说我的死亡苦闷是一种强大的张力，谁也不能阻止。顺我者昌，逆我者亡。”外祖父高举双手说，若不是身体绑在桁架上，他早就摔下去了。“杜雅护士，就是你死亡的绊脚石……”我嗫嚅道。

外公没回答，爬下梯子，似乎获得了神力，竟以一人之力把那块巨大的镜子抬了起来，搭在墙壁上……是回光返照吗？

“圣西！”妈妈突然叫我，“你快下来！”我几乎跳下梯子跑向她。她让我不得安宁！她指着那间厕所小屋，嚷嚷道：“这厕所一旦完成，山魈就能在人间现形了！”

“不，那是我们的婚房。”易德叔叔从厕所钻出来说，手里还握着铁铲，“很快就要完成了！”

“婚房？！”妈妈陷入恐怖的臆想，“这世上想和我结婚的只有山魈！”

妈妈从易德叔叔手里抢过铁铲，朝他的脑袋敲下去。他的脑袋发出一声闷响，鲜血直流，半张脸都被鲜血染红，他捂住额头，向后倒去，刚好踩空掉进粪坑里。妈妈马上往坑里填土——

“埋掉！永不超生！”妈妈又丢下铁铲，跑到刚装好的镜墙前，指着镜中某个地方继续嚷嚷：“看！山魈露出原形了！在屋顶！圣西你看到了吗？我没骗你，你是山魈之子！”

在镜子里，我只看见妈妈那张歇斯底里的脸，满是泪痕。我又看看厕所屋顶，那里没有山魈，没有影子，只有一只乌鸦……妈妈搬起石头，朝镜墙砸过去。镜子瞬间四分五裂。我们合力把易德叔叔挖出来，抬进屋里为他止血。他曾是个战士，死不了，还有呼吸，没有生命危险。可是他腰部伤口开始发紫发臭，眼睛蒙上一层白障，晶状体下有一只白色虫子……

“他可能在战场上就死了，连他自己都没发现。”外祖父说。

“镜庄的人也死了，”我故意说给外祖父听，“他们靠镜子提醒自己活下去。”

“爱情就是凶险，爱到你死我活。”张先生说，似乎庆幸自己没跟我妈在一起。

易德叔叔活了下来，但丢了魂，不吃不喝，老是念着婚房的事。我翻开他的眼睑，寻找那条白色虫子的踪影。晶状体里的虫子越来越多，我给市区医生打了电话，但医生说三天后才有船上岛，叮嘱我们这几天要把病人照顾好。

跟易德叔叔的状况相反，妈妈变得越来越有活力。她趁我们不注意，拿走剩下不多的汽油，把厕所烧了，大火还把旁边的树引燃了。那棵树整整烧了两天，把夜空映成一片血红。她跟火舌跳起探戈，再现那段裸体之舞……血红的云雾中，我又看见那几根高耸入云的蘑菇状红色柱子。一场火热的海市蜃楼。火，我的源泉，我的生命，我的终结……火灭后，那棵树向天空伸展扭曲的肢体，很快飞来一群白色的海鸥，停满枝丫，像黑死树结出的白果子。妈妈整天坐在树下，计算落在上面的海鸥数量：七……三十三……九十九……

另一边，张先生的孤雌生殖实验正进入成熟阶段。他成功确定了最稳定的电流数值范围。“电流仪里的雌蛙正有产卵的迹象，”张先生宣布他的成果，“而且鹿岛时间速率紊乱，生命的进展会有不一样的面貌，生死结局都有可能被颠倒。一个将载入史册的实验！”

鹿岛迎来一段看不到金星的日子。外祖父的心跳越来越慢。我把耳朵贴在他胸口，几乎听不到心跳声。“我即将成为世界的虚数。”他说话也越来越低沉，很多时候只是呼出一口臭气……外祖父和易德叔叔是两个进入了死亡队列的人。妈妈和张先生则努力加工某种二手生命，对生命形式有了某种抽象性的理解。在金星彻底消失的夜晚，外祖父奄奄一息。他用眼神示意我，要我在一本书里找某样东西。书里夹着一张纸条，上面写了五个复数式子。这时屋外下起雨来，雷电照亮海平面。

“你要我去镜庄？”我问他。他摇头否定。

那几个复数式子所能算出的距离确实不足以抵达镜庄，那么外祖父肯定是另有所指吧……面对暴雨雷鸣，我不敢走进雨中。但无人能陪我走那一段路程。张先生着魔了似的守着蛙卵。易德叔叔行尸走肉。妈妈还在雨中数海鸥。

我冒着雨来到树林的入口，浑身湿透。暴雨冲垮了鹿场的栅栏，千百头水鹿进入了树林，从我身边跃过，夜晚的树林，布满水鹿惊惶的眼睛……我无法准确算出所有的角度和距离，只能凭估算来确定走向：向东北走14米，再向西北走28米，最后向东南走57米……在黑暗树林行进时，我似乎感到有一个手臂瘦长的人影，在树上俯视我。我很无助。在最终停步的地方，在它的侧前方，有块颜色深度跟周围土壤不一样的空地，暴雨轻易刷掉了一层新鲜土壤。惊鹿四跃，暴雨如注……我跪下来，徒手挖土……那层土松松垮垮，加上雨水的冲刷，我很快就挖开了一个洞……树林上空，雷电闪过，照亮的瞬间，我看见一个骷髅从土里露出来。我什么话也喊不出来，爬着往后退。外祖父向我揭露了他的罪行，一种形而上的罪行，用他人的死亡来清扫自己通向死亡的路。在雨停之前，我回来了。张先生钻到外祖父的床底下捣鼓什么。我浑身滴水，走进房间，每走一步就留下一摊水渍。我轻轻摇晃外祖父的肩膀，说道：“我找到了……镜庄是我见过的最奇妙的世界……非生非灭……”

但他一动不动，跟杜雅护士一样，成了世界的虚数……天空金星陨落，落在深海中……那片即将消亡的风景，无人问津……

“我成功了！”张先生从床底钻出来，亢奋大叫。一群黑乎乎的小生物从床底涌出来，四处跳跃，它们跳上外祖父的尸身，趴在他的嘴巴、耳朵和手臂上，鼓动丑陋的皮囊。那是一群跳过了蝌蚪阶段，直接发育为幼蛙的负子蟾。

“海鸥被我统统赶走了！”妈妈也闯进房间来向我们宣布她的战况。

突然之间，一阵翅膀的扑棱声如潮水涌来，一群羽毛脱落的海鸥从窗户飞进来，捕食刚长成的幼蛙，争抢吞咽，由于吞咽过急，吐出一只只幼蛙残体。抓不到幼蛙的海鸥全部飞到外祖父头上，啄食他的眼睛。“啊啊啊……”妈妈很懊悔，不应把海鸥赶跑，又不小心让它们飞进来。张先生惊慌失措，抓起书本，扑打吞食他实验成果的恶鸟。我躲进床底，捂住耳朵。尸体在我头上发出细微而惊惧的颤动。一切面临崩坏和毁灭！

第二天，上岛的船靠岸了。来的人中除了医生和警察，还有我舅舅。舅舅暴跳如雷，发誓要剥夺妈妈的抚养权，把我接到他家生活，让我彻底摆脱这个疯女人的控制……妈妈抓住我，对舅舅说，回到市区后，她会找工作养活我。然而妈妈的话没有感动我……她疯掉了……我想象着，如果跟舅舅回家，在外祖父生活过房子的生活，我的人生会不会更美好呢？

随船上岸的警察找到我，问我上岛后做了什么，又是否见过照片中的女护士。这位警察与我当时一同进入镜庄的警察的长相一模一样。难道他改变主意要离开那里吗？但他看我的眼神像是完全不认识我。“一个星期前，有个警察来过，什么都没查到。”我佯装一无所知，“虽然发生了一些不愉快的事，但我们这段时间在岛上相安无事，也没见过这女孩。”“这是我们第一次派人上岛调查失踪案。”警察说，“你们不是昨天上岛的吗？怎么过了一个星期？”“那我见到的警察是谁呢？”我问，但我不想深究下去，担心外祖父的罪行败露，于是转移话题说：“还有，昨晚水鹿逃出了鹿场。你把它们抓回来得花点儿功夫。”“还有这样的事？不可能，这里的水鹿一年前就死光了，是瘟疫造成的……”警察缓缓合上本子。我们都对彼此的话感到诧异，不约而同地望向树林深处，似乎有什么超出我们理解的事物正改变着这座岛屿上的生命。我原本还想问他，他儿子是不是失踪了，但话到嘴边又咽了下去。镜庄是另一个空间，允许我们以自己的方式开拓另一种可能，并把现实分成了两半。

处理完岛上事务，舅舅把外祖父的遗体运回家，举办葬礼，并且禁止妈妈到场参加。回到高斯大区后，易德叔叔发现他的商店被改成一家博物馆，日夜开放，供人参观。那个出资的富商跟他解释：“我后来有了个新想法。一桩慈善的事业是不应该有买卖的，人们应该通过战争的遗物，来铭记战争的悲伤和残酷，而不是向他们收费。你说对吗？”面对这番话，易德叔叔哑口无言。这样一来，他就没法谋生啦，因为他不能把这些纪念品当商品卖掉，他是一个捍卫荣耀的士兵。他死的时候就倒在博物馆最里头，游客发现他时还以为那是一具仿真的阵亡士兵。一具彻底干瘪了的尸体，仿佛早已死去十几年。X市为他举行了葬礼，妈妈没有去参加。我偷偷溜出去，在现场围观了一小会儿。我没有流一滴眼泪，尽管我认为自己要为他的死亡负一半责任……

不久，张先生给我写了封信，行文充满绝望，却又有着置之死地而后生的解脱。张先生在信里说，他已决定接受学校的任务，回到“夜游者的废墟”，进行科学考察：

“……不过那根本不算一个任务，因为我回到那儿去是迟早的事，而且我的实验没有任何意义……其实我早就知道，科学家多年前就已经成功将体细胞转化为iPS细胞……iPS细胞可以分化为人体的任何一种细胞，包括精子和卵子……也就是说，单独的个体可以用自体细胞生产下一代，或更准确地说可以克隆一个自己……你妈一直坚称你没有父亲，这事儿不是不可能的。因为她完全可以利用那项技术，将自身的细胞转化为精细胞，然后自体怀孕，生下一个男孩子来。当然这对你来说，听起来不可思议。至于你妈妈是否曾接受过这样的生物实验，我不得而知。说不定你真的是山魈的后代……哈哈，谁知道呢？再见吧，圣西。”

这封信宣告我的少年时代从此彻底结束了！青春的骚动，原始的黑暗，逐一降临到我的生命。因为易德叔叔的死，我一直怪罪妈妈，是她的残忍和癫狂把他最终推到死亡境地……就在那时我深信，我的肉身之父就是一只山魈！

六

以上是我仅有的回忆。我不打算再写下去。

生命来到现在时：我也许二十岁。那些由梦分泌出来的记忆，它所构成的胆汁质的过去，发生在我尚未成年的时期，这中间的许多个年头，被我一笔带过，用概括性的描述压缩成几个文字的长度。我曾整夜书写，努力延展那个风格明晰却彻底黯淡的少年时代，这其实都是为了诓骗听众，为了逃离妈妈的控制。

我出于自愿来这里，自愿地在一个别人为我安排的角色里放逐自己的身体，填补心灵的空白。我没有答应妈妈数次来访的请求。我的耳环牢牢拴在我的肉里，胸口的玉坠，成为我白色肋骨的一节——看，如她所愿，我找到了自己的保护神，不再需要她的任何关爱。她完成了将我带至世上的任务，还额外给予我本不需要的感知力……

也就是说，假如我还需进行下一轮的回忆录汇报，我的阴谋就会露馅，因为新的记忆尚未完成，唯一的补救方法就是虚构。剧院只是勉强收留我，暗地里一直想赶我走，但我认为他们不会那么轻易赶我走。在这里，有目共睹，我很努力地耕种劳作，为了打发时间，一夜之间扫净所有卫生间，还把各个剧场收拾得整整齐齐。谁不爱这样一个免费劳力？我也不想被赶出去，我这个已经成年却没有任何生存能力，仅有庞大而无用的感知力的男人，不得不继续和妈妈生活。在这里，我好歹有口饭吃……妈妈的那份绵密浓稠的母爱是不会放过我的，因为除了我，她再也无爱可诉。而我只想凭借双手成全自己，也许某天我会独自前往夜游者的废墟，在沿海荒野牧羊，采风球草，食草原鼠……

挂钟已多次划过刻度十二。我不饿，不口渴，也不觉疲倦。我本来可以在中途停一停，歇一歇，把剩余章节留待下次再继续念，这样一来，我就能延长自己在剧院里生活的日子……不知为什么，我竟一口气念完了全部章节，不给自己任何退路，等待院方得出最终结果，尽快给我一个角色定位，结束我的苦闷，让我在舞台上大放异彩！

另外，为了不影响正常运作，剧院特意调整了圆形剧场内的相对时间速率：在里面度过一天，外头只过去一个小时。我也许花了十天做报告，但外面的世界才过去十个小时。作为代价，在圆形剧场里的人的生命将以十倍，或更高的数量级被消耗掉……我在镜庄已经领教过被随意调配的时间的面目，它不再是不可捉摸的，不再是神圣的，而是成了被操纵的标尺……

由于生命加速消耗，席位上的法官提前走到了生命的终点。剧院职员连同红色高椅一块儿抬起他，走到剧场中央，将他的遗体举过头顶，向下传达讣告。没有人责难我，尽管他的死亡很大原因在于我。但在表达我的内疚之前，春聿就走上舞台，劝我不必自责，只需表示应有的哀悼，因为每个人都要独自承担死亡的事业。我想知道法官的死亡时间。春聿稍作回忆说，如果使用回忆录报告中的时间，那么法官刚好死在我外祖父死去的那一夜。我沉溺在报告的情绪中，根本没注意到他于中途身亡。

“虽然他没听完你的报告，但最终结果会由几个助理和众陪审团共同得出。过几天，你就能知道你会获得什么角色。”春聿说。

但结果令人失落，在回忆录报告结束很久后，剧院依然没有给我任何消息，我的角色迟迟未能确定，一切都没有发生根本变化。而我依然得按照合同的规定，履行我的服务职责。他们给予我的最大特权，只是免费观看演出。

与法官一同死去的，还有圆形剧场里的易德叔叔。确切来说，他们早就死了，在这里的只是他们尘世的影子……当我在回忆录中念到他们的名字，或回忆起他们死去的情节时，在肉体的消亡成为案中实录后多年，他们的灵魂终于在此得到安息，被收编在灵河之底。我突然回想起一个细节。尽管我的注意力都在报告上，但在报告期间，原本应该站在舞台下全程陪同的春聿隔三岔五地被叫出去，这一来一回引起了我的注意。他不像是去谈公事，而且每次离开时都特别地望了我一下。春聿打开笼门，请我走出来，并蒙上我的眼睛。领我回宿舍前，他告诉我，我妈几个小时前又来了剧院，希望我能见她一面。我再次拒绝妈妈的来访。“在我做报告这段时间，她来了多少次？”我问。“数不清，也记不得。”春聿答道，“你妈妈其实很爱你。我跟你算不上什么朋友，但我要给你一个忠告，趁你还没有陷得太深，回去吧，回到你妈那儿去。”“陷得太深？你担心我像其他演员那样，在一个角色身上无法自拔？我连一个角色都没试过，我不甘心。”我说。“戏里戏外都一样。”春聿说，“这里是为幻想者设立的剧院，如果你爱戏剧，大可以以观众身份买票进来，又何必成为演员呢？话我只能说到这儿了。”说完后，春聿急忙离开，像干坏事怕被领导抓现行似的。

回到宿舍后，我发现气氛变得更加紧张。入职初期，其他演员就对我抱有怀疑和好奇，经过这一遭，他们现在更加在意我了。剧院为我大开绿色通道，我既能写字看书，又能随意活动，最重要的是，我不需要喝特制的睡眠药水，而他们只有在训练期间才能拿到台词本。我的种种待遇引起了他们的不满。不仅如此，同宿舍的两个室友为我感到担忧，因为我在报告过程中产生的电量大到烧毁了几台转换器，因此触动了那个长期霸占“王”这一称号的演员的利益。报复的阴云在四周凝聚……

那个霸占“王”称号的人，代号是K.T.。但除了剧院，没人知道他的真实姓名。在剧目排期表的演员名单中，也从不见这个人的名字。竞争“王”这一称号，是演员私底下的赌博游戏，剧院不会插手，当然也不会给予任何实质性的奖励。所谓触动了某方的利益，只是一个荣誉的问题。一个人能连续卫冕“王”的称号，无论怎么说，他都是一个极度痛苦的人吧？但会不会有另一个可能，比如他其实研究出了一种特殊的训练方法，每天可以产生足够稳定、足够大的电量？然而，方法和经验都是不可靠的，太容易被他人抄袭。我更倾向于他体内存在一种无法清空的痛苦，有一条无法从大脑拔掉的忧郁症之根，让他长期浸泡在绵绵无期的悲伤里。从他的代号缩写我就能看出一些奥妙：

K.T.：科威特，一种电传代码；或者，酮咯酸，一种止痛剂。

我做了以下纯属臆想的分析：作为电传代码缩写的K.T.，通讯能力精确，意味着他可以从遥远的折叠的时空里搜索一切痛苦的回忆，折损率极小，这样就保证每件事都拥有密度最高的自省意识；K.T.还是止痛剂酮咯酸的缩写，也就是说，自身会产生止痛作用，达到苦中作乐的效果。这些分析是否说明，他的表演更应该是一个方法派而不是情感派？K.T.会对我产生什么威胁呢？

“到了明天，K.T.依然是他的王，”我说，表示自己无心与他竞争，“因为我没有回忆录可以继续写，也不愿意重新回忆，希望K.T.大人有大量，不要来报复我！”他们支支吾吾，终于向我透露一个可怕的消息：K.T.想跟我面对面地谈一谈。此前我听说过K.T.的头衔，一直想见他一面，但在这种情况下见面显然凶多吉少……

K.T.在众人心中的地位很高，每次外出劳作，身边都围着一群苍蝇似的小演员跟班替他干活，要进入他的视线范围可谓障碍重重。竞争对手还给K.T.起了一个“蝇王”的称号，这个称号很高明，一语双关。除了外出劳作的机会，若能恰巧住在K.T.对面肯定是最省事的方法。问题是，剧院有一百多间宿舍，每间宿舍都被计算机系统控制，每隔一周，位置就会随机调整一次。尽管只是单纯随机地上下移动，但要恰好住在K.T.对面的概率非常低，除非我跟安排宿舍的职员打通关系，否则在这里等到老死都很难碰上那个机会。既然K.T.主动提出见面，我就不必走上那条庶民求见圣上的漫长之路。在对待K.T.的问题上，两个室友永远是战战兢兢的，好像活在伟大事物阴影下的双胞胎，甚至连性格都出奇地一致。我问他们是否见过K.T.本人，有谁见过他。他们摇头说没见过，他们认识的人里也没人见过K.T.。

我的两个室友分别犯下了“造谣罪”和“杀人罪”。当然，这里所谓的罪名并非真实的，那只是他们的角色属性——如前面所说，演员必须依照角色属性来生活。如果你扮演的角色是一个杀人犯，那么，你的言行举止必须符合一个杀人犯的特征。真实姓名在这个表演空间里，是没有实际意义的，为了追随伟大的痛苦之王K.T.，商量过后，我们决定以各自角色属性的开头字母作为自己的代号：造谣，是R；杀人，是M；至于我，我没有罪，也没有角色。“我的角色还有待确定，那么，不如叫作……X？”“我们的代号就是RMX！”M说，“我每次杀人都会留记号。”“这没什么特别的，很多杀人犯都爱这么干。”我说。“要我在你身上留个记号吗？”M做了个抹脖子的动作。“别吵！RMX……RMX……”R嘀咕着，“是实时多任务执行程序。”“什么程序？”M问，“对了，我得刻下来。”他在墙壁上用指甲抠出RMX三个字母。“RMX的原意是实时多任务执行程序。从今天起，我们要学会分工合作。”R说。“分什么工，合什么作？”我问。“嘘，逃离剧院。”M凑在我耳边说。“啊？你们怎么会想离开呢？”我问，“况且，大门一直开着，随时都能出去。”“你有所不知，”R低声说，“从这儿通向大门的直线距离很短，走出去不过几分钟的事，但路上布满各种监控和守卫，要突出重围，那可不容易啊。这是一场全部剧院人员齐齐参与的逃跑和追捕的游戏，是我们剧院的一个经典活动。相比莎士比亚的戏剧，这才是我们的常演剧目呢。”

说起逃离剧院，这是R和M第二次因行动失败被抓回来了。每次策划成功的逃跑，都会促使剧院改进设计和防备上的工作。在他们之前，有多少演员成功逃出去过？剧院今天这个模样，是院方和演员们共同构建的，是物种间的协同进化。我原先猜测演员早就厌倦了外部社会——事实上的确如此——他们逃跑是为了享受那趟冒险旅程，穿越那道横亘在自由世界和困顿牢笼之间的大裂谷。逃跑是这里每个演员做梦都在策划的大事，跟吃饭喝水一样平常。每天的台词训练期间，我仔细聆听，总能发现有关逃跑计划的片言只语，悄悄混杂其中……

上一回大规模的逃跑，已是十几年前的事，零零散散的小事件则隔三岔五地发生，但在安保系统更为严密的今天，密谋的言辞比以往更容易被曝光。只有在吵吵嚷嚷的台词训练期间进行密谋对话，演员们的声音才能找到掩护。但密谋需要冷静的头脑，连血液的流动都缓慢起来，这就带来了一个问题：越冷静，微型电压表上的能量输出就越低，很容易暴露。剧院正是根据这个数据，不定期揪出一些演员，又在意志不坚定的演员中发现几个密谋已久或即将执行的逃跑计划。计划败露的演员有很大可能会被院方解聘，因为这说明他们能力不足，无法继续为剧院舞台服务。

我将来也会得到属于自己的角色，为了提前体验这项活动，我答应参与逃跑计划。R问我在这个计划中，我可以提供什么帮助。他回忆起第一次逃跑，自己负责造谣，M负责杀人（有次他入戏太深，差点取了一个保安的性命），在安保系统最容易被攻破的那一年，他们的计划得以完美实施。我并没有特别之处，但曾经干过造谣欺瞒的事，让一位退伍士兵失去了他的商店，最后走投无路自杀身亡。R只是点点头，对我过去的“功绩”没有给予评判。M笑说，既然我是一个“无我”之人，是一张白纸，那么将有更多可能性，也许我哪天能成为一个既能造谣也能杀人的双面角色，超越所有老演员。

夜晚也因此有了更多可能。我不再整夜书写，熄灯后，和两个室友在宿舍角落研究剧院的结构，讨论全新的逃跑计划。他们预设了各种突发事件以及对应的逃跑路线。我想起在圆形剧场做报告时，听众之中没有安保系统的工作人员，也就是说，关于用复数来表示路线角度的方法，目前是可以投入使用的，至少能争取一部分时间。

对于用符号和数字来加密路线，M觉得可行。但R心事重重，讨论半宿后，他在地上躺下来，呼呼睡起大觉。M爬上床，继续在墙壁上抠符号：RMX……RMX……RMX……除了安保系统，剧院在夜里会关闭大部分机器电源，到了午夜，整个剧院寂静得就像宇宙中漂浮的飞船，人躺在床上会产生轻微的摇晃感。我对面有一个空床位，那儿还可以再睡一个人，比如K.T.——“K.T.！RMX！”“K.T.！RMX！”“K.T.！RMX！”这个口号忽然在我脑海响起。我浑身燥热，在夜里咬紧牙关，想象K.T.加入我们这个小团体，成功演了一出剧目，收获满座观众的欢呼呐喊：“K.T.！RMX！”我再也睡不着，下床试图冷静下来。在这种静寂里，我听到了风声。墙上有一个小孔，小孔外是一片活动操场。我还闻到气流里有风球草特有的薄荷味。草原鼠吃风球草，它们的肉应该也是薄荷味的。宿舍空荡荡，除了铁床和被子，一个窗户、一本书都没有。我们没有什么消遣，唯一的消遣只能是人的本身：回忆，想象，消磨时间，在记忆苦海里竭力搜索往事，为第二天的训练做充足的准备。

一个小时前，在宿管的监视下，两个室友入睡前分别喝下了特制的睡眠药水，到明天，今晚才刚商量过的逃跑计划的记忆就会被清空。我用来写回忆录的本子还在枕头下，这种有记录功能的物品本来是不能保留的，但由于我的角色不明确，不需要遵守演员的规定，比如喝睡眠药水这种事就轮不到我了。我其实可以用本子记下逃跑计划的所有细节，第二天再让他们温习一遍。但我不愿意这么做，因为我根本就不想逃跑。我费尽心思把自己弄进来，怎么可能让他们弄出去？但说不定这只是一个幌子，比如剧院跟两个室友合作，想通过逃跑计划把我撵出去？我觉得自己被轻视了：在剧院外，我没有一个可靠的社会身份，在剧院内，我又没有一个正式的角色身份。

从圆形剧场出来后，我身体感觉好些了，做梦时间也变得有规律，只是食欲减退。直到今天，我已好几天没有吃东西，只喝了些水，虽然没有食欲，但头脑感到饥饿。这是一种什么样的感觉？就好像是嘴巴长在了头上，或者整个头颅就是一个大嘴巴，它可以吃掉任何从天而降的东西。有一次，我梦见了这样的怪物，当时身心衰竭，在梦里跑得很慢，那只怪物轻易就追上来，一口啃掉我的头。这样很好，身体摆脱头颅这个沉重的负担，不必再为它的疯狂而枉费体力。我感觉无聊，只好翻开回忆录随便从某个段落开始阅读。熄灯时间，光线不足，我只能艰难地抓住开头段落的某个字词，凭空开展一段新描述。冷得无法忍受时，我重新爬上床，发现有两双眼睛正盯着自己！我两个室友还没睡着，他们偷听我的碎碎念，什么也没说，悄悄缩回被子里。直到第二天大早，两个室友钻到我床上来，跟我摊牌，“你一直写写画画的，我怎么没早点儿发现你的用处？”M说。“什么啊？”我装疯卖傻，“我可是个没用的人。”“你当然有用。所有思想和回忆在变为文字之前，都是一种声音。”R接着说，“现在你要把我们的声音变成文字。你干不干？”“你说，干不干？”M重复道，又做了个虚张声势的杀人动作。就这样，他们以RMX共同体的名义，要求我用本子记下他们的台词，往后每天只需照着本子念，就能完成当天的任务，既能避免因讨论逃跑导致能量输出过低的问题，又不必担心药水对记忆力造成损害。

在逃跑三雄中，我的作用被肯定了，成为稳固的一条边。我并没有因此感到快乐，按照他人的语调来填满笔记本余下的空白，意味着我叙述的手指和语言系统，从此被绑架。这个遭遇跟我的童年相似，但有一点胜过后者，他们是在我的青年时期才介入我的语言生活，而我妈妈在我尚未出生时就绑架了我的未来，绑架了我的灵魂。我不该用“灵魂”这个词。首先这个词没有实际所指，灵魂只是细胞物质产生的电流。再者，我没有灵魂，这个我早已说过。能感受苦楚不能说明灵魂存在，这只是灵魂存在的“必要不充分条件”。

翌日，起床训练的钟声没有如常响起，取而代之的，是长鸣的丧钟。剧院为死去的法官举行长达三天三夜的悼念活动，训练因此暂停三天。我们获得了短暂的解放。宿舍一排排的铁门纷纷自动打开，演员们探出脑袋，站在门口等待葬礼巡游队伍经过。灯光昏暗，丧乐响起，随着音量渐升，他们跟着节奏轻轻舞动身躯。在死亡仪式面前，其他事务皆退居次位。

我夹在R和M中间，第一次见到这么多演员。他们像被火焰熏晕的黄蜂，静默无声。我学不会他们跳的舞，尽管只是简单的摇摆节奏。我僵立在那儿，在脑海里闪过的却是妈妈的裸体之舞。我认识人群中的某些人，有些只有模糊的印象，但我所能认出来的人无一例外都已经死了，他们在外部世界中死了，在这里他们获得了二次生命，显然他们自己没有意识到这点。这种非生非灭的状态跟镜庄很像，他们的记忆也许是剧院植入的。但记忆的起点在哪儿呢？是剧本赋予他们的虚构人生，还是他们在社会生活时期的痕迹？

有人讲过，胎儿的记忆是全人类共同缺失的记忆。在母亲怀孕时，胎儿在羊水里的记忆是属于上帝的，如果他蒙幸上帝的恩泽，得到机会浏览那段黑暗的母胎记忆，他就会开启一个持续多年的质疑，最后帮助他成为超人类，那些从未记起母胎记忆的人被称为“暗子”。显然，我是“暗子中的暗子”，因为我不仅需要知道母胎记忆，还需要知道是什么促使了“我的意识”的诞生，最重要的是，我需要知道自己是怎么在母亲子宫内孕育而生的，它是一切问题的前提。如果无法解决，那我唯一能寄望的，就是剧院给我安排一个角色，这样一来，我的前世今生、言行举止都会成为白纸黑字的事实。

葬礼巡游队伍到了。放置法官遗体的棺木被几个强壮的男人举到半空中，在天花板之下徐行，仿佛送葬小舟划过清晨的海雾，穿过拥挤的走廊，步履稳健庄重。我想起那次韦驮菩萨诞游行。队伍经过身边时，众多演员加入队伍，队伍越来越壮大，死者的身后好像拖着一条庞大的生者之尾。事物的诞生或毁灭都充满了仪式感，处于中程的生者则显得那么卑微。生者用身体架起了从“存在”到“不存在”的桥梁，而这道桥梁的两头，一头是母胎记忆，另一头是亡魂世界，中间则是一片雾蒙蒙的虚无之境……巡游队伍行遍所有走廊，行经之处，每个演员都变成这条尾巴的一撮毛发。K.T.理应身在其中。我抓住身边的人，追问：“请问哪位是K.T.？！”但他们跳着古怪的舞，对我不理不睬。我从队头一直走到队尾，都没人理我。

葬礼第一天，我们的午餐竟是草原鼠肉配风球草酱，这是很难得的食材。日常劳作时收集的风球草和抓来的草原鼠，后来都到哪儿去了呢？其实它们会在夜里被职员放回野外，等待第二天又被抓回来。一次次徒劳无功的工作，大张旗鼓的无意义的葬礼，开放式的管理机制，这一切竟然令我感到厌倦了。今天，我们终于可以尝尝日常劳作的成果：草原鼠的肉被切成薄薄的一片，摆成花瓣形状，薄荷味的风球草则切碎做成酱，置于花瓣的中心，一团绿色的花蕊。草原鼠吃风球草，人吃用风球草调味的草原鼠。饭堂只有咀嚼声，几百张嘴吧唧吧唧地响。午餐结束前，我走过一排排餐桌，逐个询问吃饭的人：“请问是K.T.吗？”“难道是你？”“痛苦之王？！出来！”“我是孙圣西！我们不是要谈谈吗？”我的追问声回荡在食堂里，但他们陶醉在食肉的欢愉中，对我不理不睬。只有食堂最前端的那副棺木突然晃动了一下。葬礼结束前，法官的遗体一直与我们同在，留给我们最后的恩惠，他要创造一段让我们与死亡相伴的时光。

我很沮丧，慢慢走到棺木前，把耳朵贴在棺材表面，仔细听着。里面有一种虫子行走的摩挲声，是棺木里的蛀虫。我敲敲发出声音的位置，虫子声马上消失了。随即，棺木里的什么东西回应了我一个回声似的敲击。我绷直了背。当我回到座位时，发现R和M把我的饭菜给吃了，吃得满嘴油光。“怎么回事？没有人承认自己是K.T.！”我质问道。“只有在剧院才能吃到这种稀罕的食材。谁要离开这里呢？”R说。“你不知道吗，夜游者的废墟才是这两种食材的发源地。”M说。“我死也不去那儿。”R说。“是啊，是啊。”M说。他们两个也不理我，继续大吃大喝。没过多久，用餐完毕，大家坐在座位上等指示。棺木里的虫子开始吃木头，嚓啦、嚓啦、嚓啦，整个食堂大厅弥漫着木屑味。

午餐后，春聿告诉我，新上任的法官几天后会对我的角色定位做最后的裁决，而在此期间，我必须完成最后的回忆录。“不瞒你说，其实我已经没有可以写的东西了。”我哀求道，“就让我演一个龙套吧，演一个死人也可以啊，我躺在舞台边上不动就可以！”“所有过去都是未来的注脚。”春聿岔开话题。“我倒是有个问题百思不得其解……”我说，“我外公临终前所见的那个僧人兼医生的人到底是谁？我外公跟他聊了一夜，杜雅就死了，显然她的死跟我外公有直接关系。你知道，我外公是一个正直的人，还是这儿的前任院长，怎么可能犯下杀人的事？他念了那么多书，爱文学，爱数理，怎么可能杀人？”“不见得。人类社会的文学和数理，或者说规则，都是后天发展形成的，就像一座五行山压住了美猴王不让它作乱。”春韭说，“但你说的每一句话都得谨慎，这关系到我们剧院的荣誉。前任院长是一个杀人犯这种事，未经证实万万不得说出去。哪怕是真的，你也给我闭嘴。”“明白，毕竟他也是我外公。”“你最好记住了！让我想想啊，”春韭思忖道，“你外祖父说，他的实部已经圆满，虚部还未被满足。可见所谓的虚部，肯定是一种看不见摸不着的东西吧。假如是真的——我是说假如——他肯定在压抑着某种欲望，杀人欲望啦，性欲啦。那个人只是推了他一把。”“五指山……压住了……美猴王。”

棺木抬至操场中央，大家以棺木为中心绕其奔跑。我们对一具死尸所做的行为早已突破了常规，随后我意识到，那副棺木里唯一还有生命的东西是那条蛀虫。蛀虫只知道吃木头，对古怪的人类毫不关心。剧院如此空虚冰冷，无用的仪式感又过于强烈，到了令人难以忍受的地步。回忆录报告也只不过是另一种意义的葬礼。剧院大门前方是马路，但背后的操场外，就是旷野和大海。如果此刻有人逃跑，那些“图谋不轨”的演员将首先顺利冲破第一道关口，从操场周围的铁丝网爬出去。无论我怎么向R和M暗示这一点，他们都神情萎靡，突然对逃跑提不起兴趣了，低着头和其他人绕圈小跑。操场上风沙四起，风球草滚来滚去，被挡在铁丝网外。草原鼠在棺木下打洞，想咬掉法官的一只眼球和耳朵，它们受够了整年吃风球草的日子。草原鼠也许在寻找那条蛀虫，我不能让它捷足先登。我有一种冲动，要把那条蛀虫消灭！我悄悄走向那几个在树下昏昏欲睡的保安。天气很热，他们穿得那么厚，满头大汗。“有何事？请你归队！”一个保安命令。“喂，他不是我们的演员，你注意一下语气。他是前任院长的孙子啊。”另一个保安说。“能不能借我把刀子？”我问，“别误会，我只是想把棺材里的那条虫挖出来。”“我不管你是谁，你就是那条虫！”第一个保安说，“你一来剧院就变天了。”“来，给你吧。”另一个保安从口袋里掏出一截骨头，“这是我平时磨牙用的。我的犬齿每天都在生长，真担心自己变成吸血鬼。”

我接过那截骨头，走向棺木。我在虫子活动的位置做了记号，用骨头的尖锐部分对准后，开始钻孔。洞越钻越深，虫子的活动声越来越不安。其他人纷纷望过来，但他们不敢停下脚步。很快，新鲜的虫体露出来了，是一只甲虫，肚子翻过来，锃亮的小腿，抓挠着。这不是一条蛀虫，而是一只被困在棺木里的甲虫，雌虫把卵产在了错误的地方。我把甲虫放在掌心。它想飞，绿翅刚伸出来，一接触空气便化作了粉末，再也飞不起来。它的壳里面空荡荡的。棺木上的洞传出一股死尸的味道，我在外祖父身上也闻过这种味道。现在躺在棺木里的既是老法官，也是外祖父。我把洞钻得更大一些，更浓烈的腐臭味涌出来，灵魂消亡跟肉体腐败一样令人恶心。午后阳光照进那个洞里，正好照亮了法官的一只眼睛。我凑近时，那只眼睛睁开了，快速眨几下，眼睑以惊人的速度化作一摊液体，留给我一个空洞的凝视。

葬礼原本计划进行三天，由于高温，尸体加速腐烂，不得不在晚上进行最后的处理。保安问我要回那截骨头，闻了闻，塞进口袋。棺木上的洞用泥土堵住，然后被搬走了。夜晚的操场燃起长长的火道，一直延伸到远处的悬崖。悬崖之下是汹涌的大海。我们按指示站在火道的两侧，听现任院长发表了一通讲话，总结陈词时，他这么说："我们不要再为吃喝玩乐浪费心机！真正的生存只发生在逃跑和死亡之间，也早就在伟大经典的戏剧角色身上得到充分体现了。一旦体验那种崇高，外部世界还有什么值得留恋？你们的表演就是生的最高形式。我们的观众，只为我们真挚的表演投入他们的热情，鼓动他们的掌声。表演是你们活着的全部意义！"

我们每两人一组，一头一尾地抬起法官的棺木向前传递。队伍末尾，最后两个人将棺木扔进大海。所有庄严的葬礼前戏，只为突出最后这一笔，就像我那段漫长无用的回忆录报告，是形式高于一切的表演。但这种表演尚未打动我，因为我迟迟拿不到角色，体验不到那份崇高。葬礼结束后，我以为R和M早忘了笔记本的事，相反，这场毫无意义的葬礼恰好鼓励了他们逃跑的信念，要想成功逃跑就不能考虑手段到底是卑劣还是高尚。K.T.的身份至今依然是个谜。R和M一时说从未见过他，一时又说不存在这么个人。我用笔记本要挟他们，如果他们不说出真相，我就把笔记本的事捅出来。

“K.T.是一个传说，我们谁也没见过他。”R终于开口说，“但听说他和你一样，虽然在这里工作，待遇却不寻常。其实我们默认在剧院里并不存在K.T.这么一个人，但为什么大家都害怕他？为什么一旦承认自己没见过他、不了解他、不以他为目标，就会马上内疚得要死呢？他的头衔既然能在这里引起动荡，那么肯定在很久以前，甚至在这座剧院刚成立时，官方就已经捏造了这么一个明星偶像，让我们去崇拜他，追随他，把他当作是表演的最高境界！久而久之，我们宁愿说没见过K.T.，也不会承认他不存在。你想想，一旦直面K.T.根本不存在的真相，我们每天的训练都会变得毫无意义，逃跑也会毫无意义，因为我们活着就是为了向K.T.证明自己的表演价值！这里是一个刻意制造意义的地方。你以为你的报告有什么实际意义吗？不过是在打发时间。你以为追寻生父的身份是什么值得自豪的事吗？也是在打发时间。”“所以，你不要那么认真追问到底，一旦找到真相，活着的意义就终结了。”M说，“K.T.确实有可能是官方捏造的，但未来很有可能出现这么一个人，他的痛苦总量在所有人之上！”“也就是说，你不是非要找到这个人。”R说。他们你一句我一句地说着。

“我偏要！他勾起了我的兴趣。”我说，“我跟人事部的人很熟，K.T.是谁，我会亲自去问他。我随时可以向他举报你们，你们最好别惹我。”R和M恼羞成怒，作势要揍我一顿。“别乱动！我的手要是受伤了，没人能帮你们抄写。”我威胁道。

我们三人的地位得到了全新的制衡。

七

新任法官的身份成谜，又迟迟不开展工作，我的回忆录报告被迫搁置。要是他 直拖延，我在剧院免费打工的时间将成倍增加下去。我没有因此感到愉快，我抓草原鼠时被咬了好几次；采风球草时弯腰又起立，腰酸背痛，关节肿胀；每天清洁卫生间呢，那里的臭味不断令我想起妈妈在茅厕生下我的噩梦。而且，漫长的回忆录报告没有起到确切的效果，那些身份疑问还未得到解决。问题一旦得不到解决，这里的无聊苦闷几乎能杀死人，我开始渴望外面的世界。

那几天，有个孩子发出厉鬼般的哭声，常常在夜里吓醒我。R和M都没有听到。那股哭声也许来自我的梦里。为了证实哭声的来源，某夜我没有入睡，后来果然听到了婴孩的哭声。第二天，我向春聿报告了哭声骚扰。他眼珠一骨碌，酝酿一会儿后才说：“你确定吗？剧院怎么会有小孩儿？这里的演员为表演付出一切，是没有时间生孩子的。”

我坚持自己听到哭声，春聿只好答应带我去医生那儿检查耳朵。然而，迟迟不见人来。他们拖得越久，事情就越蹊跷。

自从我报告了哭声事件后，夜晚的哭声就减弱了，甚至一度消失。我本来可以就此罢休，可是他们为什么表面上否认哭声的存在，却在背后掩盖痕迹？我想跟R和M讨论一下。这两个家伙心存怨恨，对我追查到底的态度表示不满，还拿我的秘密开玩笑："大家快看，他是山魈的孩子！"他们都知道山魈是一种凶恶丑陋的猿猴，纷纷取笑我，恐吓我，大声交流油淋猴脑的做法。我是山魈后代的丑闻早就传开了，因为他们都去过圆形剧场听我做报告。为了平息吵闹，春聿不得不来带走我，送我去医生那儿。他希望我能尽早搞清楚自己的问题，少给剧院添麻烦。

春聿敲敲诊室的门，一个七八岁的孩子来开门。他走后，那孩子走到一幅挂画前，继续琢磨着什么难解的问题。他也许是医生的孩子。我只好在一旁坐等医生来。当然我的目的不是来看病的，我的听觉没问题。我偶然瞥一眼，墙上的挂画竟跟张先生那幅《Y染色体亚当》一模一样，如果不是因为那个手写的标题，我会以为这只是一件复制品，但显然这是同一幅挂画。除此之外，在这里我还看到了那张恐怖的凯姆勒电椅。它放在病床旁边，保留着经过改良的电流发生装置。每个我见过的死人都能在这儿永恒漂泊，干着生前未完成之事，那么，一张被烧掉的电椅当然也有权利在这儿复活，继续折磨活着的人。

"我见过那幅画，它被我撕碎了。"我说。"那得感谢你。如果你没把它撕碎，它就不会出现在这里。"这个孩子以一种成熟世故的口吻回答说，"这个剧院特别喜欢接收来自尘世的废品，比如你啦，又比如这幅挂画啦。”“你还不如承认这里是垃圾回收站。”我回击。“我们只是善于加工利用。”他说，“这幅画很有趣，给了我不少启发。”“医生呢？你见过他吗？我的耳朵似乎出问题了。”“跟你聊了这么久，我的每句话你都听得清清楚楚，耳朵估计没大碍。”这孩子在医生坐诊台的椅子上坐下，打量我，“你有什么问题吗？”看来这个孩子就是所谓的医生。我又气又好笑。春聿把我耍了，我可不是来找孩子玩过家家游戏的。我大概找到那个夜半哭声的源头了，就是眼前这个小孩儿。“求你晚上消停一下，不要老是哭。”见他不回答，我又说：“我要走了。”“我死的时候八十五岁。”孩子说。听他这么一说，我又坐回去。这个孩子的确是医生，他生前是医生，在这儿复活后还继续当医生。他的职责是为那些因为与角色融合失败、遭受身心分裂之苦的演员，提供心理疏导治疗。一切就是那么简单。他虽然看起来是个七八岁的孩子，可仔细再看，他是个长不大的老侏儒。“你怎么还有生前的记忆？”我问，“这里有我以前的亲人，但他们不记得我了。”

“我不敢说我的记忆是真的。作为听众之一，你的回忆录报告我认真地听了。你敢说那是真实记忆，没有杜撰和修改？回忆只是一个尘世的轮廓，所有心理分析都是杜撰的，都是经过自我修饰的。院方在你的角色定位上，出现了很大分歧。有些人觉得，你适合演一个荒野鬼魂，有些认为你适合挑大梁。”医生瞟了我一眼，继续说：“不过我医术优良，你耳朵有没有问题看看便知。”“我耳朵肯定没问题。这里接诊过怀孕的演员吗？这儿有个孩子每晚都在哀号。”“能听到那孩子的哭声说明你耳朵真的有问题。你最近一直在查代号为K.T.的演员对吧？”“你们的情报收集得不错。”“那个哭声就是K.T.发出来的，准确来说，他不是我们招进来的演员。他的出现依然是个谜。”医生说，“这座剧院有一个区域，很久以前就废弃了，封锁了很久。可是有天里面传出了哭声。我们在里面发现了他，他当时还是个婴儿，在一个牌号K.T.的宿舍里，浑身赤裸。区域大门是紧闭的，宿舍也是锁死的，一个婴儿怎么可能会出现在里面？当人员去拿钥匙再回来时，那个婴儿已经不见了。但哭声从来没有消失，只要他一哭，这座剧院就变得能量充沛。”“真是奇事。”“我们称他为暗子。”“我听说过暗子。”“劝你不要再打听这个秘密。”医生似乎不是在警告我，而是引诱我去那个废弃区域。

这个身高还不及我腰部的医生，走到凯姆勒电椅前面，示意我坐上去。我绝不会坐上去。我坐着不动，对他的要求不予理会。我这么害怕不是没有原因的——因为凯姆勒电椅是我为了延长做报告的时间而故意虚构的东西，它原本根本不存在！

“那椅子有凯姆勒的阴魂，人一旦坐上去，不知道会做出什么事来。”我找借口推辞。“说实话，我也不懂怎么使用它。”医生略加思索，“它是在你做报告期间出现的。看来你有凭空造物的能力。如果你想把关于暗子的记忆忘掉，这张电椅可以帮你。”“我没必要忘记。”我回答。

医生苦笑一下，自己坐了上去，把电极贴在太阳穴上，定睛看着我说：“来，帮我把电闸拉下。微弱的电流可以帮助我忘记前世。在这儿生活最忌讳的就是过多的眷恋，对医生来说更是致命的。”“我也没必要帮你。”“如果我把你在报告上捏造记忆的事，上报给管理层，恐怕明天你就得滚蛋。”他威胁道。其实我求之不得呢，我正想离开这里。但我好奇自己创造的事物到底能发挥什么作用。于是我把他拴得紧紧的，还把电流偷偷调高了几个刻度，这样他就会彻底忘掉我。拉下电闸前我问他：“那个废弃区域怎么走？”“看来你还是不死心啊！路线都在我的脑袋里，我没法像你外祖父那样用复数给你把路线表达出来，因为这个地方每时每刻都在改变。所以你打算用复数设计逃跑路线的计划是根本行不通的。这里什么都藏不住。”这个老头发出骇人的嗤笑。

我用力拉下电闸，跑出诊室，身后传来剧烈颤抖的撞击声，还有甜甜的焦味。医生的魂魄糖分如此高，有烤樱桃的甜味。我还拿走了医生的袍子，但尺码太小，穿上后像件束身衣。幸好其他职员没察觉，只有那些演员知道我是个假货，他们问道：“兄弟，又有什么计划？”“放尊重点儿，我是个医生。”我说。在剧院游荡了一整天后，发现根本无人在意我，也无人怀疑我身份的真伪。我来到大堂，攒足力气准备高声揭穿自己身份时，又听到了婴孩的哭声。

“耳朵治好了吗？”春聿突然冒出来，“跟我回去吧。”他脱下我的袍子，把我带回宿舍。我成了一个战俘。R和M不再咄咄逼人，而是围过来，激动不已。他们终于明白了我所做的一切，其实都是为了逃跑大计，面对失败而归的战友，有什么理由不安慰呢？他们紧紧抱着我。但他们的这份误解，对我来说无异于一次甜蜜的侮辱！我推开他们，钻到被窝里。当天晚上，我决定执行逃跑计划的最后一步：为两个室友抄写台词。只要主动检举他们的逃跑计划，剧院会以业务能力不足为由解聘他们，但这只是副作用，更重要的是，我成了破坏这个经典机制的罪人，无疑也会被赶出去。抄写完他们的台词后，对他们的背景故事，我便一清二楚了。

造谣者R的背景故事

如果父亲还不教我骑马，我就要毁掉他的马。我父亲是个正直的人。正直是他的脊椎，断了就等于死了。正直是他的马，马死了，他就只能在地上匍匐，从此失去生存的意义。总之我不是他的脊椎，也不会是他的马，无法给予他支撑，更别说荣誉。到了赛马季，他骑着枣红马跟村人竞赛，最高名次只得过第二名，可是快乐从来没有离开他。我十五岁，只摸过枣红马的马鬃，没有骑上去过。我跟父亲说，要是他教我骑马，我能得第一名。“考虑一下我吧。我是你儿子。”“要是考虑一下的话，”父亲回答，“你就不会受引诱，想在一场赛马中当第一名。”——这是某本书里的话，每当我重提骑马的事，他就拿这句话搪塞我。同龄孩子早就学会骑马了，而父亲还独占那匹马，把我拒在赛马的大门外。难道他想耗尽这匹马在这个年龄最充沛的力量，等到它再也跑不动才交给我吗？子承父业这一原则在他身上不奏效。我怀疑父亲在村庄里还有个私生子，或许就是那群骑马的孩子中的一个。他只向私生子传授赛马技巧。我看得出来，他有得第一名的能力，却总是在最后关头让步。比赛开始前一个星期，下了一场从未见过的大雪。在村庄每个马棚门前，都能听到马在里面冷得牙齿打战的声音，鼻子喷出浓重的气息，马鬃还挂着冰凌。那些马从未见过这样的天气，它们整夜惊慌。马待在室内不会冷死，但我决定让其中一匹死于非命。我做了计划：先和一个朋友冒着大雪，经过关着那匹常胜将军的马棚前，在那儿假装病倒，要他去把我父亲叫来，并让他之后待在家里。待他离开后，我打开马棚的门，让风雪灌进去。当父亲来救我时，朋友早就因为寒冷瑟缩在家。没人注意到那扇开了的门。第二天计划奏效了。常胜将军被冻死，成了一尊冰雕。根据朋友的口供，父亲成了嫌疑人。审判过程中，我只需把父亲怎么来救我，我在蒙眬中看到他打开马棚的印象复述一遍，就能毁掉他的荣誉。人们怎么会怀疑一个孩子？审判员以父亲为了得到第一名故意冻死常胜将军为由，判他把自己的马赔给受害者。父亲从来没有怀疑过我做假口供。我只是想让他失去自己的马。可是谁会想到在审判结束回家后，他就骑着枣红马冲下了悬崖？是啊，他的品质受到了怀疑，连他儿子都无法为他作证。他是一个从来不被第一名诱惑的男人。以死证明清白，自古以来是最有效的自证方法。父亲失去了枣红马，但某个夜晚我得到了那匹枣红马的灵魂。幽灵之马来到我床前，从今天起，它将为我效劳。多么高兴！原来我一直得不到它，只因为它那时还活着。我的谎言带来了死亡，死亡又为我带来了希望。塞翁失马，焉知非福。只有我才看得见幽灵之马，我把它套在马车上。人们常常见到我驶过一条有荆棘的路，坐在一驾马车上，却发现没有拉车的马。驱动车轱辘的，是马的灵魂。我有一杆皮鞭，但不怎么挥动它，因为世俗的鞭子触不到幽灵之马的皮肤，无法施加疼痛。它的意志只属于它自己。但我至今后悔，后悔当初把生命交给它，让它以为自己没有主人，可以毫无顾忌地拖着我，不偏不倚地闯进这座剧院的大门，把我永远囚禁在这里！

杀人犯M的背景故事

老猎手坐在树下，开始想象虎肉和鹿肉的滋味。我是老猎手的孩子，负责猎取虎和鹿的幼崽。幼虎有足够的能力将人杀死，现在它正叼着幼鹿。如果我成功杀死那头幼虎，一石二鸟，幼鹿也成了我的囊中之物。那是我第一次杀生。我杀的当然不是人，但也绝不是一只普通的鸟，是金黄色的虎！幼虎很快习得了捕杀技巧，我的猎杀能力远远比不过它。我握着猎枪思考这个问题。那时我十岁，已经开始学习捕猎。我父亲坐在树下，看我跟幼虎盘旋对峙。雄虎也许也正埋伏在树后观看这场决斗。一般来说，雄虎并不照顾幼崽，可它的身影潜伏着。尽管老虎有冷冽的条纹和金黄的獠牙，但我比它更高贵，因为我有武器。老虎比猎枪出现得早。猎枪在学会怎么将一头老虎杀死后才决定被发明出来。人类要理解猎枪的想法，必须成为一把猎枪。人类要杀死一头老虎，必须和老虎一起受伤。因此人类常常比其他动物更具有自毁的冲动。此时我们相距十米，绕着一根枯木，互相试探。猎食者注定会被嘴里的猎物拖累。我已经瞄准了它的脑门，要获取漂亮完整的虎皮，便不能击中它的头颅，但我没把握单凭一枪就取了它的性命。即使击中它腹部，它仍有能力扑杀我。幼虎有更多优势，四处是莽林，可供它藏身，但它不愿意放弃辛苦捕来的幼鹿，死死咬住，怒视我，因为一转身，我就会射死它。我们踏平彼此的足迹，每每佯装进攻，空气似乎都凝结了。子弹绝对比扑杀来得迅速，我应该早点儿使出全部能量，扣下扳机射杀它。但我太享受对峙的过程了。幼虎看透了我的心机，一边吮吸鹿血，一边放出凶光，迟迟不发动进攻。我的手指已经麻木。而当雄虎咬着父亲的脖子出现在幼虎身后并很快消失不见时，我才射死幼虎。谙熟策略的雄虎，天才般地用幼崽和死鹿作诱饵，完美地猎取了我的父亲。其实我早就注意到了悄悄靠近父亲背后的那头雄虎，我只是利用它取了父亲的性命。俗话说，一山不能容二虎，雄虎失去了幼虎，我失去了父亲。我朝天空放了空枪，宣告自己首战告捷。可我依然十分遗憾，因为我只是打了个幌子，真正动手的是一只天生高贵的老虎！

以上两个故事，都出现了死亡的父亲以及死亡的动物。这两个相似的故事透露着一股从我的回忆录里脱胎而出的气息。我怀疑他们也在虚构，像医生说的，我对这部回忆录的真实性有足够的信心吗？从一张嘴到一把枪，R和M向我展示他们的死亡往事。如果不是他们长得一点儿都不像，我肯定会以为这是一对天性残暴、对父亲有着强烈杀戮快意的孪生兄弟。否则他们完全是在戏仿和嘲弄我的回忆录，只是故意把线索和人物形象弄得支离破碎。当我把这两个经过简化的故事的文字版本呈现在他们面前时，他们谴责我在文字上的冷漠化处理，导致字里行间处处是死一般的冰冷，没有悔意，又缺乏荣耀，完全没有表演的激情。让他们不满的，不是我私自篡改了故事的语气，而是他们故意戏仿我的目的被我识破了！

第二天在背诵台词期间，前夜喝了药水的两个室友，通过偷看衣服里的台词本把其他人都骗过去了，电压表读数一度超过了个人记录。我只能承认，这两个老滑头在表演上真是富有经验啊！可为什么我不干脆承认，他们自始至终都在讲述一个真实的故事呢？我对他们的故事抱有敌意和偏见，不过是因为他们做到了我做不到的事情：他们有自己的父亲，有自己的角色，而我一无所有！

妈妈总是在天色晦暝时来看我，穿得很密实，裹着头，不让邻居知道她的去向。儿子莫名其妙地离家出走，躲进剧院不回家，无疑显得她这个做妈妈的很失职。她没别的理由解释儿子的离开。

“他怎么能因为自己没有爸爸，就自暴自弃呢？”妈妈跟春聿说，“你们还要陪他玩？”“这是他的选择。我们不想扼杀一个人的表演天赋和梦想。”春聿回答，“本来你儿子闹这么一出，要是在以前只有被撵出去的份儿。可是，剧院第一次遇到像你儿子这样的可塑之才，破例接收他是一次别开生面的尝试。”“这里不是福利院，”妈妈说，“何况我能照顾好他啊。”“成全别人也是一种福利，我们给演员提供了一个大展拳脚的舞台。”春聿说。妈妈一时没找到反驳的理由，便不再说什么了。春聿把妈妈留在接待室，来到走廊问我在听完这些话后，到底要不要见见她。这次我答应了。他打算安排我们在接待室见面。“既然我是在模拟法庭做的报告，不如把这次见面场景设为一次监狱探访？我们可以在探监室见面。”我说。“啊，好主意！看来你参透了剧院的理念。”春聿很高兴，拍拍我的肩膀，“但在严格意义上，你只是个未决犯——我是说，你的角色还没有定——是不容许探监的。”春聿也随我进入了表演状态，“在探监室见面，不就等于承认了你的罪名吗？但我们又没合理的理由驱逐你……”春聿有点儿犯难，又说：“要是你那么重视这份仪式感，那我在你和你妈妈之间放一块玻璃，你们用电话沟通，怎么样？”这个提议非常有幽默感。我在走廊站了半个多钟头，等探监室布置好后，才被春聿叫进去。进去之前，我看到一个形似舅舅的背影，坐在某个办公室里写文书。

第一眼看见妈妈时，我就注意到她的目光聚焦在我的耳环和玉坠上。这两样东西完好无损，代表她的儿子在剧院没有受到非人的折磨。她缓了一口气。两个由保安饰演的狱卒，扶着玻璃隔墙，我和妈妈各拿一个断了线的电话筒，坐在玻璃两侧。妈妈虽然不了解为何要这样做，但忍不住笑了。

“妈，我不打算就这样离开。”

“你终于肯出来啦。你要待到什么时候？”

狱卒把一份纸质材料在我眼前晃了晃，问我愿不愿意在出狱声明上签名。我不打算就这样离开，不代表我不想离开。我宁愿等他们用充分有力的理由驱逐我，也不愿意自动离开。主动离开，意味着我主动承认当初的“罪名”不成立——如果“无我”的罪名不成立，那么我的一切思索都将灰飞烟灭，存在之根本也被撼动。我不能把这些想法当面跟妈妈讲，担心旁边的两个“狱卒”会把我的计划泄露出去。妈妈无法理解我，她读了一堆书，脑袋里依然塞满白日梦的流毒！

“我们搬到其他省去找你的阿姨，她们会帮我们渡过难关的。”妈妈劝我。

这只是借口，其实她早就受够了依靠别人生活，这头依靠哥哥，那头又投靠姐姐。如果要搬到外省去，那她必须卖掉外祖父在高斯大区留下的那套房产，再找一份工作来维持生活。我怎么从未考虑过找一份工作？妈妈也未曾把我当作一个劳动力来看待。如果可以，我想去森林里当一个伐木工人，运送木材，住在森林边缘的木屋消磨日子。可是，这样安稳的日子难以消除长久盘踞在我脑子里的幽灵，它像顽固的肿瘤细胞四处扩散，森林里的寂静只会助长它的狂妄。我问："舅舅来找过我吗？""没有。"妈妈带着哭腔说，"他不让我们参加你外公的葬礼！""我明明看见他了。我离家出走，他肯定会来找我的，说不定他在填写申请表呢，申请领养我……"我说。"呸！他还盼不得跟我们断绝关系呢，还领养你？"妈妈骂道。"妈，你不知道吧，有些人死后会在这里复活，继续生前的工作。你不是没能参加外公的葬礼吗？前阵子负责我的案件的法官，跟外公长得一模一样。不过他认不出我来。""他现在人呢？！""死了。我替你参加了他的葬礼，总算没遗憾。这里的生活跟外面没两样，但这里的人活得更有寄托，每个人都有一个专属角色。"我说。妈妈听了后，似乎有所释怀。这时，一张脸在身后走廊一闪而过，我在玻璃反射上看到了那张脸，是舅舅。我问狱卒刚走过的人是谁。

"是新任法官的助理。"狱卒说。

"他是刚去世的法官的儿子。"另一个狱卒补充。

"走吧，时间到了。"他们收走话筒，送走妈妈。

舅舅在这里出现，有两种可能：要么，他是活人一个，是新任法官的助理；要么，他在现实世界中死了，至少濒临死亡。人在这里只有以上这两种状态。我问妈妈以前舅舅是干什么工作的，妈妈说不知道。她很失望，离开剧院大门，越走越远，背影零零散散，她还不知道她哥哥正被死亡光顾。我在窗前目送她离开。太阳白得很，她回头对我说了一句什么话，似一束火焰，白日梦的火焰，被风吹散了。

既然新任法官要来了，我的角色很快就能确定。春韭为我安排了第二次报告会。但这回，我手中没有回忆录材料，我的目的也不在此。我决定逃跑。

又是一个黄昏，圆形剧场准备妥当。由于是最后决案，大多数人都出席了，R和M也在其中。现在坐在法官席位上的，竟是当初招我进来的人事部总监。坐在他身边的助理，就是我舅舅，但剧院向我展示的，是他可怜的亡魂幻影：他的身体闪烁着一层电子雪花，一个不稳定的人体投影，吱吱作响，随时会坍塌分解。他既不是人，也不是亡魂，这意味着舅舅在尘世的生存状况非常艰难。在外祖父死后，他受着良心的谴责，到底过上了一种什么样的生活？

我再次站上舞台中央，距离上次的报告已过去数不清的日夜。春韭这回给我准备的不是笼屋，而是一张椅子。不是别的椅子，正是凯勒姆电椅！电椅上还残留着侏儒医生被电流毁灭后留下的残迹。看见这椅子，我便紧张，害怕罪行被揭发。春韭故意把它搬来是为了提醒我的所作所为吗？他说："很抱歉，时间紧迫，椅子没能及时清理干净。人在地球存在了这么长时间，要消除痕迹，一时很难做到，更何况是一个人的灵魂留下的痕迹？灵魂虽说是一种极不稳定的物质，但它燃烧后的产物是极其顽固的。”

一想到要坐在医生的灵魂遗体上，我双脚便开始发软，“没别的椅子了？”

“这椅子是从你故事里跑出来的东西，现在不过是还给你罢了。”春聿邪恶地笑着说。我第一次见到他露出非同寻常的表情。结局临近了。

这是我第一次坐凯勒姆电椅，古世纪的幽魂没有骚扰我，但背部压在医生的灵魂残迹上有点儿硌。春聿摘掉我手腕的微型电压表，改用几个电极，把我的脑袋跟电椅蓄电器相连。那个蓄电器下面有个同样接着电极的透明玻璃容器。那是张先生放置“孤雌生殖”所用实验青蛙的容器。不出所料，春聿的掌心有只活蹦乱跳的青蛙。看那恶心的莲蓬状皮肤，是负子蟾！他打开玻璃容器，把负子蟾关了进去。

“这次我们改用青蛙来测试你的思维电量。”春聿说，“要是报告完毕后青蛙被电死，恭喜你，这证明你真的有当演员的天赋，剧院将是你的归宿。届时，院方将赋予你一个独一无二的角色。当然，青蛙的死活只是参考，根据你上次的报告，院方已经大比例通过了对你的角色裁决，你将饰演一个死刑犯，在舞台上被刽子手斩首！满意了吗？”

“这不是我想要的结果！我入职是为了获得一个身份，

我现在却更迷茫了。留在这儿只会剥夺我继续进入社会的能力！”我哀求道，后悔不已。

“太迟了。”春聿冷冰冰地说，幸灾乐祸似的，“我们发现了你天生作恶的可能，你不演一个死刑犯，那就太可惜了。不用怕，我们会提供充足的刑罚、劳动和自省时间。你每次被斩首时的哀号，肯定会为这里提供最大的电力，超过K.T.，观众也会为你的精湛演技喝彩！”

春聿走下舞台，示意第二次报告正式开始。

“兄弟，你还记得我吗？”负子蟾撞击玻璃容器，发出尖锐的叽咕声。那个声音粗糙难听，我马上认出来了，它就是我的老同学付梓单。“我们合作吧。你不一定要电死我，反正他们已经正式录用你了。”负子蟾跟我商量，“事到如今，我还要被你折磨，你不觉得内疚吗？”“你说什么呢？我为什么要内疚？”我问。“当年就是你向学校举报我看情色片的吧？”负子蟾更加剧烈地撞击玻璃，浑身伤痕，“被学校勒令退学后，在回家路上，我变成了一只蟾蜍。这是大家的愿望，也是我父母的愿望。我原本以为顺应他们就能继续活下去，可是你们没想放过我。当我开始以蛙类身体适应这个世界时，偏偏那天下午，你们一脚踩扁了我。死后我来到这个剧院，整天在舞台旁边的道具草丛里演青蛙，呱呱叫，叫得口干舌燥，难听死了。没想到，上天又让我遇到了你这个老仇人。你猜猜看，我花了多长时间才把身体重新吹胀？”“我不记得了。我没有做过这样的事。”“说真的，你不必电死我。”“放心，这次你不会死。但我也没举报过你……”“真的吗？你这个卑鄙小人！”

嘭嘭嘭！响亮的法追敲响，法官提醒我马上进入最后的程序。我掏出两份纸质文件，向在座的人展示，还特意朝R和M的方向多停留了一会儿。两个室友脸色大变，“人渣！”“死刑犯！”“山魈孽种！”“永不超生！”他们一人一句辱骂我，触怒他们的是我手上的两份材料，那是他们逃跑计划的证据，眼下将全部曝光。人事部总监扮演的法官面无表情，场上的人却起了骚动。至于舅舅，他的身体偶尔游离在空间之外，变成一团电子云，手里握着的材料掉落桌面，直到手恢复实体后，才重新执起。

“那是什么？请呈上来！”法官说。春聿从我手上接过材料，放在法官面前。他花了好一会儿才读完，接着勃然大怒，“这是你的回忆录？这显然是台词本！”

“阁下，这两份不是我的回忆录，因为我的回忆已全部清空了。如您所见，这是我的两个室友威胁我为他们抄写的台词本，只要每天读稿子，就能骗过电量输出审查，他们打算逃跑！有机会的话，你要看看他们读稿子时的模样，戏演得真好！”我高声说，“这也是他们逃跑计划的一部分，每天迅速完成电量输出指标后，他们就威胁我参与逃跑计划！”

“果然是你！”身后的负子蟾呱呱乱叫，“当初揭发我的果然是你！”它压不住心中的怒火，肚子越来越胀，嘭一声爆开，玻璃容器也炸裂了，电箱破了一个洞，黏糊糊的残肢残浆飞向剧场四周。半块青蛙嘴掉在我的大腿上，翕动嘴唇说道："果然是你，是你，是你……"渐渐没了声音。它本来不用死，只能怪自己控制不住怒火。爆炸引起的骚动很快平复下去，被波及的人擦掉脸上的青蛙残浆，正襟危坐。我的两个室友从旁听席上冲下来要报复我。M还掏出一把藏在衣袖里的生锈小刀。"舅舅，是我！圣西！记起来了吗？！"我喊道。偏偏这时候，他模糊得要消失了。M把刀架在我脖子上，刀刃轻轻一滑，就割掉了系着韦驮菩萨玉坠的绳子，"你竟敢破坏剧院的规矩。"接着，R连皮带肉地将我的耳环和耳垂一并咬掉了，还捂住我的嘴不让我发出哀号，威胁说："你的剧场生涯很快就要结束了。"

在座的人对二人的暴行无动于衷，默认这桩私刑的合法性，认为我对此罪有应得。旁听席上的春聿清清嗓子，站起来说："我们剧院跟演员的关系是相辅相成的，每次逃跑计划的识破，必须在正当的攻防关系里进行，这样才有利于我们对系统进行完善，让这出人人参与的表演充满戏剧张力。他们有逃跑和被追捕的自由。如今你肆意披露计划，剥夺了他们的选择权，显然在这一桩计划里，你是一个不安守本分的角色。我们必须要把你从剧院清除出去。"

"我求之不得！我正想离开这里。"我为计划即将成功感到振奋，"你们这是合同诈骗，迟迟不给我演出角色，还长期强迫我在这里工作。"

"你以为你掌握了主动权？"人事部总监轻蔑地说，"别高兴得太早。我们并非迟迟不给你角色，因为从你进来那一刻，你的角色就确定了——你在这里的生活，跟你在外面的一样，你就是一个被欺诈者，一个彻头彻尾的无名者，我们剧院充其量只是扮演了你妈妈罢了！”

我受到无尽的侮辱。我被糊弄了。在以为要成功之际，我才意识到，在这座剧院里，我自始至终是在本色演出！

“我早就告诉过你，戏里戏外都一样，大门早就为你打开了。”春聿挥挥手。

我的两个室友得到官方授权，用绳子把我和凯勒姆电椅绑在一块儿，高高抬起来，像为法官送葬那样，跑出圆形剧场，一道道铁闸门逐一放行，通畅无阻，他们抬着我这个被流放的人朝剧院大门奔去。他们攒足力气，把我远远扔出去。我和凯勒姆电椅一同砸在车水马龙的大路上，枷锁般的电椅在我身下瞬间散了架。

八

我在市剧院那段自取其辱的生活，越来越显出梦的特质，一个从我被妈妈告知生父是山魈时就猝然开启的梦。醒来一切就结束了，梦停止分泌高浓度的激素，也不再制造主次失序的记忆。那颗黯淡的心灵，对于谁是我的父亲，不再如此偏执，重新接受现实的庸常和无常。但从此我就能在社会群体中正式归位，就能在温暖家庭中自由呼吸了吗？

被剧院驱逐后，我仍然是一个暗子……

掩盖皮肤疮疤只需要一件华美的衣服。至于心灵上的灼痕，更难消除，更易发作，忽视它给人带来的难堪恶耻需要皇帝的新衣。我身上有囚犯的味道，在毛孔深处久久不散。妈妈煮柚子叶水为我洗去霉运。被扯掉耳环的耳垂，掉了大块的肉，不能沾水，洗澡前妈妈就为我包扎好了。

“剧院的生活很苦吧……”关上门前，她问。见我没回答，她又问了几个其他问题：平常进行什么劳作，饭堂的菜式合不合胃口等等。我脱剩一条短裤，站在冰凉的瓷砖地板上，没回答她，等她闭嘴。她那些拿来主义的文学思维，对理解我在剧院的遭遇没有任何作用，只会让她更加确信我的行为完全出于愚蠢的冲动，亲手绑架自己的自由。她别过头去，关上卫生间的门。

洗澡水倒映那只绑着绷带的白色耳朵。紧张时不自觉伸手紧攥玉坠的习惯要戒除了。不再依附那枚玉坠的我还是我吗？这样的人凭什么活下去？妈妈会说：“人总要活下去。”我的人生之歌陷入死循环，乐章停留在晦暗沉郁的小调上，明亮的转调还没开始。潜入浴缸浅浅的水中，柚子叶水的气味令水的密度陡然增加，人像在羊水中漂浮，但跟母体、跟外界联系的脐带已割断，这个胎儿失去呼吸的系统。这是一胎致命的水。

从母体走向空旷的野外之前，能否让我先看看世界再做决定？在剧院里受压迫而产生的求生欲望，在我返回这个熟悉的家中后，突变为死亡倾向。重返家庭的最初时期，我无法适应时刻处于回忆与内省嵌套的惯性状态，而过去已经证明：量的增加并未带来令人喜悦的质的跃迁，带来的只有心灵压迫。妈妈此时也许会说："接受压迫是为了生存。"因此她一生中仅有的灵性和天赋，全耗在妄想自己的孩子出生后将会面临何种灾难上，在孩子出生前，她就设定好一套说辞："你的生父是一只山魈，你要么相信我，要么去寻找真正的那个人。"于是，这个孩子出生后被迫开启漫漫一生的追寻之路，将死的终局忘却，赋予生以机动和意义。

但她没想到，儿子竟如此反抗这套设定好的说辞，离家出走，最后落入骗局，两头不到岸。我浸没在浴缸水下，身体突然像颤抖的石头，不受控地下沉，浅浅的浴缸仿佛有了无底深度。柚子叶水灌进鼻腔的瞬间，我感受到世界温柔的一面，即使无法阻止自己出生，我也拥有自死的权利。挣扎。踢腿。应该事先在妈妈的柜子里找些安眠药，麻痹这具肉体的反抗本能。

隔着房间，母体感知到子体主动寻求生命结束，走到垂死的边缘。冲向卫生间的动作发生后，她犹豫了半秒，又继续冲刺。时间速率减缓了，在那半秒钟内，她一次次地坠回企图扼死儿子、任由他自生自灭的无尽之夜。她本不必和儿子一起承受艰难的耻辱，大抵可以跟别的男人再婚，诞下一个正常的子嗣。脚步到了门口，她仍出奇地犹豫了半秒，最后推开门，将全身痉挛的儿子从水里拉出来，用毛巾裹紧他苍白瘦弱的身体，抱到床上，惊恐而小心地揉搓他那些紧绷的肌肉，生怕它们悉数断裂，如断线木偶一样散了架。儿子出生时的场景如噩梦一样，在脑海中被早早地强制消除了，她不想再回忆，同时怎么也无法相信那具像小猫一样大小的紫色肉团是从自己腹部长出来的，又是什么样的奇遇（连她也在怀疑山魈的真实性）为她带来了这块丑陋的东西？她感觉这是自己第一次真正观察儿子的裸体：胸骨凹陷，发育不良，灌入他肺里和胃里的凶猛洪水，正在肆虐。她在电视上学过溺水急救的操作，在溺水者的胸外按压多少下，接着做多少下人工呼吸。她将双手交叠，战战兢兢地放在儿子的胸外，担心过度用力会压碎他脆弱的肋骨。儿子翻了个身，朝床外吐了一摊水。她呆呆地坐在床沿，看着儿子若无其事地睡了过去，她感觉自己被捉弄了。毛巾软塌塌地盖在儿子身上，像没剥除干净的胎盘。把儿子从水里救出来，让他的呼吸系统成功运作，这个过程勾起她的回忆，仿佛自己是第二次生下了这个孩子。

“圣西，你睡着了吗？”她轻轻摇晃儿子的肩膀，确保他还活着。

离开水面时，我在一个奇异的梦里：我用一口大铁锅，白灼一盆金鱼；鱼肉软塌塌的，带着淤泥水草的腥味；我咬着牙强忍恶心，一口一口地咀嚼。

“那是脐带的味道，”我说，“绕颈之物勒着我，我拼命想咬断它。”

“有件事我差点儿忘了，”妈妈说，“你出生时曾被脐带缠住脖子，差点儿没命。”

“当时就不该让我活。”我说，“还是开窗吧，屋里很闷。”

妈妈打开窗。夜风吹拂，一只黑翅雀随之飞进来，衔着一根枯枝。“这只美丽的鸟要去筑巢产卵啦，明天就会孵出一只更美丽的雏鸟。”妈妈说着，从黑翅雀蜡黄色的喙摘下那根枯枝，小心地别在发髻上，宛如青春爱美的少女。

告别高斯大区的生活，是我们重生仪式的第一步。离开这座城市，哪怕只是换个城区生活，那种地理和心理的迁移对我们来说，与移民别国无异。高斯大区的房子是外祖父无心为我们设下的牢笼，我们顺从接受这份馈赠，默默与不祥之神进行等价交换。我从剧院逃脱的经历大大鼓励了妈妈，既然儿子能够摆脱体制的钳制，那么为了树立新生活的榜样，作为母亲的自己为何不能解除一个不断侵蚀她、塑造她意志的生活诅咒？她第一次看到充满希望、实实在在的生活前景，而不是一个单纯的幻境。

这毕竟是她父亲的遗产，是一处凭吊的空间，是整套抛售，还是长期出租？无论多么想斩断那层关系，将父亲的遗产转让给他人总有种置血缘亲情与精神道德不顾的无情。这套房子的一砖一瓦，是血也是肉，是她与父亲的唯一血缘象征。尽管她父亲的好意对她所产生的损害远远大于益处，然而，妈妈却极少将她那个还活在世上、但对她无甚影响的老母亲放在心上。外祖母不知从何时开始，对世事漠不关心，甚至当她患上老年痴呆很长一段时间后，都无人察觉端倪，只将这种沉默看成生命的连续状态。妈妈也并未警惕自己对父亲产生斯德哥尔摩情结，即使意识到离开这套房子是新生活的开始，她也会下意识地感谢父亲为她设下一道篱笆，跨越这道篱笆后产生的欢愉及成就感，全归功于父亲的谜题，让她找到了生存的意义。“设谜者的设谜欲望”和“解谜者的解谜渴望”二者的先后出现顺序，跟“鸡与鸡蛋”拥有同样的悖论关系。我们这个地方的教育系统正在强化这种受虐式的体验，学生们解开一道又一道毫无意义的数学难题后，获取同样毫无意义的成就感，以此作为向世界迈进了更深一步的证据。有目的地摧毁，而后刻意地重建，这也是为什么妈妈会对我说“接受压迫是为了生存”这样的话。

跟妈妈不同，外祖父对我的影响是间接的，利用妈妈作为传播媒介——直到那个夏天，在鹿岛上我落入他的精神旋涡，用虚数量度世界，那种虚妄而有效的世界观同样来源于数学，是构建与理解宇宙的基础之一。时至今日，我似乎明白我确实可以没有血缘上的父亲，因为所有通过“妈妈”这个媒介向我袭来的陌生事物，都是构成“父亲”这个词的一笔一画。我的世界因此极易离散。山魈最初代表的难道不就是陌生、恐惧和未知吗？即使我从山魈的阴影中逃脱，寻找一个具体的父亲形象这件事，仍在很长一段时间像幽灵一样侵蚀我，制造生存动力的假象。

将房子挂在房产中介所前，妈妈向房产经理进行了漫长的咨询。他们走进小小的办公室，我在接待区外面等候。中介所的玻璃外墙，贴满街区房子售价牌，高斯大区并未因为是底层聚集地而折损房价，相反，相比外祖父刚买下这套房子时的楼价，现在的它能卖出个更可观的价钱。究其原因，这里位置靠海占有很大的比重，但要知道，高斯大区并不具备通常意义上海滨生活的迷人景观。海风盐度和湿度很高，侵害全身关节，弥漫死鱼虾蟹的有毒气息，由于地形限制，有毒的海风灌进来后，缺少快速有效的通风路径，瘴气般的海风往往停留在区内，渗入每户的床褥、衣服和墙壁，腐蚀餐桌食物。

要理解高斯大区房价只涨不降的本质，我们不能单纯以普通经济学和宏观调控的论调来解释，这是民众受虐式生活的又一神秘体现：大海庞大的凶险和偶然的美妙在此处结合，为了享受极致的快乐，必须长期忍受非人道的痛苦——每每念及此，我都会不自觉地想起自取其辱的剧院生活。我曾经是权威体制里的痛苦的圣徒。

房产经理像个地图扫描仪，把附近片区的形势都摸清了，必然深谙此道理，但要想快速搞定这个犹豫不决的女客户，没那么容易。无论妈妈选择将房子长租，还是短租，显然房产经理从这两者获得的佣金都远远比不上整套抛售。房产经理从妈妈口中套出了她疑虑重重的原因，他习惯于从经济、地理位置等因素进行销售的口才，第一次派不上用场，而撬动那种受虐式心理需要付出比一次心理咨询更多的试探努力。受虐式心理适用于外来客，无论是来租房还是买房，房产经理都能顺利拿下。然而，一旦面对的是在租房还是售房之间摇摆的房东，受虐式心理只会把他们引导到只租不卖的境地，因为只要一日保持房东身份，一日就与高斯大区藕断丝连。结果很明显，不管妈妈多么想离开这里，她最后还是选择只租不卖，令这段极其耗时的咨询成了妈妈尝试摆脱自己父亲影响的一次失败尝试，一次接近全面的妥协。

我早料到这个结果。房产经理从没吃过这种败仗，像个战俘似的跟在妈妈身后走出来。中介所外的玻璃大门贴上了我家的租房信息，等待外来客接盘母子二人整个晦暗的过去。不管怎么说，把房子放出去已是开启新生活的一个里程碑式的决定。离开中介所，经过那间冷清萧条的博物馆时，我问妈妈要不要进去看看。妈妈看看博物馆铭牌上的文字，问道："怎么多了家博物馆？有什么好看的？"她全忘了。我对她的恨意和深深的自责涌上心头，带着负罪感活下去是一项需要勇气的工程，而妈妈轻易地就跨过去了。博物馆没几个人光顾，大门整天敞着，枪支、子弹和炮台等金属展品受到海风的严重腐蚀，冰冷的铁锈味令此地愈发像遭屠戮后染血的沙场。"你不知道这里是什么地方，那往事就毫无意义了。"我说，"回去吧。"妈妈退后一步，仰望整个博物馆，似在回忆什么，"它现在只是一个博物馆。”她如此冷酷无情，“我们还是进去吧，反正是免费的。”“你不想进去，就没必要进去。”

如果不是我们的自私，说不定易德叔叔今天还活在世上。可是，带着战争创伤活在世上，就能成为圣人吗？易德叔叔疲倦灰沉的形象浮现在我眼前，我早就该察觉到他寻死的倦意，子弹商店只是他行将消失的庇护所。在易德叔叔自杀后，博物馆的悲剧色彩已经超出了那场战役所能容纳的体量，成了我们双脚的禁地。我们是凶手。还有谁比我们更有责任进到博物馆忏悔自己的罪行？赎罪的形式千千万万，我们偏偏置身事外，最终没有踏入博物馆一步。

房产经理建议我们把家里的私人痕迹清除干净，为下一任租客提供一个安全洁白的居住空间。过重的私人痕迹很容易导致新租客患上“回忆综合征”，将房东的生活片段整合进自己的记忆中，造成记忆混乱。首先要清理的，无疑是贴满墙壁的《堂吉诃德》，妈妈的心灵曾经日夜赖以呼吸的书页，要一页一页地撕掉。时间过去这么久，墨水早已渗进墙壁里，纸片像脆弱的蚁巢般剥落，反而难以快速扫除。曾被这类文学包围，做不成艺术家，也无法对这个世界产生全新认知的妈妈决定请装修工人过来，在墙上刷一层厚厚的泥子粉，用最直接最笨拙的方法掩盖令她蒙羞的过往。我房间天花板上那些像诅咒的经文符号，也将一并抹除。如果下一任租客偶然间刮掉这层厚得离奇的泥子粉，会惊讶地发现藏在墙壁上的骇人真相。这是一项繁重的工程，当我们越偏执地要清除私人痕迹，就越能为这项工程增添额外的工作量，妈妈甚至觉得，轻微的体味都要去掉，我们身上表皮细胞在凋零后早已成了落满每个角落的尘埃，浩若星辰。若继续这样下去，我们的清理工作将到达原子级别，永无尽头。最后我们妥协了，只清理肉眼看得见的事物。消灭外祖父送来的书，是我们最大的任务。“如果可以，我想把看过的字一个个地从脑子里抠出来。”妈妈说。“卖给旧书店吧，好歹能换几个钱。”我提议。“这些书都是一个个阴魂，是要烧掉的。”“瞎说，它们是外公的遗物。”“不，我才是他的遗物。”

不久前，妈妈还那么爱惜这些几乎等同灵魂的书籍，如今却咬牙切齿地要将它们焚毁。焚书之后，妈妈还会进一步执行“坑孺”政策吗？我是为孺子，迷惘的动物，饱含自我毁灭欲望的生灵，妈妈对我的陷害难道不早已在她决定把我生下来那天就开始了吗？我的人生启蒙始于对妖物父亲的怀疑，而对其他同龄人来说这是毫无必要的，是完全可以避免的无妄之灾。我们无力抗拒降生在一个贫穷、破裂、暴力的家庭，可是荒谬而离奇地认山魈作父，比认贼作父对我们的天然认知有着更大的损害，几乎是笼罩一片方圆几百万平方公里的阴云。她是外公的遗物，那么我也是她抛掷在世上的遗物，有一脉相承的悲惨宿命。

我在床褥下发现那幅本来撕毁了的《Y染色体亚当》挂画，它完好无损地躺在那里，除了轻微的皱褶，并无撕碎后重新拼接的痕迹。旧日噩梦原样回归。果然人类无法在物理层面摧毁此类带有记忆诅咒的事物。妈妈言之有理，必须烧掉它们。

装修工人对我们的房子很好奇，将工具放置一旁，观察墙上的文字、经文和符文，花了半天干这些事，最后才问我们该怎么修葺这个在他看来非常易碎的空间，是否能动那些奇形怪状的符号，生怕破了什么风水格局。妈妈说，这间房子打算出租，让他按照最现代的形式整修一番便可，比如把墙壁天花板抹干净，弄得亮堂一些。装修工人此时像个精神分析师，眉头一皱，疑虑更深了，打量我们，巡视房子内部，要在这两者之间找出某种联系。“这些年，我每到一个家庭干装修，我就向主人家打听他们的故事。我已经记满好几个本子了，出版社很感兴趣。但我还需要一个更吸引眼球的故事。如果不介意，能给我讲讲你们的故事吗？嗯，这里看起来很有故事感。”“你理解不了我们的故事，尽心尽力把墙壁刷干净就好了。”妈妈对这个干涉雇主私生活的工人感到厌烦。

一辆租来的拖车已经在楼下等候，我们把书搬到车上，叫拖车司机运到海边烧掉。司机事先不知道要运的是书，得知我们要把它们烧掉，问能不能选几本喜欢的书带走。妈妈说，如果这几本书能代替运费，她倒很乐意。司机只好闭上嘴，发动汽车。车上没有多余的位置给我们坐，只好让拖车先走，我们步行前往。

等书烧掉后，她和外祖父之间那道血水之源就会被稀释几分。我们期待能重获新生。但在这世上，妈妈绝不仅仅只是她一人，她还有哥哥和那些远嫁的姐妹。她的过往是一盘沙子般的阴影，数不尽，没有具体的形状，会被风吹散，会被任何一只伸过来的手掌捏成任意形状。如果妈妈要活得彻底自由，不被任何人指摘，或提醒她所谓的屈辱，那么包括她儿子、兄弟和姐妹在内，所有见证过她存在痕迹的事物和人类，都要一并消失。显然，以她为中心的世界是个逃不开的牢笼，她每一次逃跑都将被记录在案。

“舅舅，他快死了。”看着生活即将稳定下来，我才说出舅舅的状况。“你怎么知道？他健康得很，心脏病不会那么快就要我们的命。”妈妈说。“我在剧院里见过他。”“他那么关心你，你不能诅咒他死。他还有舅妈照顾着呢。”“你还相信她？外公就是被她赶出门的，这个你知道。”

妈妈不再回答。二十多年来，我只去过舅舅家一次，记得那个夜晚，天正好下冰雹，妈妈伸手接了几粒冰雹，放在我手上。多么新奇的玩意儿，透明的晶体从无垠的空中下落，在一个孩子的手掌心吸取温度。舅舅的儿子，也就是我的表哥，比我大十岁，他只是把冰雹放在掌心，看着它们融化。但我的第一个想法是找个东西保存它们。那是我第一次在那栋庄园式的六层房子里独自漫游，横穿一条又一条走廊，打开所有能打开的门。但我连一个小小的瓶子都没找到，冰雹渐渐在我掌心融化，皮肤徒留一点湿冷。我对舅舅家的首要印象正来自于此，冰冷诡谲，虚弱无望，眼睁睁看着美好事物消逝。在我漫游的过程里，舅舅一家坐在一楼客厅里，我能想象妈妈的困窘，她的孩子不顾主人家的面子，在楼上疯了似的跑来跑去，而他们正在质问我妈妈，要她对自己未婚生子这件事拿出一个合理的说法。

但我不是唯一在楼上的人。我打开那些门，看见里面有各式各样的人，他们大多不属于这个家族，而是租用这些房间作为工作室的小组织或小公司，身份复杂不明，如同窝在黑暗处的鼹鼠。“鼹鼠”，我是这么称呼他们的。我打开门，目光闯入他们隐秘的世界，他们用凶狠的眼色命令我赶紧走开，嘴里咒骂着，随后便是猛烈的关门声。舅舅家跟这些租户有约定，互不干涉，而我却偏偏成了闯入者。关门声也随着我的走动遍布整栋楼。如今在记忆中重回在走廊疯跑的夜晚，我只感到一阵恶寒和恐怖，当时没有意识到打开那些门将释放什么不明之物，会把自己置于何种危险境地，妈妈又该如何为我的鲁莽无礼收场……

我一直走到顶层，很早就走过了外祖父被赶出家门时的那套“升天仪式”线路。在顶楼，我被密密匝匝的墙壁围困着，寻出路而不得。一阵恐怖的骚乱响起，难道是潜伏的乌鸦？传来的却是鸡群狂乱的叫声。哦，有人租了天台养鸡。

“偷鸡贼，滚出去！”黑暗中有个男人说。

“我不是贼，房子主人是我舅舅。”我理直气壮地说。

“是你，小贱种。”男人说，“你真是幸福，有一堆人排着队来认你做儿子。”

“你闭嘴吧。我只有一个爸，虽然我不知道他是谁。”

“是吗？有件事说出来，你可别吓着了。”他的声音在黑暗中游移不定，身上散发出浓重的兽味，“你妈年轻时可是个下流坯子，这栋楼的人每晚轮流钻进你妈的被窝，像黄鼠狼钻进鸡窝。我也有幸体验了一回温柔乡的滋味，当然，你不是我儿子，看你愣头愣脑的。”

“你想当我爸，我还不愿意呢。”

这栋楼的人都知道我们羞耻的秘密。我不敢下楼，风声鹤唳，每一扇门后似乎都有一个男人企图杀死我。直到妈妈将我领下去，共同穿过这个家族岁月中最幽深的隧道。她双手很冷，是不是因为冰雹在她的掌心融化过？当年我对性事一窍不通，并未跟妈妈说起顶楼养鸡的男人。

“妈，以前有黄鼠狼钻进过你被窝吗？”记忆浮现的今日，我终于问她。

“哪来的黄鼠狼？我又不是鸡。”妈妈说，“你一定是在说山魈吧。山魈很狡猾，会易容术，有时会变成你舅啦，外公啦，邻居啦，租户啦……总之，我分不清那些梦一般的脸了。”

此刻，父亲的形象突然多了几副凶险难辨的面孔，我身体里的父系图谱的版图又进一步扩大了。然而，我已不再那么难过。跟妈妈回忆我是如何出生的那夜不同，在经历种种奇遇与死亡后的今天，我们强烈感觉到，我们母子二人是这个新世界的孪生子，拥有同一个诞生日。我们手挽手大步朝阴郁的海边走去，擦亮一根冰河时期的火柴，焚毁那些不再属于未来的往日之书。

Ⅱ　猿猴旅店

圣西，不要枉费你的痛苦，它得有点儿艺术价值。要不然来这里有什么意思？

九

海滩散落几艘废弃的渔船，流浪汉早已把椰树上的椰子扒光，海风湿毒，景色异常凄清。我对大海的厌恶不言而喻，但这里是高斯大区居民消遣娱乐的好去处，他们总有办法自娱自乐：白天野餐，晚上挂些霓虹灯，诱捕灯光鱼。司机把书籍倾倒在海岸上，游人随手捡起书翻了翻，又扔回去。我在书堆里翻找几遍，也没找到最重要的那本书——《聊斋志异》的手稿本——烧掉它，就等于完成这个告别仪式中最重要的环节。无意间在妈妈的口袋里，我才看到那本书露出一角，把它抽出来，扔到肮脏的泥巴上，嫌弃地朝它吐口唾沫。妈妈眼巴巴地望着，怒气难消，但她忍住没爆发，她知道必须要舍弃往日的一切。她不想看着她心爱的书籍被火焚烧的惨状，于是转过头，看着远处的一群人。那些人围在一起，不知在进行什么活动。我划了一根火柴，潮湿的海风吹熄了它，我又划了一根，来来回回地划了很多根，才终于在书堆里燃起一股烟。很快，再大的海风也挡不住火势，橘色的火焰冲天，照亮了海水。

“你们在为鲸鱼烧纸吗？”有个人问道。

原来有条鲸鱼搁浅，死在了海岸上，那些人正在围观渔政人员处理它的尸体。海边的傍晚，暮色苍茫。这头巨兽的死引起了围观者莫名的悲伤，他们偷偷地在抹泪。书籍焚烧的火光，把他们的泪水照得如珍珠般发亮，也照亮了在海岸线漫延开来的暗红色血水，像蔚蓝大海上的一个恶毒的胎记。渔政人员警告他们说，一旦鲸尸内部膨胀的气体爆炸，他们会被轰到一边去，浑身沾满腐烂的内脏碎片。但这群围观者，怎么也不肯离去。为了保证安全，渔政人员只能小心翼翼地在鲸尸上开一个小口子，释放内部气体。风从海上带来一场雨。突如其来的雨水，赶走一部分无所事事的人。这时，真正的高斯大区的居民，才开始展现他们受虐的本质，他们带着锅碗瓢盆和刀具前来，表面上说是协助渔政解剖，其实是为了从鲸鱼身上割肉。海滩无比荒凉，这里出现一场分尸而食的活动。鲸鱼在高斯大区搁浅死亡，等待它的只能是这样的结局，化成滋养居民的鲸落。他们没有温饱问题，食用鲸肉对他们来说更接近一种仪式：鲸肉入肠胃，吸收海洋高贵精灵的三魂七魄。鲸肉已经腐烂，吃下去最好会出现胃痛、腹泻、脱水，这样他们就有千百个理由让自己受苦，正如拳击赛场上，选手以体育精神的名义相互格斗、相互伤害，而负责急救的医生，在场边恭候着。这群医生知道会有流血事件发生，但他们并不阻止，他们知道这种伤害与受苦是自愿的，且是必须的。天气越发恶劣，风雨更大，渔政人员只能将鲸尸围蔽起来，等第二天再处理，并下令驱赶围观者。我和妈妈退到一边，无处可去，在雨中站立，仿佛此生再也没什么需要去躲避。雨水把火浇灭了，没有烧完的书籍碎片随着海水飘散开来，跟鲸鱼的血水融合，如海洋细菌一样侵蚀更远的海岸线。我们像流落荒岛上，在海岸等待救援的漂流者，直到人群散尽，风雨停歇，也未离开海岸。

凌晨时分，一群鬼鬼祟祟的人来到海岸，开着一辆拖车。看样子，他们计划要把鲸尸偷偷运走。月色下，我看清了他们的模样和衣着，他们穿着非一般民众的服饰，多少有点儿正式，给鲸鱼绑上绳子时，还担心弄脏衣服。但巨兽的尸体实在太大，他们不得不放下身段，脱掉累赘的衣服，合力把它拽到车上，拖走这具残骸。我敢肯定，他们不是今天给鲸鱼分尸的那群居民。他们离开一会儿后，有个人折返回来，指着我说："别以为我没看到你们，千万别说出去，这事关生死！"我木然地点头答应。他们在做什么跟我毫无关系。母亲打了个瞌睡，醒来时发现鲸鱼不见了，以为自己做了场梦，如释重负地说："啊，梦里的巨兽不见了。"当然，她说的是山魈。我们告别高斯大区之后又能去哪儿呢？眼见海平面渐渐露出白昼晨曦，我提议先回家休息一下，原本坚决离开的妈妈在疲惫的折磨下也妥协了。

再次走进高斯大区的街道，我发现所有事物换了个样，街景看着熟悉，但方位和布局却不复昨日，好像一个魔方被随机拧了几下。我们才离开一夜，回来时仿佛去了另一个城市，好不容易才找到中介所。中介告诉我们，就在昨夜，有两个男人住进了我们的房子。“租金呢？！”我喜出望外。房租是我们唯一可支配的金钱来源。“他们说认识你，不需要给你租金……我实在拗不过他们。”中介回答，而且毫无歉意，“再说，他们凶神恶煞的，我不敢顶撞他们。”“毫无诚信可言！毫无操守可言！”妈妈骂道，“被骗了，这世上没有好人！”“先别生气，我们一起去看看吧。”中介说着，就为我们引路。朝房子走去时，我突然想起两张面孔，若不出所料，那两个凶神恶煞的男人就是他们吧。阳光斜切过高耸的黑色大楼，我站在十字路口，不知该往哪儿走。路人狐疑地看着我们，把我们看成外来者。“我家附近明明有个博物馆。”我说。“不记得回家的路了吧？”中介说，“去过那个地方的人啊，记忆都会受到不同程度的损害。你还是跟我走吧。”中介说的那个地方是指剧院吗？他是怎么知道我曾去过那儿的呢？我的记忆碎片在慢慢拼凑，偶尔认出一些建筑，但始终无法重拾完整的印象。中介带我来到一个小商铺门前，说道：“你说的博物馆，该不会是这个吧？”这是一间卖军事玩具和老旧军事杂志的小卖部，一个老头坐在商铺最深处，慢悠悠地说：“你们又回来啦？”我和妈妈都不认识他。

中介跟门卫打了个招呼，带我们走进小区，进入某栋楼地下室的楼梯。“为什么往下走？我家在上面。”我说。中介只是叫我们跟紧了。来到地下室的门口，他敲了敲门。“这是哪里？”我问。“怎么了？这是你家啊。看来你的记忆受损很严重。”中介说。地下室的门上，有盏昏黑的小灯亮着，这里环境恶劣，楼上的垃圾都丢到这儿来。这时，有人打开门了。灯光照亮两张从黑暗的地下室里冒出来的脸时，我的猜想被证实：他们正是R和M，我曾经的室友，那两个合力把我丢到剧院外的恶徒。可是他们一见到我，马上抱着我，像久别重逢的好朋友。我没有一丝喜悦。在现实世界里看见他们，我感觉自己变得不那么真实了，剧院的虚构生活跟现实理应永远不该有重叠之处，他们是只存在于剧本字里行间的角色。我不知他们是怎么找到我的，又是如何逃离了剧院。“再见，我们的合作结束了。”中介说，“这种地下室，怎么会有人租呢？我当初肯定是脑子坏了才接手的。”中介说完便一溜烟跑了。我想抓住他，可是那两个家伙还拽着我，似乎有千言万语想要倾诉。

里面仅有一个小窗户，可以看得见外面街道，一双双灰色鞋子来回走动。这里肮脏不堪，墙壁长满青苔，首层地面的积水从窗户缝隙流进来，沿着墙淌下，漫延到一条小沟里。沟旁边有一个小勺子和水桶，是用来清理积水的。我环顾四周，这里只有几个平方，一个简易的马桶和淋浴间，被褥潮湿发黑，墙角还长出了一棵古怪的玫瑰花。那朵鲜红的花多么让人绝望啊。我从来没有来过这里，这里又怎么会是我的家？我用手抠墙壁，泥子粉簌簌地掉落一层，墙后面根本没有《堂吉诃德》的书页，当时妈妈可是把一千多页全部贴上去了。这里肯定不是我的家！母亲茫然地环视这个陌生的空间，随后却说：“好啊，好啊，真好啊，冤魂都散去了。这里跟我再没关系了。”根据两个室友的说法，他们是因为我才被剧院辞退的，虽然是我坏了规矩，他们是受害者，不过剧院仍认为他们失去了留下来的资格。但他们没有责备我的意思，反而庆幸离开那里。“圣西，”R说，“我们刚出来不久，没地方住，只能投靠你。”“兄弟一场，你不会这么小气吧？”M附和道。“你们怎么找到这里来的？”我问。“我看过你的人事资料，上面写的住址就是这里。”R回答。经过昨晚的疲惫，我和妈妈顾不上那么多，直接在肮脏的床上躺下休息。玫瑰花散发甜蜜的香气，它是这个巨大疮疤上唯一的血红。这里说不定就是我童年的家，只是高斯大区抛弃了我们，我们已不属于这里了。R和M也钻到床上来，我们四个挤在一起。床摇摇欲坠，如同一艘在黑暗海洋上飘荡的救生艇，四个海难幸存者相互依偎，等待救援。

天亮后，为了报答我，他们决定带我和妈妈去一个他们新发现的家园，那里是连十恶不赦的人都会被接纳的天堂，是最后的自由之地。就这样，地下室的大门永远关上了，钥匙留在尚有余温的床上。临走时，M把角落的玫瑰花挖起，用泥包着根部，将它带离地下室，他要将这棵植物移栽到新家园去。他们还向我道歉，后悔在法官面前骂我是山魈孽种。但R说，我不该为自己是山魈的后代感到羞耻，因为这反而会让我显得与众不同，而且，正因为“RMX”三人组如此不同，我们才有能力在这个平庸世界里干出一番大事业来。“我们给自己起了新名字。”R说，“我叫阮儒，两个R。他叫马谟，两个M。”我觉得这两个名字很拗口，问道：“你们原来的名字呢？”“你不是不知道，剧院天天逼人喝药水，这几年记忆都损坏得差不多啦，谁还记得以前的事情？”阮儒说，“药水的作用，本来是用来清除短期记忆的，但它几乎摧毁了我们的过去。爸妈是谁，家在哪儿，在哪儿出生，等等，都不记得了。我和马谟都是没过去的人啦，幸好还记得你，否则不知如何安身。”

今天雾很大，我们穿越荒无人烟的工业废墟，横跨一条锈蚀的铁轨，来到高斯大区的郊外。厂房窗户里，卡车底下，冒出许多流浪者，他们像住在洞穴的鼹鼠，探出谨慎的脑袋。铁轨延伸的方向，就是夜游者的废墟的方向，在荒凉的沿海之地。夜游者的废墟，是自我流放者的家园。工业废墟的天空上，还有消散未尽的黑烟，空气里能嗅到新鲜的汽油味。这里还有火车经过吗？我面向夜游者的废墟，把耳朵贴在冰冷的金属表面，蓬松的铁锈刺得耳郭发痒。被扯掉耳环、失去部分耳郭后，我的听觉没有受太大影响。从铁轨远处传来细微的震动声，隔了一小会儿，我又站起来远眺，紧张地期待什么。会不会有一趟列车驶来呢？张先生当初就是沿着这条铁轨重返了夜游者的废墟吧？阮儒要去附近找个地方小解。马谟也跟着去，他说到处都是铁锈味，这味道让他兴奋，金属意味着刀和剑，而铁锈味又让他想起血液。他准备捞点儿什么金属回去，打造一把利器。但他总是想着什么时候能得到一杆枪，因为时常莫名地害怕哪里会蹦出一头老虎来。就在昨晚，他梦见老虎叼走自己的父亲。醒了后，他一直问我这个梦是代表什么。看来马谟真的忘了是他自己谋害了自己的父亲——不对，那只是剧院的剧本，并非真实的情节。在离开剧院后，反复演练的角色在他们精神里所造成的烙印似乎开始消退了。忽然，乌云密布，下雨了。雨水把上升的汽油废气重新带回地面来，钢架、铁皮车、吊臂和石子路，看起来黏糊糊的，闪烁发亮。我喜欢这种末日感。

雨在变大，我和妈妈钻进工厂里。妈妈不敢往深处走，待在门口光亮处。一个流浪汉在吃一只发黄的苹果。见我进来，他停住了。“没关系，你继续吃。”我说。“我很饿，夜游者的废墟没有吃的。风球草很难嚼，草原鼠永远都抓不到。”流浪汉说。“你去过那里？什么时候回来的？”我问。“昨天，昨天……”流浪汉从油桶上跳下来，往里走去，“我差点儿饿死在路上。”“你在那边……见过一个姓张的老师吗？”我追问。“不知道。那里的人全都无名无姓。”流浪汉说，“我在那里生活好多年了，一个朋友都没交到。他们不接纳我。可能是因为我对俗世还有眷恋吧，我只好回来这里，整个人半死不活的。”工厂里有很多圆形油桶，横着叠起来，向外张着黑暗的洞口，还有几个集装箱，看起来像个巨大的蜂巢。周围响起金属摩擦的窸窣声，我们打扰了原本住在这里的流浪汉。他们从油桶和集装箱里伸出头来，如蛰居黑暗的生物幼虫，慢慢聚集在我们面前。“别怕，他们都是善良的人。我曾经跟他们一样，留守这里，等着每年只开出一趟的火车经过，去夜游者的废墟。”他说，“火车抵达之前，他们有很多时间考虑，到底要不要去那个地方。但火车只是一个借口，真正有决心离开的人早在火车抵达之前就已徒步到那儿去了。”“嗯，刚有火车经过吧？”我问。“对，就在两个小时前。但没人上车。都怪我吧，我跟他们说了太多自己在那里的可怕遭遇。管理者很乐意将那些自愿流放的人送去那里，为越来越拥挤的城市腾出空间资源。”他说，“我叫苏武，我爷给我起的。”“我叫孙圣西。”“啊……圣西？记得吗，我们一起捡过冰雹呢。”

我们走到窗户的光亮处，在雨中彼此打量，回忆两人第一次见面的那个下冰雹的夜晚。当时，他静静地看着冰雹融化，而我跑遍整栋楼，只为找个瓶子保存它们。我们握了握手。他是舅舅的儿子，我的表哥。苏武说，他很早就离开家了，在某一年决定去夜游者的废墟。我告诉他，这些年是舅舅在资助我和妈妈的生活。苏武不确定自己的爸爸是否有能力大发善心，因为他妈妈是个冷漠的女人，管着家里的钱，怎么会帮外人？我犹豫着该如何跟他说，他爷爷已经死去这个事实。“你为何要去废墟？”我只好转到其他话题上。“那种痛苦的自由生活，其实是令人着迷的。”苏武说。“出来这么久，你也该回去了。”我劝道。“过去这么多年，我恐怕不能回归家庭生活了。夜游者的废墟，是一去不复返的人的真正归宿，可我不属于那里，也不属于家庭。”苏武说，“那里有很多羊，但羊是不允许杀的。人不仅不能吃羊，还要跟羊抢草吃，最荒谬的是还要照顾它们，真是凄凉。”“外公起这个名字，是希望你能忍辱负重吧。”我说。“就因为饿得不行，盗猎了一头羊，我才被赶出来。我回不去那里啦。我也害怕回家。”苏武指着铁轨的另一个方向说，“朝火车来的方向走就是我家。你还记得吗？”“不，我毫无印象。”我回答。“嗯。那你找到你爸爸了吗？”苏武又问。“没有。我妈不肯说，也许我就是山魈之子吧……”我说，“我妈——”我回头一看，发现妈妈不在附近，不知到哪儿去了，这样也好，省得姑侄见面又勾起伤心往事。

我望着舅舅家的方向，那边天空雾霾蒙蒙，一条铁轨连接两个迥然相异的世界。剧院、镜庄以及眼前的废墟，这三个地方仿佛人死后的中阴身，前阴已谢，后阴未至。我很羡慕苏武早早地经历了这一切，而我还游荡在蒙昧的生命的中途，不知如何抉择……“谢谢你，重遇亲人让我感到一丝温暖。”苏武说，“我要走了，后会有期。”他走上铁轨，缓缓离去。我和几个流浪者一起目送他离开，目送一个终于结束苦难得以归返故里的人。火车下一次什么时候再来呢？

阮儒在那边发现了一个墓园，叫我过去看看。墓碑遍地，它们在细雨中呼吸。他们看到墓园时，尿意霎时没了，因为突然想起自己父亲的死。马谟在大大小小的墓碑间穿梭，企图找到他父亲的墓。他如此确信父亲的死亡，仿佛那是他生命中真实的过去。我难以告诉他真相，其实一切只不过是在剧院生活后留下的后遗症，他们的真实记忆早就被摧毁了。

阮儒靠在一块墓碑上，叫我也进去看看，说不定也能找到自己父亲的墓碑。但我找到的是外祖父的墓碑。而妈妈早已站在那儿了，她好像哭过，眼睛红红的。她说，墓碑四周的杂草有被清理过的痕迹，草叶的截面还很新鲜，有人来祭拜过他。我想起苏武，我猜他已经知道自己祖父死了。外祖父死后，我生命里的最古老者——甚至比在创世之初就已经存在的山魈还要古老——便凋亡了。外祖父一死，我感觉这世上不会再有比他更老的人了。但老者继续出现，他们凝望我，疑惑这世上竟有比他们年轻的人。这个世界还将继续衰老下去。只有山魈不会衰老，它永远活在鲜活痛苦的精神里。我从未见过作为猿猴的山魈，当然也未见过作为妖物的山魈。但我多么熟悉它啊，对它的熟悉程度远超任何一个活人，即使它只出现在我的梦里，在我的想象里："它在山洞栖息，远离人间，用寒冷的萤火照亮石板桌，上面铺开一张书卷，读蒲松龄为它编写的故事，收集生命的故事；也许，它是被遗弃的神明，半人半神，每隔几十年，它才有机会使一个女人怀孕，生下宝贵的后代；那个后代注定一生都无法见证自己父亲的形象，只能成为一个暗子，在虚构中，在每夜的狂想中，对着镜子，根据自己的模样还原父亲的模样；而那个因它而感孕的女人，一生都困在无法超脱的痛苦，以及漫长的质疑之中……""走吧！"阮儒在墓园门口喊道，"天又要下大雨了。"

马谟没找到他父亲的墓碑，恼怒不已，将手里的玫瑰塞给我。玫瑰只剩一片花瓣儿了，我在外祖父的墓前徒手挖了一个小坑，将玫瑰种下。这也许是我们最后一次来这里祭拜他，如果这株玫瑰能继续生长，它将是这个人间留予那个生命已是虚数的外祖父的永恒怀念。马谟举起手里的铁棒，泄愤似的敲在一块无主墓碑上，墓碑裂开两截。几个流浪者在雨中用油桶烧起蓝色的火，迎接黑夜，驱赶潜伏的蛇虫鼠蚁。

十

“身后是崩坏毁灭，前面才是幸福永恒。”阮儒指着废墟后方一长溜低矮阴暗的厂房说道，“那里原是一个无人园区，现在它成了我们组织的秘密基地。”“组织？”我问。见我要追问下去，马谟立刻打断我：“别问！现在不是说这个的时候！小心有埋伏……”他做了个抹脖子的动作。组织、基地、埋伏等等字眼，在我看来，指向了某种派别的斗争。我和妈妈很可能正无辜地被卷入派别的斗争中。阮儒和马谟的种种行为，令我怀疑他们来找我并非偶然，也不是为了带我们到新家园去，而是另有目的。至于真正的目的是什么，与我们现在无家可归的境况相比，还不是迫在眉睫的事，我不得不继续跟着他们深入未来之地，可是仍担忧地问：“到那儿去，生活真的会有改变吗？”“除了你这种顽固的思维，其他一切都用不着改变。顺应——我们讲求的是顺应。”阮儒说，“你还会见到你最想见的那个人——我不是在说你的父亲，而是另一个更伟大的存在。”向来狡黠的他，如今的说话语气令人想起古代的智者，他越走越快，迫不及待地要到那儿去。而马谟显得消沉又哀伤，眼睛低垂着，不再是几分钟前那个热衷于杀戮快意、暴躁难耐的人，他那种软弱无力又试图强打起精神的神态，甚至跟妈妈有些相似。我从未见过他们这种模样。也许是在剧院的记忆药水摧毁了他们的个性后，个性在重建的过程中发生紊乱，产生不稳定的变化吧。橡皮泥在被捏成某个固定形状前，要经过多次不规则的揉搓和变形。我也是一块有待捏成形的橡皮泥。

远处的须弥山，位于这片区域的中轴线上，山尖与太阳每天升起的位置重合，太阳像是从须弥山的山体里涌出来的一团熔岩。向前继续行走一阵，它就被其他逐渐升起的建筑遮挡了。我即将抵达所谓的新家园。我发现它的内部并非是破败的，尽管保留着暗沉的金属工业风，但经过一番改造，这里其实已经变成一个新兴的文化产业区。他们称之为“栖息地”，是艺术家的聚集地，这里分布着画廊、纪念馆、咖啡馆、酒店等等，富有文化气息。但两个室友带我们转入阴暗的小巷，提醒我们要言行谨慎，不能暴露行踪。我对实际情况一无所知，不由地紧张起来。妈妈悄悄对我说：“你在剧院时了解他们的为人吗？他们看起来……”“如果是那时候，我绝不会跟他们走。”我说，“但现在，他们似乎变了。姑且相信他们一次。”我们离开主街，发现背面是另一番天地，外面那些上流社会似的街景只是一个华丽的包装，而许多乍看之下用途不明、风格奇诡矫饰的店铺，以及更多静卧在黑暗之中、尚未改造完成的区域，才是栖息地的本体，水汽弥漫，地上水渍斑斑——相较外面而言，这里邋遢、隐秘，有着随心所欲的气氛，或许更能激起艺术家的灵感。我相信艺术的起源没有那么富丽堂皇，更有可能诞生于妈妈梦中那肮脏的茅厕一般的痛苦地狱里。

既然是秘密基地，那么它绝不会设在显眼的地方吧。我们来到一处用围墙围起来的建筑群前，这些几层楼高的建筑窗户里，透出灯光和晃动的人影，还有时高时低、嬉笑怒骂皆有的说话声。“我终于回来了！”马谟推开沉重的大铁门。然后，这位杀手竟然低声啜泣起来，像是思乡的游子重返故里。接着，他说要先进去通报一声，随即丢下我们，走进里面不见了。铁门旁的铭牌上，写着“帝国旅店”，并介绍说，这里原本是一个钢铁厂，改造成旅店后，开始接待来自五湖四海的艺术家。若这是他们所说的秘密基地，那么显然是打着旅店的幌子，做着不为人知的勾当。声称这里是艺术帝国，恐怕又是某些人的白日梦吧。但不安并未打消我决意要进去的念头。

透过铁门的缝隙，我看到一片满是废旧钢铁的场地。钢铁不是随意堆放的，而是有结构规律地勾连在一起，搭成一件高大的钢铁雕塑。阮儒领我们进去，转身把门关上。从这件足足有两层楼高的雕塑旁经过时，我觉得那表现的应该是一个人物。“圣西，相信我，我没疯……”妈妈仰望道，那么小心，努力压制着内心的情绪，“这绝对是一头山魈！”经妈妈这么一说，我才更清楚地辨认出，这件雕塑的五官和脸型确实更接近灵长类动物，最独特的是它的姿势，模仿的是罗丹的《思想者》。“让我想想……”阮儒说，“对的，这是我们旅店老板的杰作——《思想者的猿猴》。”“看来他也是一个艺术家。”我说，“像我们这种毫无才华的人，入住这里合适吗？”“你太看轻自己了。”阮儒说着带我们走入旅店大堂，“在剧院，我就看出了你的潜力——老板说得没错，你就是他要找的人。”“他认识我？”我有种受宠若惊的感觉。“印象中确实是这样……要不然，我们也不会带你回来。”阮儒皱着眉头，竭力回忆什么，“但是，药水严重损害了我的记忆，要不是及时离开那里，我恐怕连回这里的路都找不到。所以，具体细节需要等到你见到老板，或者等我们的记忆恢复后，才能进一步告知你。更何况，我还没想起老板的名字呢……”

妈妈仰视金属猿猴，我们讲话的内容她完全没听进去，只是说：“此地不宜久留。趁人少，我们还有机会逃走。”我没在意妈妈的担忧，沉浸在未知的好奇中，一个艺术家竟然知晓我的存在，无论如何都是件令人兴奋的事。

大堂没人出来招待。阮儒叫我们登记后，便可自行找一个空房间入住。这家由众多艺术家集资改建的公益性旅店，有数百个房间。“老板只是名义上的老板。”阮儒说，“他是这里的艺术权威，是旅店的象征。”我很惊讶阮儒至今还没想起老板的名字。“入住虽是免费的，但凡是要在这里住下，哪怕只是逗留一夜的人，都要在旅店留下他们的作品。”阮儒说，

“无论是画作、工艺品，还是一首连夜创作的曲子，或者搞搞清洁也行。总之，大家都要为这家旅店添砖加瓦。即便你是一个农夫也没关系，我记得这里后面，有一个苹果园，你可以到那里去帮忙除草施肥。”“我还是不知道我们能做什么。”我说。“这个倒是不急，你是老板要找的人，我想，后续自然会有任务派给你吧。我也不方便安排你干活。”阮儒说，“能重回这里我很高兴。不跟你讲了，我有很多旧梦要重温。我们会再见的。”说完，阮儒便消失在众多曲折的走廊中了。

我和妈妈在大堂的沙发上继续等了一会儿。刚才马谟说他进去通报，我以为旅店老板会亲自出来接见我们，可是等到天色昏黑，也不见马谟回来。他一定是归来情切，把事都忘了吧。在旅店遇到的那些陌生人，我先入为主地认为他们每个都是某个领域里的杰出代表，不禁低下头，生怕他们一眼就看穿我们母子不过是凡夫俗子，只有给他们斟茶递水的份儿，哪有资格跟他们住在同一个屋檐下呢？但我得往好的方向想，艺术家肯定见惯了世间的荒诞奇事，对人与事物有着更清醒的认识，也就是说，说不定他们能够理解并接纳一个感孕而生的山魈之子。

夜晚向深处推进，再等下去也没用，我和妈妈只好先找个房间休息，却不敢在旅店的入住登记本上留下名字。旅店的床很舒服，灯光柔和，墙上涂满了各种风格的画，显然不是出自一人之手，是曾经入住的人为旅店留下的作品吧，其中多少夹杂着一些为了蹭住才敷衍而作的痕迹。妈妈连澡也没洗，躺下就进入梦乡。我睡意十足，但饥饿感更强烈，想到餐厅去品尝艺术家们的食物。妈妈展开疲惫的身体，她肯定在做一个溶解的梦，在我关上门那刻，她的身体像水一样被床褥吸收了。

夜深了，窸窸窣窣，不时有人来办理入住，推开铁门，穿过空地，走进大堂，在登记本上签名，接着脚步声消失在重重的房间森林中。风平浪静。艺术家也得睡觉，他们的梦会比我们更丰富、更有诗意吗？妈妈的梦是我听过的最有诗意的梦。我随意推开一扇门，就找到了餐厅。这是一间餐吧，还有零星几个人，醉倒的，望着书本发呆的，低声交谈的，还有一个等待客人来斟酒的无聊的酒保。我问酒保有没有什么吃的。

“你是谁？第一次来吗？在这里吃空气可以充饥。”酒保似乎在开玩笑，但他眉头紧锁，表情严肃，“跟人谈谈话吧，语言也可以充饥。”“我真的需要食物，我太饿了。”我近乎哀求道。酒保失望地摇摇头，拿起空酒瓶，朝杯子倒了一杯空气，叫我喝下去。他并不理会饥饿的我，望着门口，似乎在等下一个客人。“你们老板呢？”我问，“你最好给我一点儿吃的，过几天老板要见我，他不会希望我饿坏了。”“老板？不知道，我不认识他，也不需要认识他。”酒保说，“好比你去到一个国家，你会问那里的人他们国家的领导人在哪里吗？你身边那些造诣非凡的陌生人，那些随处可见的艺术品，才是你抵达的目的啊。”“我是说真的，他真的要见我。”我说。“好吧，既然他要见你，他一定会出现的。”酒保说，“我的服务对象是客人，我的工资是从筹集的资金那里发放的，也从未见过老板。当然，他的照片我是见过的。”酒保指着挂在墙上的画框，除了画作外，那里还有很多人物照片。“哪个是他？”我问。“你又在为难我了。”酒保打了个哈欠，“其实，我的意思是，那些照片里有老板，而且每个人我都看过。至于哪个人是老板呢，我就不得而知了。”酒保为自己的幽默笑了起来，又给我倒了一杯空气。我拿起空酒杯，喝了下去。“怎么样？”酒保问，“看来你还缺了点儿艺术感受力，在栖息地，人们其实不怎么需要食物。”“谁说的？我看这酒不错。”我说。“你还当真啦？”酒保笑得更厉害了，“不过有一点没错，你对幽默一无所知。这是最后一块了。”他从吧台底下拿出一块蛋糕，放在我面前，“老板怎么会见你这种蠢头蠢脑的人？不过，既然他要见你，便自有其目的，轮不到我插嘴。我只是一个酒保，能做的就是别让客人饿着了。走吧，要打烊了。”他离开吧台，驱赶那些不愿意走的客人，逐个把他们撵出去。“对了，老板贵姓？”我问。“那也是个少数人才知道的秘密。我这种酒保，是不可能知道的。”酒吧说着把我也推出门去。

我带着蛋糕离开餐厅。在我过往的人生中，有什么事能够引起艺术家们的注意？与之最有关联的，仅仅是在剧院里偶然遇见阮儒和马谟，最后被他们带来这里了。这里可能是某个非法地下组织，在无差别地招募会员，不断拓展版图，谁愿意上当，谁就成了他们的一员。

帝国旅店是房间装置艺术的展览，钢铁厂原本有众多功能不同的车间，现在根据功能的不同，由车间改建而成的房间也各有风格特点，分布在厂区的各个角落。为了向人们推荐特色酒店而走遍世界各地的酒店体验员，绝对不会错过这个地方。

一块蛋糕还不够我填饱肚子。阮儒说这里有个苹果园。作为旅店前身的钢铁厂，占地面积实在太大了，曲径分岔，天桥纵横交错，竟然还有一条铁路横穿厂区，若没错，这条铁路便是通向夜游者的废墟的那条吧。我在铁道口等了一会儿，看见一个男人在卧轨。“你这样死不了，”我说，“这里的火车很久才有一趟。”“用不着你提醒我。”男人说，“我在等。火车什么时候来，我就什么时候死。”“好吧，苹果园怎么走？”我问。“你也是去寻死的吗？”男人昂起头问。“我饿了，这个季节不知有没有结果。”我说。“事情永远不会有结果的。”他误解了我的意思，“但假如你要到那儿去寻死，那就有结果。”“那儿很危险吗？”“不危险，除非你看上了老板的情人。”男人又沮丧无力地躺下去，“管理苹果园的就是她。”“老板的情人？想必是个美女。”“你说话最好收着点儿，别让老板知道你对他的情人在言语上有任何挑逗的行为。”他说，有点儿战战兢兢的，“她说过会跟我一起走的，最后却骗了我，还跟老板说是我勾引她。老板随时会把我从帝国旅馆踢出去，你知道这意味着什么吗？被艺术流放！现在她是全世界最丑的女人！”“我得去见见她。”“好啊，我在这里等你。”“不必了。”“等你被她玩弄了感情，你就会像我这样，宁愿去死呢。”说完，他给我指了一个方向。

我去见老板的情人，当然不是因为她是个美女，而仅仅是因为她是老板的情人，我要从她口中打听老板的事情。帝国旅店的老板是我偶然来这里的原因，虽然在他身上不一定有我孜孜以求的东西，但眼下没有别的什么更有价值的事情值得我去做。女人对我来说，已无更多诱惑力，我相信自己已经在妈妈身上见到了关于女人的一切真相。这么晚她还会在那里吗？哪怕见不到老板的情人，能有个苹果饱腹也不错。

走到道路尽头，只看到一片黑漆漆的空地，这里就是苹果园，而且只有一棵苹果树，孤零零地长在空地中央。苹果园后方是森林，森林远处是黑夜里的须弥山，月色照亮天空，底下的须弥山只留下一个近似三角形的灰色轮廓，山尖正对着月亮，像镶嵌着夜明珠的节杖。这里不是没有人，只是因为太暗了，我才没留意到，在围墙底下的阴影处有一圈人坐在一起。他们在冥想，还有人站在一旁看他们冥想。苹果树无风颤动，看着不自然，似乎有东西在树上。我朝人群走去，旁观的人见我走来，默默退到一旁，把位置让给我便离开了。那人的样子流里流气的，来这里的不见得都是艺术家呢，这里也欢迎门外汉。冥想者怎么看待自己正处于危险中的身体？思维进入冥想，畅游天际，但身体却连我走近也没做出反应，因为我等了好一会儿后，他们中有个人睁开眼睛，在见到我后显然吓了一跳，“你干吗看我们睡觉？”“睡觉？我以为你们在冥想打坐。”“没区别，做梦就是冥想。”他说。其他人陆续睁开眼睛。“我想知道，旅店老板的情人在吗？”这里有三四个女人，没一个打算理睬我。刚才那个人只好继续回答我：“入住旅店的人都是老板的情人。他是艺术的源泉，我们因他而来，他缔结了我们的爱。”“我是认真的。”我对他们的说话方式感到烦恼。“严格来讲，老板还是单身汉呢。”他说，“但追求他的女人个个风情万种。”“我想找管理苹果园那个。”“哦，你胆子真大，她是最有可能成为老板的妻子的人。你到那棵树上找找，或许能见到她。但丑话说在前——别给自己招来杀身之祸。”他起了身，其他人也一同起身，散漫地从出口处离开苹果园，似乎还在冥想的状态中没完全清醒过来。“怎么啦？”见我犹疑不决，他又问，“你对这里好像一无所知啊，你到底是谁？”他露出警觉的神色。“实际上，我不是来找她的，我是来找老板的。老板要见我，我才来了这里。我听说这里是——秘密基地？”这人打了一个激灵，要我住嘴，“我不知道老板为什么要见你，但这么晚了，到处是埋伏，你最好回去睡觉！我还不知道你的身份。我要走了。”他们走光后，苹果园只剩下我一人。

他们对老板的身份和秘密基地讳莫如深，这种感觉似曾相识。我在剧院时问起K.T.的去向，他们也是这般紧张。这个世界总是没完没了地沉迷于设谜和猜谜，线索永远只有似是而非的零碎话语。

苹果树没结果实，丰收的季节已经过了。没有一丝风，空荡荡的枝条仍在颤动。还有呼吸声。我仰视树冠，树枝密集的地方一团漆黑。“有人在吗？”我问。老板的情人怎么会生活在树上呢？这里没有生活在树上的女爵。月亮从乌云里滑出来，那团漆黑的东西竟渐渐有了清晰的形体。冰冷的月色洒落在它那张鬼魅似的、有着蓝色条纹的长脸上。有那么几秒钟，它一动不动，突然露出两颗獠牙。是不是一条狗？会爬树的猎狗，或者那就是老板的情人在月夜时分狼人化了。无论是哪种情况，听起来都不算特别正常，甚至是危险的。我浑身发冷，汗在结冰。它气呼呼地吼了一声，捶打树枝，竟然掉落几只红苹果。不知何时伊甸园里不再养蛇，而是养了头野兽，诱惑我去吃罪恶的果实。我转身逃跑，那野兽叫得更凶更使劲了，有点儿像猿啼混合狗吠的声音。我几次回头，都没看见它跳下树来追我。

我回到铁路边时，看见那个卧轨的男人已经坐在铁轨上，似乎不打算自杀了。见我回来，他问："怎么样，老板的情人有没有把你迷住了？""那是头野兽。"我说。"对啊，不招人喜爱的女人就是野兽。""火车怎么还没来？""天不让我死。"他朝铁轨两头各望了一眼，"如今去夜游者的废墟的人越来越少了，可能大家都找到希望了吧，没人愿意自我流放。旅客少了，火车的班次自然就少了。这么等下去，恐怕在被车轮碾碎之前，我就先饿死了。""那你打算和我一起回旅店吗？""走吧，"他站起来，拍拍屁股，"话说你真的没看见老板的情人？""没有，倒是看见一头怪物。""那才不是怪物。是山魈。猴子类的那种山魈。""猴子？""对。山魈。猴子。你知道吧？"一声更悠远的、混合着猿啼狗吠的声音，在苹果园那头传来，天一下子更黑了。我一时不敢相信自己的见闻。

“我叫禹。”分别前，他介绍说，“是一个水利工程师。”

“工程师。我梦想的职业也是这个。”我说。

他说要回去休息了。在他走后，我才意识到没有做自我介绍。

房间的床上没有人，床褥湿漉漉的。妈妈还在她的梦里没出来。我抽出床单，把水拧出来。待水一点点地汇聚，妈妈的形体才重新显露出来。“圣西，我又做梦了。我被撕碎了。”她说，神志有点儿迷糊，“我怎么在地板上？”她又爬回床上去。我没来得及告诉她我今夜的所见所闻。这是我第一次在现实里看到山魈——灵长类的山魈。它在树上凝视我，这个如梦似幻的场景，我曾在梦里见过。那时，山魈在乌鸦藤树林里，蹲在一间茅厕的屋顶上。今夜，它是一只美丽又令人生畏的动物，高高地盘踞在我头上。

我好歹吃了一块蛋糕，但妈妈什么都没吃，第二天早晨，她就饿得不得了，却还是不想起床。她没睡过像昨夜那样舒服安稳的觉，还想继续躺着，要我给她带点儿吃的回来。

“在这里什么都不干是会被赶出去的。”我说。

“我最大的功劳，就是把你生下来了。你就不可以替我去干点儿活吗？”妈妈有点儿不讲理，催促我去找吃的。下楼梯时，我在想，在动物界，一般都是母兽去给幼崽捕猎的，人类倒是稀奇呢。但在这里，我可不能把自己当作幼崽了，从剧院离开那天起就不再是了，而且一个艺术家看中了我，可能看中了我的艺术天分吧，要我继承他的衣钵，我要表现得有担当、稳健成熟些。

我找到昨晚的餐吧，推开门后，里面却完全变了个样——这哪是什么餐吧，明明是个卫生间。我寻思自己昨天吃的蛋糕，是怎么从一个脏兮兮的卫生间里变出来的。我退出去，背后撞到了一个人。这个人浓妆艳抹的，穿着一件鸟笼似的、骨架膨大的裙子，足足占了半条道。仔细看是个男人。再仔细看，是我昨天见过的酒保。“你到哪儿去？”我问。“我在准备晚会演出。”他回答。“你不干了吗？我是说餐吧。”我指着原本是餐吧的卫生间，“我得吃点儿东西，顺便给我妈带点儿吃的回去。”“哦，是你。你的眼力倒是不错。一个人在这里换了身份，通常别人就认不出他来了。”“你除了化了点儿妆，样子没变，当然一眼就看出来啦。”“不对。应该这么说，假如一个人换了身份，别人就不会拿他以前的身份来看待他了。你还不懂这里的处事方式。”“那你现在是一个演员？还有餐吧怎么就变成厕所了呢？一定是我走错了楼层。”“自由意志，你懂吗？”他提着裙子，从我身边挤过去，好让裙子保持形态，“昨天，我是个男酒保，今天是个女演员，保不准明天我就是个画家了。这里的人没有固定身份。你可以是人，是动物，甚至是空气。你看，连房间也有自己的意志，昨天它还是一间餐吧，供人饮食，今天它就成了一间厕所，供人拉屎。物质凭着自由意志，随心所欲地变形。”“这么说，旅店老板岂不是有更多身份和形态？要找到他可就难了。”“你这样说也不完全准确。他是这里的艺术权威和象征，是唯一的。至于他的身体每天有什么不一样的形式，倒是没人说得准。是的，你要找他不是那么容易的，外面的一棵草，天上的一朵云，都有可能是他。”“太好啦，这里很适合我。”“为什么？因为你本来什么都不是对吗？”他颇有意味地问我。我被击中了似的，呆在原地。是的，就目前来说，我什么都不是，因此我也可以成为一切。我如此宽慰自己。“在这里，你不会碰见同一个人两次。”他笑着跳着离开走廊，去准备他的晚会演出。

但我昨天第一次在铁轨上碰到了禹，当我从苹果园回来时，他还是他——若说有什么不一样的地方……那便是他不想自杀了。看来得这么理解酒保的话：不会碰见同一个人两次，是指他的思想和生命状态每秒都在变化——或者说，在一段时间内，一个人维持一种身份，时候到了他才换成另一种身份。按这种理解，酒保的话就不那么玄乎了。在剧院，一个演员一生要维持同一个角色的同一种设定，将其当作至高荣誉维持下去。在这里，连一间房子也可以凭意愿更改自己的形态，这跟剧院是有天壤之别的。这时来了一个捧着一摞书的人，叫我让一下道。我朝房间里头瞧一眼，看吧，它又成了个阅览室，里面坐满了人，正埋头苦读。

我要到旅馆外的食铺去，但身无分文，人家怎么会施舍我食物？走着走着，还没走到旅店大堂，我就感觉不那么饿了，可能是因为昨晚酒保说这里的人不怎么需要食物吧，妈妈没经过这样的暗示，当然会饿肚子。她应该多出来走动走动，看看这里的奇异风景，这对她的思想有好处。白天，主大街的商铺正常营业，只是少了夜晚的那份神秘，没什么特别之处，在阳光下，连旅店所在的那片阴暗的区域也显得更有朝气了。但在这明晃晃的日头下，我仍有一种恐怖的感觉，无法完全信任这里的一草一木、一砖一瓦，它们难以捉摸的意志随时能制造出变形的假象，这里没有永恒不变的形态。即使这样，在无所事事、四处游荡的几天里，我还是发现了一种共性。这里大部分人——特别是在旅店碰到的那些——普遍有着与高斯大区民众不一样的面貌：他们时刻处于紧张的思索状态之中，日夜寻欢或放浪形骸也丝毫不能将其减缓，因为那不过是为了在第二天能继续咀嚼无尽的痛苦；另外，这类痛苦不同于高斯大区居民那种来自肉体受虐的痛苦，他们已经越过此原始阶段，能够直接从虚无的思索中获取了。

这里偶尔有集会，在广场的雕塑下，经常有一个背后装着道具翅膀的男人，发表各种主题演讲。有一次，我走进一家画廊，走了一圈才意识到那是私人住宅。户主是个画家，他只是抬头望我一眼，便继续对着画布画画。我从前门进来，又若无其事地从后门离开。我有时对艺术产生一种厌恶，觉得那不过是装神弄鬼、故作深沉。在那些迷惘的日子里，所谓的艺术思索只是某种痴呆和无聊的表现。在这个多少有点儿空想主义的环境中，我们会被完全地理解和接纳吗？可是，我和妈妈的痛苦，在他们眼里又有什么特殊呢？我们不会受到特殊对待，因为痛苦是我们抵达此地的通行证，这里人皆有之。唯一值得他们拿来跟彼此比较的，是能为帝国旅店，为整个栖息地留下作品和贡献吧。这也是我们的难题，能在这儿逗留多久就取决于此了。但要混吃过日子也不是什么难事，正像酒保所说的，这里的人不怎么需要食物，连空气都能充饥，呼吸就是生存的本身。因此，那些无家可归、食不果腹的流浪汉，还有艺术门外汉，都带着各自的目的到栖息地来。上述两者的脸上，有着同样的愁悒，原因却不同。流浪汉是因为单纯的饥饿，艺术门外汉是苦于无法钻进艺术的大门。前者在这里呼吸，是为了给身体充饥，后者是为了给大脑充饥。不过他们愁悒的面容一致染上了艺术思索的色彩，正所谓“与善人居，如入芝兰之室，久而不闻其香”。久而久之，你便无法分辨坐在旅店角落里那个衣衫褴褛、神情煞苦的男人，到底是真正的流浪汉，还是一个沉溺在自我痛苦中的表演艺术家。一个人能在旅店逗留多久，其实完全取决于他的道德良心，因为并没有旅店管理员会把你撵出去。到底是谁在管理旅店仍是个谜，老板只是个挂名的职位，如果说旅店是一个会自我运作的独立个体，那么我更愿意相信这里的生活完全是自助的。在剧院的回忆录报告中，我承认自己在少年时代的作恶本能。在这里，我发誓要成为一个有道德良心的人，第一步是要找到自己的社会位置。我和妈妈不是流浪汉，也不是被机构收容的难民，为旅店付出相应的劳动是良心的表现。

我四处打听阮儒和马谟二人的消息，想要从他们口中搞清楚我们被带来这里的真正目的。但被我问及的人都回答说，他们并不认识阮儒和马谟，也没听说过这两个名字，就算曾经认识，此二人也早已不是原来的自己，因此说不上认识。再说，阮儒和马谟这两个名字是他们离开剧院后给自己新起的，这里的人的身份和性格总在变化，要确切地找到某个人，或某个状态下的某个人，等同要求别人记住天上云彩的形状。唯一在大众心中留有鲜明印象的似乎只有老板了。他那个住在苹果园的情人也可以算在内。

我后来到苹果园几次，也没看见老板的情人，也没看见那只猿猴。在苹果园冥想的还是那群人，他们说喜欢这种状态，暂时不打算改变，但对于我仍坚持找老板的行为表示不解，在他们看来，那是非常不切实际的。他们又打了个比方：一个人不是非要等到跟国家领导人见面，才能知道自己是谁，在这个社会是什么地位，又该干什么，因为社会有其运作机制，人也有自动进行自我认识的过程。但在这一点上，我是特殊的。我以往执着于找到亲生父亲，以确认自己是否具有人类的身份，后来这一点被证实并非是我继续在世间生存的前提条件。但我来到帝国旅店却是因为旅店老板，我预感自己跟核心人物的关系将会比这里的其他人更近。即使要像消除前一个疑问那样，消除老板对我未来具有的潜在意义，可是找到他仍是必须的。在这个层面，冥想者们说得没错，万事需要一个过程。当我越来越确认这一点时，事情才有了新进展——我重遇了阮儒和马谟。

十一

那天，妈妈饿得要死，打算回高斯大区去找点儿吃的来。

“在这边住，在那边吃，大跨度生活令人受罪。”她临走时说，又问我身上有没有钱。我掏掏口袋，只掏出一撮灰尘。她失望地走了，还劝我交朋友要谨慎，被糊弄来这里也不知为了什么。这里只有玄奥的书和莫名其妙的画，相比之下，她觉得填饱肚子更重要。妈妈的个性也发生了某些细微的变化，不再迷恋那些艺术作品曾为她人生带来的麻醉感，文学的圣光逐渐黯淡，身体开始感受到饥饿，与其当一具思维丰富的饿尸，还不如在食物堆里撑死。连流浪汉都没有饿死在这里，妈妈反而待不住了，她从侧门离开旅店，不想再看见那座猿猴雕塑。令我惊讶的是，在白天，这座名为《思想者的猿猴》的雕塑看起来只是一堆随意拼搭起来的钢铁条，像一团绞在一起的肠子，凌乱，缺乏辨识度，很难看出有什么明显的轮廓，更别说像那天夜里我们所看到的猿猴。这多多少少动摇了老板在我心中的地位。这到底是“皇帝的新装”，还是雕塑自己变了形？

我没时间想太多，在妈妈离开好一会儿后，也跟着离开旅店。我很快在街上看到一家面包店，进去走一圈，发现橱架上虽然标着面包的品种名称，摆的却不是面包，而是各种各样的毫不相关的物品，比如椅子、书、刀具、树叶，甚至在里面看见一只活着的蟾蜍。

“这家店没有真的面包卖吗？”我问店老板。

店老板趴在柜台上盯着橱架里的东西，紧张兮兮的，好像有什么可怕的事随时会发生似的。“这些都是面包。”他头也没抬地回答。“如我所见，不是。”当我转身准备离开，店老板又说：“你看这只蟾蜍，早上它原本是一块榛子面包呢。我得随时留意这些面包下一秒会变成什么。”我想起帝国旅店那个从餐吧变成卫生间，又从卫生间变成阅览室的房间，便理解了他的意思。“看来这里的人永远别想吃到真正的食物。”我说。“如果你想冒险，可以把它买回去，放上一夜，说不定它又会变回一个面包。”店老板疲惫地坐下来，“有一次，一个杀人犯在这儿买了把刀子，在他准备杀人的时候，它突然变回了面包。”“有意思，它阻止了一桩命案。”“不，面包是中立的，它不是为了那个受害者的命才变回去，这是个变形概率的问题。它一天会有几次变化，但谁也摸不准具体在哪个时候又会变成什么。我们的老顾客深谙此道，所以他们买面包不是为了填饱肚子，倒有点儿赌运气的成分，就像买彩票。我的面包是艺术品。如果恰好在你想吃东西的时候，它恢复了面包的样子，那你不妨吃了它。”“好吧，填肚子得靠运气。如果一把刀变成了面包，我能吃掉它吗？”我问。“我还真没想过这个问题……”店老板挠挠头，在空无一人的店里踱步，“但有什么不可以呢？意义是由你赋予它的，就算它是一把真刀，你也可以把它当成食物啃掉，说不定还能给身体补充点儿铁元素。至于身体接不接受，就是你的内部问题了。废话别多说了，你要不要买？唉，这种生意越来越难做了。”“好吧。可是我没有钱。”我把空口袋翻出来给店老板看。“那你从一开始就不该进这里来！头上的月亮虽好，但你手中还得握着钱啊。”老板生气了，最后还是给我拿了一片树叶，用面包盒装起来送给我，说这是我们的缘分。

这片树叶后来一直维持原样，没变蝇；成其他的东西，也没恢复面包的模样，就这样以一片树叶的形式在盒子里腐烂了。我想有些事物到了某个阶段，也许已经深知自己的命运了，像树上成熟的果子垂直地落到地面去。我把它连同盒子一起扔到垃圾桶里，注意到前面有人在聚集。

妈妈从人群中挤出来，嘴里咀嚼着什么，看来她找到吃的了。她快步向我奔来，显得很惊奇。“鲸鱼，那头鲸鱼到这儿来了！”妈妈说。我看见在她的口里满是面包碎。“哪头鲸鱼？”我问。“我们焚书那天看到的那头。”妈妈往后引颈眺望，但人群遮住了视线。人群没发出什么大动静，妈妈是在这条街道上唯一嚷嚷的人，真丢脸。渐渐地，一具暗红色的骨架高高地悬浮着，向我们这边移动。那是一条车队，他们在运送鲸鱼的骨架。那晚把鲸鱼骨架偷走的正是他们，只是没想到他们的目的地是这里，而且已经过去这么多天，他们才把骨架运到这里。

鲸鱼骨架从我们身边经过时，我发现它的体积比之前大了很多，像一座房屋的巨大桁架。我仰望这翱翔的巨兽。它的头骨是锥子形的，血肉模糊，如果不是妈妈告诉我这是一头鲸鱼，我或许会以为那是一头恐龙，一头史前的鱼龙。它的肋骨上还粘着残肉筋膜，散发腐烂的臭味，上面曾生长着厚厚的脂肪和成吨重的肉。尽管它只剩下一具骨架，我仍被震撼了。世上竟有这么大的鱼！不，它是哺乳动物。我的生父也可能是任何一种形态，在妈妈孕育我的夜晚，他恰好是一只猿猴的形态，而这种可能，只会发生在一切皆可变形的栖息地上。溯源是否具有意义呢？我眼见的事物，到底经过了多少次变形才呈现为当今的模样？我也无法准确地想象，人类的祖先经过了多少次进化，又曾以何种奇怪又古老的生物形态存在过，才最终稳定为当今人类的模样。每一次细微的变化都难以确证，只能宏观地，阶段性地划分长达上百万年的进化历程。这头鲸鱼搁浅在海滩上时，可没有这么大呢，也许在脂肪和肉被剔除后，卸除了重担后的骨架，开始了二次生长。骨架是鲸鱼的灵魂。瞧，这头只剩骨架的鲸鱼看起来就像恐龙，像鳄鱼，像公牛，甚至有点儿像鸟，巨大的尾骨是它的翅膀。想起高斯大区的居民为搁浅的鲸鱼而狂欢，而这里的人对此已司空见惯，很快就散去了。只有我和妈妈还跟在车队后面。

车队停下来的地方，是帝国旅店的门前。我知道，那些引起我好奇的东西最终会落到实处，进一步与我产生持续性的联系。有两个人从车队里走出来，站在旅店门前，对于怎么把庞大的鲸骨运进去感到一筹莫展。我认出他们来了，是消失了好几天的阮儒和马谟。他们把我们丢在旅店后，不负责任地消失了。我要看看他们对此有什么解释。

“要么把墙拆了，要么把骨架卸了！”我喊。

“闭嘴吧。这不关我们的事。”妈妈不让我说下去。

但我的话引起他们的注意。阮儒回过头，目光沿着鲸鱼的脊椎骨，穿过它的胸腔，跟我对上了。我们好像分别站在一条隧道的两头。“圣西，你来得正好。”阮儒朝我走来。我感觉他似乎花了几分钟，才从鲸的头部走到我们所在的尾部。“你们这几天还好吧？本来由我来安排你们起居，但临时接到老板的任务，没打招呼就连夜离开了。不过，看样子你们已经适应这里的生活了。”阮儒向大家介绍我们，把我们带到前面去。在剧院时，阮儒是狡黠的，前几天又如智者般深沉，现在他说话客客气气的，像个称职的管家。

“老板终于肯搭理我们啦？”我说。

“什么话？他一直在留意你。”阮儒回答。

车队中的人都在打量我和妈妈，他们都是艺术家。我再次难堪得低下头，害怕他们仅从面相和气质就判断出来，我们母子只是凡夫俗子罢了。“小声点儿，你不是说这里是秘密基地吗？还是低调一点儿好。”我耳语道。我这样说只是为了掩饰自己的难堪，根本不在乎他们是否会因此被曝光。“没关系，运送这个庞然大物本来就弄出了很大动静。有时我们也需要装得若无其事，太紧张反而会引人怀疑。”阮儒说。“你们到底有什么计划？”我问。“现在不是讨论这个的时候！”马谟还是一副哀伤的样子，以前那股自诩杀人不眨眼的气焰不知到哪里去了，紧张地嘀咕着：“得想个办法把它弄进去……”“你刚说什么？”阮儒又问我，“对，你说要卸掉鲸鱼的骨架——嗯，这不失为一个好办法。”“如果你们还能重新把它组装起来，跟拆掉大门带来的损失相比，这样做最方便。”我说。“光说不练假把式，要干你就自己干。”马谟说，“我现在看到血就恶心。”“我也只是提议。”我说。“不，圣西，马谟说得不错，这是你们的工作。”阮儒指着鲸鱼骨架说，“前几天，老板要我安排你们一个重要任务——清洗这具骨架，把上面的碎肉什么的刮干净。冥冥中注定，你跟老板会有灵感上的契合，要不然，你刚才怎么会说要卸掉它的骨架？因为老板也正打算如此，他准备利用这骨架创作一座鱼骨雕塑。既然是创作，而非单纯的展览，就不能直接把骨架原封不动地摆在人们眼前了。所以，把头部、脊椎、肋骨、尾骨一节节地拆卸下来，再以新的形式把它们重新组装起来，都是必要的前期工作。”“我很乐意，但这是艺术家的工作，我能行吗？”我说。

妈妈再次喝止我：“你怎么不听话呢？别什么都揽上身。”她又转向阮儒，问道：“这工作有酬劳吗？你们去过我家，也都看到了，没人租我们的房子。我们需要钱才能生活。我才不会白白付出劳动。”

“对不起，没有钱。你们能在这儿免费住就是这份工作的待遇。我以为你已经知晓帝国旅店的规则了。”阮儒说。

“可是，我连吃都吃不饱！”妈妈继续抗议。

“没关系，慢慢来，你会发现你并不那么需要食物。”

“哪有不吃东西就能生存的道理？书能当饭吃吗？别画大饼了。”

我该如何向妈妈解释这一点呢？我并非完全不饿，但这里的空气确实有充饥的作用，再不济，我们也可以到外面找份工作，赚点儿饭钱，回高斯大区购买食物。

“妈，你还想回那个旧房子住？我们好不容易才离开那里。”我说。

妈妈沉默了一会儿，似乎在回忆艰难的过去，又抬头看着旅店那些飘着窗帘的窗户。在这里的第一晚，她睡得多么舒服啊，她太需要休息了。但现在不是休息的时候，我们的新生活从这里开始，凡事都要身体力行。妈妈妥协了，还说自己最擅长的工作是清洁卫生，给一条鱼剔骨难不倒她，既然我愿意留在这里，她会为了我尽力而为，别小看她作为一个母亲的力量。看吧看吧，人一旦投身这个地方，就开始变得善变了。当然，善变是妈妈的本性，她坚韧不拔、无法被彻底击溃的力量来源，正是一张张用当前环境的陶土烧成的伪装面具，戴上后，她就是其中的一员。你以为她当初真的热爱文学吗？她只是在里面寻找模棱两可的典故，强行解释她的错误生活，顺便糊弄别人。

会糊弄人的不只是妈妈，还有阮儒。他没有在原地卸下鲸骨，而是带领车队绕到旅店后方，从一个更大的铁门进了旅店，一路来到苹果园。我掉入了他的陷阱。我早该听妈妈的话，不要多管闲事。阮儒耍了个花招，见我提出了建议，便顺水推舟地把任务丢给我，还美其名曰，这是老板派遣的重要任务。见我心怀不满，阮儒补充道："你别生气。我只是换了个方法让你更好地理解和接受这项任务。无论进来的大门存不存在，这都是你们的工作。你不要食言。"他的嘴脸突然变得阴险无比。我有什么理由拒绝？在识破他的诡计前，我早就以不可推卸的责任作为理由说服自己留下来，去承担这份工作。妈妈叹了一声，说我该为自己的行为负责。而她刚刚还说会为了我尽力而为。

苹果园的草地中央，有一个小湖泊，那天晚上或许因为光线不足，我没看见它。各色艺术家沿着湖边散坐，或沉思，或闭目，或静立，或漫步，无一人高声讲话，微风拂过，低沉的喃喃声便淡去了。这幅静默的风景画可以命名为《苹果园的星期天下午》。当车队拖着庞大的鲸骨穿越苹果园时，他们半抬起低垂的目光，如同凝视一只在他们面前爬过的昆虫般看着我们。车队来到离苹果树还有几米的地方停下，卸下鲸骨后，队伍中的人纷纷散去，汇入其他艺术家当中，再也分不清谁是谁。阮儒最后交代说："你们就在这里把鲸骨拆卸掉，清洗干净吧。工作完成后，老板自然会有下一步安排。”马谟看了鲸骨一眼，厌恶地转过头，打个冷战。他们又一次丢下我们结伴离开了。

苹果树上没有人，也没有猿猴，那晚的遭遇仿佛一场午夜的梦幻。但我们陷入了另一个难堪的处境：在一群高雅的艺术家面前，我们处理动物死尸的行为，多少显得不雅，大煞风景。怎么能在艺术家面前当一个屠夫呢？但又该如何才能为我们的行为增添一点儿艺术的意味？即使告诉他们这是由旅店老板亲自传达的任务，也不会让这个看起来更像是恶作剧的行为变得高雅起来。妈妈比我务实多了，在我感到犹豫和排斥之际，她就已经着手处理鲸骨了。

禹来了。他给我们带来一些工具：锯子、刷子、酸液、水管、水桶等等。另外，附近有个喷灌用的水龙头可以提供水源。“我刚接到通知，来给你们送东西。”禹说。他满脸懊恼的样子，不时看着苹果树，似乎在上面寻找什么。“还有什么事吗？”我问。我明知他在找老板的情人，但为了避免无礼，还是装作一无所知。“是老板叫我来帮你的。”禹回答，“既然他还叫我替他干活，说明没有完全放弃我吧。还是说，他根本不关心宁芙跟谁有暧昧？毕竟，他从未承认跟哪个女人有过恋爱关系。是我多虑了。”宁芙应该就是老板的情人吧。当禹从出神的状态抽离后，又说：“如果你看到了宁芙，请立刻告诉我。她一直躲着我，我太痛苦了。她有时会变成一片树叶，一掬清泉，一阵风，她是个美丽又多变的女子。”“老板还不打算亲自见我？”我问。“老板？他是永远不会见你的。”禹说，“因为他看不见东西，目中无人。”禹用这种幽默的玩笑高明地回避了我的问题，没等我开口追问就走了。如果禹的玩笑含有真实的成分，是否意味着，帝国旅店的老板是个盲人？

午后，阳光越发猛烈，晒得鲸骨黏糊糊的，腐尸味熏走了一群艺术家。“这味道还不如乌鸦藤树林茅厕的屎臭呢。他们还敢自称艺术家？恐怕还没见过人世的丑恶吧。”妈妈说。禹后来回来了一趟，说鲸脑要完整取出来，用来提取鲸蜡油。另外，鲸骨要用酸液浸泡处理后，才能彻底融掉上面顽固的筋膜和血污，而在这之前，得用锯子把骨架一节节地锯下来。妈妈不让我帮忙，誓要独自完成这项工作。每当我提出要帮忙，她就表示拒绝，催促我是时候去找点儿活干：“注意点儿吧，旅店老板肯定在暗处视察我们。要是表现不好，我们肯定会被赶走的。”

不知道从什么时候开始，清洗鲸骨成了妈妈一人的工作，她对这份工作突然怀有不可推卸的责任和极大的热情。她整天忙着处理鲸骨，从头骨开始下锯，计划先取出鲸脑，但锯了很久，头骨一点儿痕迹都没留下。她以为这是因为头骨是全身最硬的部位，于是转向尾骨，可是尾骨在她的锯下同样毫发无损。妈妈休息一轮后，决定搁置这部分工作，跑去刮筋膜碎肉，疯了似的清洗上面的污垢。

令她大为沮丧的是，那些筋膜碎肉无论怎么泡，怎么刮，都去除不了。她筋疲力尽，坐在地上，看着水龙头胶管软弱无力地喷水，最后不得不向我求助。这头巨兽的骨头不是锯不开，筋膜碎肉也并非刮不掉，而是在锯骨刮肉的间隙，那些由利刃造成的切口会很快恢复原状，重新长回去。

“唉，原来如此。”妈妈终于理解旅店老板安排我们干这份工作的用心良苦：我们的房子，是一个令人厌恶的地方，几乎不可能租出去，所以这项没有尽头的工作，正是我们得以在这里生活下去的条件，只要鲸骨一天没被卸下来，没被清理干净，我们就有责任继续干下去，并同时在此安家落脚。妈妈在其中找到了新乐趣，她尝试用各种方法清除骨头上的筋膜碎肉，比如往骨头上淋汽油，点一把火，或者直接把鲸骨炸个粉碎，然后看它们怎么一点点复原。这给予她安慰的力量，这预示着所有疮疤都会慢慢复原。这么一来，这项工作就有了西西弗斯的艺术意味了，谁也不能再说我们这是在干屠夫的活儿，说我们是凡夫俗子。

最初几天，那些艺术家有空就会到苹果园里来，像看默片一样，围观妈妈处理鲸骨的过程，若有所思，但不置一词。我说过，艺术有时就是痴呆和无聊的表现，人靠它制造的幻象好歹能活下去，因为这里连空气都是食物。但不出三天，那些艺术家就厌倦了，不再观看，他们要妈妈把鲸骨拖到偏僻少人的湖泊另一头去，因为臭味让他们无法思考更深入的问题。

“你们要我一个妇女怎么拖得动它？”妈妈使尽浑身力气，把鲸骨从原来的地方往外拖了一段距离，刚好停在人最密集的地带便再也拖不动了。艺术家们怨声载道，只好过来帮忙，有人抬着鲸骨，有人架着妈妈，把这两个仿佛是不祥之物的东西遗弃到湖泊的另一头去。我站在苹果树下，阳光和煦，微风拂脸，远远地看着妈妈跟难缠的鲸骨搏斗较劲，感叹道："这世上终于有一个女性版本的西西弗斯出现了。"妈妈把她曾经迷恋的、不可把握的文学经验，变成了一种可实施的现实行为。

我在树下多等了些日子，还是没等到宁芙和猿猴出现。某天，我碰到了禹，希望他告诉我更多关于老板的信息，特别是他到底想要我干什么。他当时正背着行李离开，表示自己马上要回到建筑设计院去，参与一个新项目，等忙完回来时，他希望还能在这里见到我。他还透露，这个新项目与老板的秘密计划直接相关。这令我大为振奋，但等待的日子同样令我感到焦躁，寂寞难耐。于是，我脱离妈妈的视线，到旅店外的地方去游乐。

栖息地有很多高斯大区不曾有的场所，特别是夜店。我在夜店门口徘徊了很久才走进去，并非因为我缺乏勇气，而仅仅是因为过于激动，我预感到在那种陌生的空间中，会有从未体验过的、难以招架的冲击。一个人去夜店，自己会成为其他所有人注视的目标，其他人也是我视察的目标。我坐在角落，因为没有钱，只能拿别人留下的酒杯佯装买了酒，直到被酒保发现，前来询问。运气好的时候，我会遇到来自旅店的艺术家，他们会帮我解围，但大多数时候，他们会压低声音警告我说，出了旅店，就要装作互相不认识。因此有几次遇到阮儒，我不敢跟他打招呼，而且他的身影很快就消失在汹涌的人潮光影中。唯独不见马谟，从回到旅店那天起，他就沉浸在难以名状的哀伤中。

熬过最初局促的阶段，夜店让我体会到另一种自由。在这里不需要认识人，只需要坐在那儿，就像一条鱼，一块鱼饵，你要么去咬饵，要么被鱼叼走。也许是因为我少年气的模样还没褪去，那些人通常只是好奇地看我一眼，便从我身边走过去。在我身上，他们看不到任何交流的欲望，更别说情欲，我就像一个还没熟的橘子，哪儿哪儿都是酸涩的。然而，他们在舞池中央身体摩挲的模样，却像催化剂一样极速催熟我这颗青涩的果子。长期以来占据我精神世界的“无我”之苦，首次让位给了悄然而生的欲望——有种勃发的、焦躁的、升起来的意志，在我胸口内流动，我感受到自己的存在，即便形如幻觉，却比幻觉更直接地诞生于我的身体之中。它是一种比我和付梓单在公园里看情色影片时更成熟也更不可控的意志。我渴望他们是以试探挑逗的眼神，而不是好奇的眼神看着我。男人也好，女人也好，都是一面面向我摆动的旗帜。

我像一块长期没有鱼咬钩的鱼饵，浸泡在水里，发白发胀，淡而无味，羞愧难耐，准备逃离夜店。我只能被夹在舞动的人群中，被推搡着扔出了大门外。在栖息地，我没有为自己的新意志找到栖息之处。我一口酒都没喝，却像醉汉一样被某种失落弄得醉醺醺的，在夜店门口趔趄行走，迎面撞上了一个人，如同撞入了一片热带丛林。那确实是我的第一感受，从一个现代文明社会的声色之地，转瞬间投身于一片更为郁热、充满昆虫喧嚣、野性四溢的夜晚的丛林。我几乎停滞在这种超越的体验里，当我意识到那是一个女人丰满的身体时，才难堪地退后几步。

凭着难以解释的直觉，我马上认出这个人正是宁芙——旅店老板的情人——令禹日思夜想的女人。年龄上，她比我大不少，看起来又比妈妈要年轻得多。即使在昏暗的街道上，也能看出她略施粉黛的脸，透着红润和青春，有着妈妈缺失的女性活力。宁芙没有把我的冒失行为看作是冒犯，反而承认这是她的错：“真不该在夜晚出来。一旦遇到你这种年轻人，都不知如何是好。就像树上熟透的红苹果，谁经过不想伸手摘一个？”我把她这句话解读成一种狂妄的自我炫耀，也间接印证了我的判断，她正是管理苹果园的宁芙。我没有直接说穿，只是说：“是时候回帝国旅店去盯紧你的苹果树。”

“一起走吧。”她说。

回去的路上，我心不在焉地打量街景，不时用余光观察宁芙。相对而言，宁芙比夜店里的女人都要好看，奇怪的是，我刚才在夜店里看见男女互相挑逗暧昧时产生的欲望，此时却不见了踪影。对我来说，宁芙只是一个更年轻貌美、散发着母性气息的肉体。还没走到下一个路口，我便意识到，那是因为宁芙此刻是一个单独的个体，一个没有男人的女人，而我身体里被激发出来的骚动，是源于男人和女人之间不断接近又相互对立的过程。简而言之，一个单独存在的女性，并不能引起我的欲望——我这种内在的惯性经验毫无疑问是源于妈妈。她同样是个没有男人的女人，她的大半生都活在因为那个男人失踪而招致的噩梦里，我已经过于熟悉这样的女人的脾性了，她们的方方面面早已显得乏善可陈。对我而言，似乎只有基于情欲的互动，才是新鲜可感的。我忽然一个激灵，看到了自己的存在。为何我从未想过，自己也可以成为跟宁芙产生互动的对象呢？也就是在那一刻，我得知了自己缺乏爱的能力这个事实。

另一方面，我找不到禹疯狂迷恋宁芙的原因，她顶多比其他女人漂亮几分罢了。如果她有什么特别之处，便是她身上的那种自信和狂妄，以及充满丛林野性的气息，将男人吸引过来后又横加拒绝、热切与疏离交织的矛盾，正如以狂野原始著称的热带丛林，使得男性旅者慕名前来，又让他们苦于找不到进入的路线，或在进入后找不到安全逃离的路线。人性中的矛盾，要比天造地设的默契更适合成为一种推动力。

“你为什么从夜店出来？”转入黑暗的小巷时，她问我，“你不是他们那样的人。”“谁都可以去夜店。”我反驳。“你显然缺乏他们享受其中的心情。那不是你该去的地方。”宁芙解释。“好吧。我在等旅店老板的消息。禹去打探消息了。我想你也知道点儿什么。”我切入最重要的话题。“我还不能完全信任你。而且你看起来……”宁芙像打量一件有待检验的新产品似的，把我从头到脚看一遍。她说我不是他们那样的人，是不认同我是艺术家中的一员吗？宁芙在我脸上亲了一口。她这个不知出于什么考虑，但在我看来非常鲁莽的吻，对我来说是一种敷衍和侮辱，足以毁掉我在帝国旅馆的生活。我本来对她就没有非分之想，现在反而突然产生一种厌恶。

她接下来说的这句话，让我明白了她是怎么看待我的："夜深了，回去睡觉吧，熬夜可长不了身体。"她把我当成一个还需要照顾的孩子，而不是一个平等的成年人。这个吻好比妈妈跟孩子说晚安时的必备仪式。她贬低了我的存在，我的思考、欲望和意志在她眼里都是幼稚的。但我不是一个随便用一个吻就能打发掉的男人，于是反驳道："我不是来玩的。我来这里本就是老板的安排。若你无视我，把我当成一个不谙世事的毛头小孩儿，那就大错特错了。""怎么证明呢？你有什么才能？这里不缺杂工，显然你也不是来干杂活的。"她质问我。我不想搬出山魈之子的论调来体现自己的不寻常，不如干脆承认自己确实是个庸人吧？但老板这么做一定有他的原因。于是我改口道："前不久我从市剧院逃了出来，有几个人能做到？你们中的两个人，也是因为我才逃出了那里。所以我想——""你说够啦！"宁芙一下子生气了。无论她这是恼羞成怒，还是大惊失色，对于我来说无异于一次反击的胜利。她把我拽到黑暗处，叫我注意自己的言行，在这里行动的自由只是假象，是障眼法，其实很容易把命丢了。"听过《农夫与蛇》的故事吗？老板就是那个善良的农夫，你可别反过来害了他。我不理解他为什么会带你回来，但他这么做肯定有他的理由。况且，你说的话还有待查证。到此为止吧。"她快步走入旅店，留我自己站在那儿。

一旦提到秘密基地或者秘密计划，他们都噤若寒蝉，而刚才我似乎又发现了另一个敏感问题：市剧院。若市剧院跟这里有某种关系，那么我逃出那里后还远远不是故事的终结。我很快会把这些线索碎片拼起来。我随后穿过旅店门前的空地，抬头望着沐浴在月光下的《思想者的猿猴》时，四周寂然无声，一个做思考状的猿猴轮廓变得清晰可观。假如禹说得没错，我便明白为什么只有在黑夜才能看到此景。旅店老板是盲人，他在黑暗的感知中创作的作品，也必须在黑暗之中才能呈现。他所看到的世界，黑暗中的图像，全部来自黑暗的艺术滋养，这是我一个能目视光明的人无法知会的吧。对帝国旅店老板这个人，我从最初的怀疑到现在多了几分崇敬的过程的发生，仅仅因为一次简单微妙的思维转变。可是这份崇敬又能维持多久呢？

我回到房间，看见妈妈坐在椅子上。她身上还没收拾干净，还有一股腐臭味。此前崭新的房间如今尘埃遍布，蛛网如薄纱似的挂在床头和柜子上，仿佛妈妈的存在让这里的时间加速流逝，让事物飞速衰败。她说刚才经过大堂时，看见我跟一个女人说话，问那女人是谁。她的语气透露出一丝担忧，害怕儿子在外面惹是生非，还特别强调红颜皆祸水。我告诉她，那是跟老板比较亲近的一个女人，跟她说话是为了打听老板的消息。

“注意言行举止，不要过分亲昵。”她摸了摸自己的耳垂，提醒我时时谨记。

我的耳环早就不见了，耳垂还留着一个没有愈合的豁口。胸前偶尔隐隐作痛，是吊坠长期压在胸口上留下来的某种幻痛。我记得妈妈对我做过的事。山魈在她的精神里留下了疤痕，韦驮菩萨在我的身体上刻下印记。妈妈是不是企图通过拯救我来拯救她自己？我是万物间的桥梁。“老板出不出现都无所谓，对吧？”妈妈说，“我们的生活如今平稳有序，我有我的工作，你也可以向那些艺术家学学画画唱歌。”“我要做的事必须由老板亲自告诉我。”我说。“那么认真吗？”妈妈站起来，走去卫生间洗漱。她洗了很久都没有出来，卫生间里传出咕噜噜的泡泡声。我敲敲门，没人应，推开门，里面空无一人，余光瞟见妈妈的衣服一角刚好从排水口溜走了。妈妈又变成一摊水了。都说女人是水做的，当她感到疲惫，就会化作水流向四方。不适应这里的人竟然是我自己呢，连妈妈都学会了变形。

第二天我来到苹果园，拧开水龙头。妈妈没有从里面流出来，她是从附近的污水井里爬回来的，浑身湿透，衣服上粘着各种污秽残渣。

“昨晚我走遍了这个城市的下水道。”妈妈缓缓地坐在鲸鱼的头骨上歇息，托着下巴回忆道，“屎尿垃圾，这些人类的遗弃物，组成了一个新世界。它们就是污秽本身，所以没有污秽可言。它们也是痛苦的本身，被消化殆尽后再被遗弃的痛苦。还记得我生你的那个梦吗？我在粪水里捞你起来，本来也要在梦里遗弃你……然而我没有。如果我在梦里遗弃了你，现实中的你还会顺利出生吗？我终于了解到你是那污秽、痛苦和虚无的三位一体。但我想，你会找到清洁自己、充实自己的方法的。”

妈妈想得很入神，仿佛跟背后静默巨大的鲸骨一起凝成一座万古不倒的雕塑。我比以往任何时候都更相信，妈妈此时理解了我。母爱，是理解从她身体脱胎而出那个意识之呼吸的表现。在找到清洁我自己的方法之前，我得先把她弄干净。我拿起水管，帮妈妈冲掉她身上的脏污。她冷得打了个寒战，脚下鲸骨的脊椎也随之咯咯作响，像是从她体内传出来的破碎之音。

十二

农历六月初三，又是一年一度的韦驮尊天菩萨诞。当天夜里，我的耳朵和胸口就开始作痛，伤口溃败发紫，大概是菩萨对我这个叛徒的惩罚。然而从一开始，给我戴上耳环和吊坠，以及将它们从我身上摘除的行为，都不是出自我的个人意愿。今夜的高斯大区街道应该热闹非凡吧，人流如织，烟气缭绕。栖息地的很多人都去参加了，今夜比平时要冷清得多。为什么栖息地的人会热衷于参加高斯大区的活动？我以为他们是截然不同的。活动一直持续到午夜，到了凌晨才有人陆续回来。

有人敲响我的房门。我开门看到阮儒，风尘仆仆的，身上还残留着香火蜡烛味，想必也从菩萨诞活动回来。他给我带来了一个惊人的消息：旅店老板回来了，要求跟我见面。我难以想象这一刻的到来！老板要求见我，意味着我可能会被派去干一件我期待已久的事，但我的心情突然沉重起来。我在这里度过了相当长的一段闲暇的日子，无事可做，到了厌倦的地步，老板现在才来见我，让我有种被忽略、被轻视的不快。而且，当初的热情已经消耗了不少，这也是拜栖息地所赐。

这里的艺术家慢慢脱离了我最初的想象，不再令我感到崇拜和敬畏。他们大多数活在空想之中，在古怪、无意义的行为之中消磨时日。他们低声且小心地谈论有关老板的行踪和计划，尽量不说出他的名讳，但他们谈话的内容对我来说是隔靴搔痒，始终无法直抵真正的秘密核心，我也就难以揣测帝国旅店的真实面目了。维持这里运作的，或许是某些继承了万贯家财的艺术家，并非他们的艺术创作从现实中获得了什么物质和财富上的成功。高斯大区的民众，好歹还在靠他们赤裸的双手艰难地生存下去。随后，阮儒朝里瞄了一眼，问妈妈在哪里。我才想起妈妈还没回来，还在苹果园清洗鲸骨。

“她还好吗？”阮儒感到惊讶。

他没想到妈妈竟然这么认真对待这件事，因为连他自己都不知道老板具体要怎么处理这具鲸骨，当初他叫我们去洗鲸骨只是为了找个理由留住我们。这也让他突然明白，为什么我的童年会过得这么凄惨，因为跟一个偏执又神经的母亲一起生活，是谁也受不了的。但他把话锋一转，补充道，如果不是有这样的母亲，我是不会长成如今这个样子的：忧郁、富有艺术潜质，还得到老板的赏识，将会大有作为。他要我感谢我的母亲。但我找不到这样做的理由，我不会去感谢那些命中注定也无法更正的事。

“我可以坐一会儿吗？”阮儒想进房间来，“这次出行实在太累了，我陪老板去了一趟沙门寺，要穿过整座须弥山……”

他们跟沙门寺又有什么关系？我很想知道，但我不想让他进来，手架在门把上，心中怨恨他一次又一次欺骗我。他只好往后退了一下。

“不是说要跟老板见面吗？什么时候？”我问。

“其实老板已经在房间里等你了。”他说。我怀着忐忑的心情，跟着他去了。

我想象跟老板见面的情景：该如何跟他说话，又该怎么称呼他？阮儒说，他还没记起老板的名字。或者老板根本就没有名字吧。我又问起马谟的情况，想起他最近愁眉苦脸的样子，颇为他担忧。阮儒摇摇头，说马谟已经不可救药啦，被忧郁的阴影笼罩着，可能是以前犯下的杀人罪孽太深重，不得不进行忏悔吧。这令人疑惑。阮儒仍把马谟杀人的事当成是真的，因为那明明是他在市剧院里扮演的角色。但往回想，自从离开市剧院后，阮儒不是也依然油嘴滑舌，擅用辞令愚弄人吗？欺瞒，诓骗，杀戮。随之而来的代价，好比是孩子离开母胎后额头上的那个胎记，有些终生不变，有些则随着成长慢慢褪去。市剧院对他们产生的影响，并不是一脚踏出大门后就能彻底消除的。市剧院的生活对我又产生了何种影响呢？正如前面所讲，它只是让我认清了一个残酷的现实：我自始至终都是一个被欺诈者，一个无名者。我的人生目标是为了打破这种局面而建立的，从市剧院出来——从这座人生的监牢出来，我试图改过自新。

帝国旅店，这座辉煌的旅店，占用整个废弃工厂改建而成，楼道四通八达，没有改建完成的地方还能看到工业时期的古老痕迹，散落着煤块、铁屑和生锈的工具，你甚至会以为那是故意做旧的装饰处理。这里也没有固定的房间，客人可以住在任何一个能推开门的地方。

阮儒带我离开小楼，走入更陌生的区域，绕了一圈又回到相似的地方，仿佛是为了迷惑我的视觉，以防我记住路线。老板的名字是一个秘密，他的藏身之所当然更是一个秘密。我向阮儒表达了这个想法，叫他不必提防我，毕竟我来这里也是出于老板的意图。但他告诉我并非如此，是他一时忘记了去路，他的记忆时好时坏，是在市剧院生活过留下的后遗症。他的话模棱两可，时真时假，让人无从判断。阮儒努力去记起他以前的身份——他进市剧院前的那个身份，以及自己为什么会进市剧院，明明这里才是他的栖身之所。

“我是个流亡的哲学家……”他带着狐疑说，“对，我依稀记得我是……而且，我的国家已经不存在了。不过，国家不存在了，又何有流亡一说？是老板接纳了我，他让我在栖息地继续拥有国家公民的感觉。我同时也是艺术的子民。从市剧院逃出来后，我得以重新体验到了流亡的滋味。流亡中的哲学是辉煌的。哲学从流亡中诞生，因为安稳的日子从不创造真正的历史。”“你进市剧院……”我迟疑道，妄图猜测，“是为了把我带来这里？要不然，我也不会在这里。”“是吗？但我比你先进去，怎么知道你会来呢？”阮儒说，“也许吧。所以只存在一种可能，一切都是老板的安排。你进市剧院是一个偶然，但他预感到，并在等一个像你这样的人出现。”“你的超验哲学能解释这一切吗？所谓的直觉，所谓的预知？”我说。阮儒却犯难了，嘀咕道：“我的哲学啊？我的哲学主张是什么呢……”他只记得他是“流亡哲学家”的头衔。“我早就想问你了。”我放缓脚步，问道，“真的是旅店老板邀请我来的吗？”

“你进去亲自问他不就知道了？”阮儒指着一幢三层的阴暗小楼。

那里没有一盏灯，看得出是钢铁结构的建筑，部分外墙被雨水腐蚀，出现鳞状的铁屑，更多的则是被爬山虎缠满。厚厚的藤蔓与外墙之间，藏有一道折状的外墙铁梯。阮儒带我走上去。踩在铁梯上的每一步，脚下都发出铁屑被压碎的呻吟声，我担心自己到底能活着走到第几步，生怕某道锈蚀易碎的阶梯会断裂，使我坠落身亡。阮儒走起来比我踏实，脚步也更稳，我只能相信这道铁梯能承受得住二人的重量。爬山虎缠满上下层铁梯之间的扶手，形成一块密密匝匝的植物网，挡住天空的月辉，因此，最初的行进只能靠在暗中的摸索，无疑增加了我的不安和恐惧——我的这份情绪，并不仅仅因危险的铁梯而生，更主要的原因是我一直揣摩：为何一个人人崇拜的旅店老板，会住在这种破落的地方？哪怕是用以待客也不应该如此。阮儒没有解释为何在这种地方见面。为了掩人耳目吧？我们继续往上走，而楼梯的阶梯数也似乎在成倍增长，我们上了绝对不止三层楼的高度，有种原地踏步的错觉。这种迂回且无休止增长的现象，跟阮儒的思想状态有关系。他是我的引路人，一个迷惘的哲学家，他的思维正困在一个封闭的回环里，或许他尚未记起来老板到底在哪层楼等我，我们脚下的阶梯也因此在重复的迟疑中。

我及时从背后抓住他的肩膀，“你迷路啦？”

他失神地晃了一下，“哦，快到了，别急……”

我等不及了。抵达某个平台后，我看到一个门，推开门拉他进去。我们至少先找到进入这幢建筑内部的门道。到处是乱糟糟的房间，堆满烂铜废铁，倾颓的椅子，以及各种断柄的工具，枯萎的爬山虎像蛛网一样覆盖其上。走廊也因阮儒的踟蹰而无限延伸，房间复制彼此。我只好故技重施，随便推开一个房间的门。那是一道比周围的门都要高的圆拱铁门，对面是一扇巨大的落地窗，唯有此窗没有被茂密的爬山虎覆盖，月辉丰盈透彻，落在生锈的铁门上，在抓住门把那一刻，一阵刺骨的寒冷渗入我体内。

推开门，月辉倾泻而入，映出一张白皙得近乎病态的女人的脸庞。在她旁边有一张桌子，上面摆放着一个玻璃缸，里面似乎有什么小东西倏地一下躲进生长在缸内的青苔之下。那个女人慌乱地喊道："关上！有光！"我身后的门马上被关上，是阮儒关的，他还道歉说："他实在太莽撞了。但如果不是他，我也记不起你们在哪儿啦。"门关上后，房间一片黑暗。我站着，纹丝不动，也不敢动，等待双眼恢复暗中视物的能力。

那个女人，她的那张脸，她的声音。我想起来，她是宁芙。门缝处渗入月辉，房间恢复些许能见度，我在昏暗中确认那女人确实是宁芙。她盯着我，满怀戒心。我此刻不该说话，要等阮儒出面跟她交谈。这个被称为最可能成为老板的情人的女人，理应陪在老板身边，但她身边没有任何人。她只是用双臂护着一个长满厚厚的青苔和几棵小绿植的生态缸，仿佛里面藏着不能被敌人夺走的军事机密。她的戒心并非针对我，她只是在保护她的生态缸不被月亮照到，单纯对我刚刚贸然打开门的行为感到生气。

"我带他来了。我要走了。"阮儒说。"你不留下来陪我吗？"我问。"我刚才想起来了……我并不是一个哲学家……"阮儒有点儿悲伤地说，"我只是一个信使，是给老板捎信的。你说得没错，我进市剧院就是为了把你带来这里。信送达后的事，不在我的职责范围内。"我不再挽留他。"我要回去看看我的兄弟马谟。他肯定和我一样，有太多愁苦了。”阮儒拉开一条门缝，身体像纸片似的从窄窄的门缝挤出去，“我是一个信使，他是一个杀手，都是给别人干活的。我们没有自己的命运。”他黯然神伤的形象比任何时候都更像哲学家。随后，我听到他踟蹰的脚步声在走廊来来回回，时远时近，似乎找不到离开的路。

一时之间，我不知作何反应，只是看着宁芙，又环视这间破败的房间。这是个宽阔的厂房，地上有积聚多时的水渍。爬山虎从水管的缝隙处生长出来，沿着墙壁攀爬。时间与空间被一种无处不在的阴暗生命笼罩着。

“你来得不是时候。”宁芙说。

“我要见老板。”我说。

“你没听清我的话吗？你今晚见不到他。”宁芙加重语气。

“既然阮儒说老板回来了，他就不会骗我。”

我作势要拉开铁门，让月亮照进来。宁芙马上护着生态缸。我想，老板就在里面吧。那里头装着老板的灵魂，一个轻飘飘的灵魂，一个只能在黑暗中才能保持其形态的灵魂。在以变形著称的帝国旅店，那个至高无上之人，本就无固定单一的肉体。

我慢慢走近生态缸。宁芙紧张地抻直身体，但最终没有阻止我靠近。她此刻不再是一个情人，而是一个护犊的母亲，相比我上次在街上碰到的她，现在她有着更浓烈的女性之美和母性气息。她半松开环着生态缸的手臂，如同裸露自己的身体，让别人看她怀中正在哺乳的新生婴儿，似炫耀，又似大发慈悲。生态缸的青苔下，冒出一个个粉白色的小脑袋，是蝾螈。它们爬出来，爬到缸的边缘，爬到黑暗潮湿的墙壁上，布满墙壁，密密匝匝的一片。它们用粉白色的眼睛齐刷刷地盯着我，但那种眼神又是呆滞的，不像在看着我，它们只是单纯地睁着脆弱的眼睛。有几只蝾螈爬到宁芙的手臂上、脖子上，爬到她丰满的乳房上。希腊神话的水精灵，侍奉神的仙女——圣洁无瑕的宁芙，她温柔地看着身上的蝾螈。它们贴在她的皮肤上，在呼吸，柔弱的腹部一起一伏，如同她的皮肤上生长着许多外部心脏。

“人类作为痛苦的集合。”宁芙说，目光依然没离开身上的蝾螈，有着无限的爱意，“有时为了缓解人的痛苦，他会变成其他动物，以求度过一个安静的夜晚……他的眼睛非常脆弱，跟长年生活在黑暗的岩石水流底下没见过阳光的蝾螈一样，视力退化了。哪怕是月亮也能灼伤他的眼睛。但也正因此，他获得了敏锐的感知力。”

“那他总是失眠吧？”我问。

“他一直等你来，不眠不休地等。”宁芙说，“这次从沙门寺回来，他实在太累了。所以我才说你选了一个错误的时间来找他。但这也不是你的错，是信使的错，是他失职。”

“沙门寺……沙门寺……”我重复道，“信使没有失职，如果不是老板吩咐他叫我来，他是不会擅自做主的。”

“你真懂事，还学会了为别人辩护？好吧，来听听老板要跟你说什么。”说着，她就把手臂搭在我的脖子上。一只蝾螈从她身上朝着我爬来，在那些潮湿、带着褶皱的爪子碰到我的脖子之前，我就把脖子缩了回去。被一种铺天盖地而来的惊疑与畏惧驱使，我逃出了房间。我不会再回来这里。跑下楼梯时，我努力强迫自己相信，这种跟山魈一样的生命形式，只不过是宁芙为了恐吓我这个在她眼中仍是孩子的人而恶意编造的黑色童话罢了，为了取笑我的幼稚，惩罚我的鲁莽与无知！

我一路跑到苹果园。惊慌失措的孩子总是先想起他的母亲，但我妈妈已在另一种意乱神迷的状态中，无暇顾及他人了。她躺在鲸的脊椎骨上睡着了，想必又是筋疲力尽的一天吧，衣服上全是黏糊糊的筋膜碎肉，她成了一块捕蝇纸，身上落满循着腐肉气味而来的蝇群。我甚至怀疑她已经死了。我使劲晃醒她。妈妈蓦地睁开眼，望着远处的苹果树，带着惊慌说道：“在那棵树上，我看见了它！”妈妈看见了那头猿猴？但我只想告诉她一件事：“妈，世界疯了！旅店老板是一条爬虫！”妈妈的头不停地颤抖，我扶起她说：“我们不能待在这儿了！回去吧！”回到高斯大区去，回到那个潮湿黑暗的地下室去，那里才是我们的栖息地。我扶着妈妈朝苹果园后门奔去。

一群人忽然从后门那儿拥进来，源源不绝，堵住了去路。他们身上同样有着香火蜡烛的味道，也是从菩萨诞归来的人。妈妈像一副沉重的断线木偶，有气无力，我扶着她，两人东倒西歪，挤也挤不出去。而且，这条进来的队伍看似没有尽头，他们还在回味菩萨诞上的盛况，把我们朝反方向堵回去。我们艰难地走到旅店的前门，状况同样如此。我实在没力气了。妈妈也不争气，浑身软绵绵的。我只好用最后的力气带她回旅店房间休息。一推开门，我发现房间已不是原来的房间，有一大群鸟在里面，用我们的衣服、木屑、墙上的电线以及各种不知从何处叼来的棉絮和树枝，筑了一个巨大的巢。见我们闯进来，群鸟吓得飞起来，羽毛像雪似的落下，露出粉红色的胸部和鼓胀的泄殖腔，充满令人厌恶的肉欲。我伏低身子，冲到房间尽头，猛地推开窗户，把吵吵嚷嚷的闯入者全部赶出去。它们在窗外的玻璃上抓啊挠啊，翅膀的乱影投在房间的墙壁和地板上，如群魔乱舞。这时，我看见在鸟巢深处，有一堆数量可观的鸟蛋，颜色各异，大小不一。我拉上窗帘，对妈妈说："今晚我们有吃的啦！"我们用水壶把一半鸟蛋煮熟了，把另一半藏在衣柜里。吃饱后，我把蛋壳从窗户的缝隙扔出去。我和妈妈躺在温暖的鸟巢里，缓缓睡着了。半夜，我突然惊醒——若那些根本不是鸟呢？在这座旅店，那些捉摸不定的艺术家是能够变成鸟的，我们吃下的要么是艺术的后裔，要么是淫乱的胎物。我飞奔至厕所把胃里的东西全部呕了出来，将衣柜里剩余的鸟蛋一股脑儿扔到窗外。鸟蛋从高处砸落地面碎裂，引起另一阵恐怖的叫声，把沉寂的夜撕裂了。我朝下看。那些鸟蛋经过几个小时的孵化已变成雏鸟，它们有着人一样的脸，用丑陋无毛的四肢蠕动着。张先生的电流试验——快速生长的蛙——孤雌生殖——旧日画面纷纷闯入我的脑海，再次把我的大脑绞碎，绞成枯枝败叶，绞成腐泥烂肉。变形是恶魔的艺术。无论如何，明天我都要带妈妈离开旅店。

吐完后，我又饿了。我怀疑自己把来这里吃下的所有东西一次性吐了出来，包括那些已成为我细胞一部分的营养，也被原封不动地从细胞里还原出来吐掉了。我不敢下楼去找吃的，这里的事物令人充满怀疑，连声称可以充饥的空气也值得怀疑。那是经过艺术加工的东西，是二手货，是眼见不一定为实的最佳例证，是白骨精用蛤蟆变出来拿给猪八戒吃的馒头。我忍饥挨饿，水也不敢喝一口，在妈妈旁边躺下，努力睡到第二天。只有妈妈浑然不知，还在香甜的睡梦里消化肚子里的艺术养料。

第二天一睡醒，我便催促妈妈收拾行李走人。妈妈却不愿意走了，“行李都被鸟缝到它们的窝里了。为了让我们留下来，它们使尽办法。”“你在说胡话。”我试图把衣服从结构复杂的鸟巢中分离出来，上面尽是各种鸟的唾液、树枝和泥巴。“为什么要走呢？这儿有我们需要的东西，回到高斯大区，我找不到工作，我也不指望你能赚几个钱。”妈妈继续狡辩。从她这句话中，我才明白她不愿意走的原因——是那具鲸鱼尸骨，那项永无尽头的清洗工作，西西弗斯递给她的麻醉药！除非鲸鱼尸骨被彻底毁掉，否则她不会停下来。人们热爱西西弗斯的神话，是因为看出了自身行动的徒劳，但妈妈是唯一从中参透了永生秘密的人。

“圣西，不要枉费你的痛苦，它得有点儿艺术价值。要不然来这里有什么意思？总不能还跟高斯大区的那些人一样吧？我们的生活已经升级啦。”妈妈从我手中抢过衣服，塞到鸟巢中去。她还发现昨晚的鸟蛋不见了，勃然大怒，指责我不择手段，要断我们的后路。我不得不回忆昨晚的恶心经历，告诉她这里可憎的一面，但她完全听不下去。

“借口！”她把我手中最后一件衣服也夺过去。在那些鸟被我赶走后，她成了这个鸟巢的新主人。鹊巢鸠占。在帝国旅店，她有一个安乐窝，有一份永远不会被解雇的工作。我跟妈妈之间产生了巨大的分歧。如果我离开她，那她的生活将得到空前的自由。

“那我走啦？”我说。

妈妈没说话。推门而出那刻，我觉得自己是一只离巢的孤鸟、一只勇敢的幼狮。

今早离开帝国旅店，无人阻拦，一路顺坦，行人对我也没有特别关注。这让我不禁觉得昨晚被人群堵住的事情只是一个偶然，并非被老板察觉到了我内心的动摇，想尽办法要将我强行留下，做他计划中的一枚棋子。这是否意味着我没有他们说的那么重要？我是一个无名者，本就无足轻重。我故意放慢脚步走了好久，在快踏出栖息地边界时，也不见妈妈追上来，看来她跟我一样，心意已决，坚持各自的决定。从栖息地回高斯大区，还得再经过那条神秘的铁路。天又下起雨来了，我遇见苏武的那间废弃工厂在雨中油光发亮，流浪者们冒出一个个黑乎乎的脑袋，以永恒不变似的猜疑眼神观察我。雨势变大，我只好钻到废弃工厂里避雨。他们中的一些人认出我来。我问他们是否下定决心踏进下一趟火车。他们犹豫不决。

“为什么不到栖息地去？那里不愁吃的住的。”我问。

他们的眼神告诉我，栖息地对他们来说没有那么大吸引力。也许是他们没有艺术家气质吧，蠢笨不堪，哪怕当不成艺术家，在栖息地混吃混喝总比困在这种处境要好。

“我们每个人都是中阴身。”一个流浪者打了个比喻。

这个处在高斯大区和栖息地间的废弃工厂，是人间和转世之间的弥留区，进退不得、饱尝迷惘犹豫之苦的流浪者们，以痛苦的载量来讲，他们丝毫不比那群在栖息地和市剧院里过着形而上的生活的人过得轻松。他们还说，苏武后来回过这里一次，像是打算坐火车回夜游者的废墟去，但最终他还是回归他的世俗生活中去了。我隐约觉得，我的命运直指夜游者的废墟，在那片传说般的土地上，我的灵魂才会得到空前自由，那里才是我这种无名者的大本营。

我跟几个流浪者聊了很多闲话，慢慢熟络起来。直至电闪雷鸣，大雨倾盆，他们请我走到工厂更深处避雨，说那里有烤火的地方。天气逐渐变凉了。这里的天气似乎偏爱雨水和寒冷，两次到这里来，我都遇上了差不多的天气。我跟随他们，走到水泥钢筋尽数开裂的厂房里去。好在天花板完好，雨淋不到这里，但雨落下的密集的影子冲刷着内部四壁，半明半暗，有种脆弱易碎、危险不安的气息。如果这里稍微加以改造，可以作为栖息地的一部分合并起来，但它以孤决、不合流的姿态，横亘此地，像一个火车中转站似的存在。

不太对劲，越往深处走便越冷。我看不到前面哪个房间透出哪怕一丝火炉的光。我止住脚步，警惕地问："到了吗？"几个流浪者沉默不语，只管领着我继续走。我们又走下一道楼梯。往下走应该是地下室。当我转身往首层跑时，他们从两侧合力架着我，把我抬到地下室去了。我有一种正被牛头马面强行从人间拽到地府中去的恐慌。他们把我按在一张椅子上。几个火星迸发，接着，是擦火柴的声音，正中央一团火慢慢烧了起来，映出一群围坐在一起的人的脸。大约有十几个人，满脸油污，神色憔悴，他们盯着火盆，不言不语。火舌的影子在他们脸上舔舐，像在烧一块块木炭。

正对面，我看见一张与众不同的脸。他干净整洁，穿着深色长外套。我只看到他下部分的脸，上部分融入黑暗中。隔着一团火，距离变得遥远模糊。我眯着眼睛，努力辨认，才明白那是因为他戴着一顶黑色帽子，并垂着头。我出神地凝视他在帽檐下仅露出的双颊、嘴唇和下巴。一张熟悉的脸，在我脑海中逐步还原。恐慌渐渐加深。帽檐突然抬起，露出隐藏其下的一双捕食者般的眼睛。他对着我笑了一下，那种带着阴险的礼貌性微笑，我记得只在一个人身上见过——是春聿。

我惊得站起来，随即又被两旁的人按着肩膀坐下去。我深以为，市剧院已是遥远的往事，那些深居简出的市剧院人员怎么会跑到这个地方来呢？是为了来找我？可是把我驱逐出来的是他们。还有另一个可能：春聿也被驱逐了，正如阮儒和马谟受到我的牵连，被驱逐出来那样。

“春聿……”我说，“你怎么也在这儿？不会也在等火车去夜游者的废墟吧？还是来找我算账的？像你这种在市剧院过惯了安稳日子的人，竟然也有今天。”我有种奇怪的预感，在接下来的言辞对垒中，自己将会处在下风，于是先声夺人，连珠炮似的对春聿发问，同时以泄我内心的愤怒。春聿露出礼貌性的笑容（当然那是策略性的挑衅的笑容），说：“你误会了。老朋友今日相见，你怎么一点儿都不高兴？不会还在记恨我们把你赶出剧院的事吧？”“谁也不想遭受那样的屈辱。”我回答。“首先，我代表市剧院向你道歉，非常抱歉。但是，如果我们不把事情做得逼真一点儿，这出苦肉计就不会成功。”春聿说。“苦肉计？”“我们需要一个卧底，潜入栖息地。准确来说，是潜入帝国旅店，接近他们的头目。根据线报，我们知道你昨晚见到了旅店老板，而他就是我们要找的人。”我听得一头雾水，问：“这件事跟我有什么关系？首先，我跟市剧院已无瓜葛。第二，你们有什么计划，他们又有什么计划，我一概不知道。我已经决定回高斯大区去生活了。”“不，你跟我们有共同的利益。”春聿说。“我没看出来。”面对春聿在言语上的一步步逼近，我坐立不安。“你想知道帝国旅店老板的真实身份是吗？我可以告诉你——”春聿故意停顿了一下，“他是你当时日夜寻找的，代号为K.T.的囚犯，所谓的暗子。”“你们终于承认有他这个人了……”“我们从来也没有否认过他的存在。”

我快把这个代号忘了。K.T.——暗子——痛苦之王：从黑暗中诞生的人，一个与我最接近的生命。昨晚我看到的明明只是一只蝾螈，但若他是K.T.，那没什么是不可能发生的。我知道在说服我的这件事情上，春聿已成功了一半，但我不能表露出来。况且，旅店老板的身份是K.T.为何会牵涉到我们的共同利益？见我犹疑不定，春聿似乎看穿了我，继续说：“如果你回去，继续潜伏在他的身边，套取他们的计划，那么等你回到市剧院，我们会为你安排一个角色，让你在戏剧王国发光发热。这不是你想要的吗？”“你们不是说我是个无名者，是个被欺诈者吗？”我气不打一处来。他们还不知道，我已经不再执着于寻找一个确定的角色了。麻木者不必变得多愁善感，凶神恶煞之人不必大发善心，一个无名者同样可以安心当一个无名者。“这仍是我们的苦肉计之一，我们是迫不得已才这么做的。”春聿还在编借口。

我想起阮儒说，他进市剧院是为了把我带出来。此时事件骨架在我脑海里清晰起来。帝国旅店的老板派人进市剧院，将我带出来，但中途，市剧院识破其计划，在那之前先把我赶出去。在我成功接触到老板后，市剧院再以安排角色为由拉拢我回归，做他们的卧底。事情似乎很合理。让这个事件骨架变得不稳定和不可信的是偶然性这种元素。

我离开市剧院后发生的事情，特别是来到帝国旅店，是偶然发生的。这样一个偶然事件是如何事先被他们纳入计划之中的呢？若要让偶然成为必然，让双方言辞成立，那么只有一种可能：能预知事件的轨迹，并操纵人物命运发生汇合的，只有全能的上帝，这一切是神的意志在推演。当然，这个猜测更加荒谬。因此退一步来说，这一切必是偶然的，我偶然成了市剧院和帝国旅店双方的桥梁，他们企图利用我，把我当成一枚棋子。用完即弃将是我的命运。阮儒当初解释为什么他进剧院的时间比我还早的理由是，老板预知了某种偶然事件的发生，亦即我的到来，此时显得更加可疑了。我进不进市剧院，来不来帝国旅店，在概率上都是一件“非一即零”的事情，然而它又不能像掷骰子那样算出每个面出现的概率。这两者不能在同一种数学层面上讨论。在这个莫名其妙的事件面前，我只要坚决一点儿，加以拒绝，立刻能抽身而出。可是，我突然滋生出一种激情，我有了去当一个双面间谍的想法。我不想在封闭的暗无天日的市剧院里，饰演一个虚构的角色，参与现实勾起了我更大的兴趣。另外，旅店老板是K.T.这件事还有待考证，我不排除这也是春聿编的借口，我已领教过他们的伎俩。

“你想让我怎么做？”我问。

“回去打探更多的消息。”春聿回答，“这里将是我们私下交换情报的地点。”

“好吧。但在答应你之前，我想我有权利，也有必要知道你们之间的恩怨。要不然，我这个卧底当得也太没把握了。”

“恩怨？市剧院跟他并无恩怨，本该如父如子，选择背叛的是他。”春聿的嘴唇没动，颤动的声音是从他旁边那个人身上传出来的。这人又是谁？他几乎全身一片漆黑，火炉的光也照不亮他。或者说火光直接穿过了他的身体，他是一个模糊、不稳定，空气般的影子。

“圣西，你背叛了我。”那个人又说，声音越来越清晰。

啊，是舅舅。他的健康在恶化，也许他的身体正躺在家里的病榻上，处于生死边缘，为了这个计划，市剧院强化了他残存的灵魂，要他来这里说服我，利用亲情绑架我。舅舅的残影一直没有被我注意到，大概是因为在猛烈的火光之下，他的存在感显得那么微不足道，只有当他努力说话时才飘忽不定地显出形来。

“舅舅……”

“这么多年……我把你当作儿子看待。但你的……所作所为，太令我失望了。”舅舅断断续续地说，形体时而模糊，时而清晰，“自你外公进入市剧院工作以来，我们家族从来恪守本分，不做逾越之事……”他说出最后一句话，身体因此消失了好一会儿，然后才慢慢恢复。

“是我妈，是她……”

“不仅是她……如果仅仅你妈是这样也就算了……可是连你也不过如此。”舅舅接连叹气，“但我人生最大的耻辱，是我自己的儿子。”

“我那天见过苏武。”

“所幸他知道什么是回头是岸……从夜游者的废墟回来……而你现在情况，跟他那种危险思想刚冒头时很像，令人担忧……”

“我不会忘记你的恩情。我把你当作半个父亲。”

“你可别这样说，丢人……你跟K.T.才是一类的。要怎么形容K.T.这种无父无母的生命呢？市剧院是他的父亲……黑暗是他的母亲？对的，否则我们也全无把握去相信他是存在的……在市剧院，一切生命都有其出处，有其角色属性。只有这样，舞台剧本才是稳定的，是有逻辑的……现在，K.T.图谋不轨，要干些大逆不道的事，来动摇市剧院长久以来的运作机制。”

“我跟他不一样。一个无父无母的人，不能成为一种角色吗？这样的人生也有权利继续下去。”

“一样，都一样。你跟他一样……你们只忠于黑暗的母亲……背弃现实的父亲。你是在为自己的错误找借口。辩解是一错再错的表现。”

“问题是我连我父亲是谁都不知道。”

“如你所说，我是你的……半个父亲。如果你跟我还有半点儿恩情，证明自己跟K.T.不一样……”舅舅在这里停顿许久，长时间说话带来的能量损耗又让他几乎消失。

“那么，”春聿帮舅舅补充道，“你就要听你舅舅的话，去搞清楚K.T.到底想干什么。他是从市剧院诞生的人，但我们没有禁锢他。他想离开，我们不阻止，毕竟他和其他自愿进来的演员不一样，我们之间没有任何协议。但现在，他忘恩负义，他的行为即将威胁到市剧院的稳定。”

“我不知道他到底有什么计划。我听说他是个盲人。他是怎么离开市剧院的？”

“被人带走的。”

“带他走的人在哪儿？”

“沙门寺。沙门寺里的僧人原本都是市剧院的演员。但他们违反剧院的协议，逃了出来，还带走了K.T.，来到废弃多年的沙门寺后，对其进行修缮翻新。谁知道他们是真的潜修佛法，还是在用僧人身份为自己做掩护？我们目前只知道，K.T.跟沙门寺的僧人在策划什么。至于具体计划，我们需要你的协助调查清楚。”

我想起那个遥远的童年午后，我迷路经过沙门寺，从僧人口中得知山魈面目。故事的伏笔，似乎在我童年时就已经埋下。

“像你这种——自我定位不清楚——的孩子——需要正规的——人生导向。”舅舅再次说话了，他试着把每句话分成一个个小节，避免中途因为过于费力而再次消失，“等事情——办妥——离开你妈——来市剧院——你会在舞台——拥有一个坚定——明朗的——未来。”

“就连佛祖门下众多的弟子，都有其故事渊源，有其角色性格，哪怕是虚构的。”春聿插话，“也正因如此，虔诚的信徒才能在佛身上找到尘世的感悟。比如佛祖割肉喂鹰，让人们懂得了大爱无私。市剧院的角色同样如此，观众需要在个性鲜明的角色身上找到共鸣。这才是艺术的力量。虚无和混沌是我们的敌人。”

可见时至今日，在他们眼中，我仍是一团无法定形之物，是虚无和混沌。

“我们就这样说好了。”春聿说，“如果你不放心，我们可以签一份协议。”

“协议就免了，省得留下证据。要是让帝国旅店的人知道了，我估计没什么好下场。我这么做只是为了报答舅舅。”

“你能这么想就最好了。在大是大非面前，要懂得做判断。”

说完，他们起身要走。那些流浪者继续烤火取暖。我们的谈话对他们来说，似乎只是耳边风。舅舅离火炉越远，形体就越模糊，在他彻底消失前，我问：“你不去看看我妈？她就在附近。我是说，她就住在旅店里。”

“最好别。”春聿替舅舅回答，“线报还说你妈在里面找了份工作？这等于投靠了他们。我们不能冒这个风险，也是为了避嫌。”

“到底是谁给你们线报的？”

“这点无可奉告。我们自然不止你一个卧底。”

“舅，你怎么想？”我总觉得舅舅是被控制的傀儡，在我眼前的甚至根本不是真正的他。现实中他可能早已经死了，或者跟市剧院根本没有关系。

“孙先生，祝我们合作愉快。”舅舅最后回答。

雨停后，除了火炉的噼啪声，工厂一片阒静。我按原路返回栖息地。在栖息地大街上，我看到一个招聘摊位。招聘方竟然是市剧院，上方还拉了一条横幅，写着广告语：“找准角色定位，塑造艺术人生。”经过摊位时，招聘人员看着我，问我要不要来应聘。“你觉得我适合演什么？”我问。招聘人员左看看，右看看，回答：“唔，还不好说，得具体看看你的过去。”他们似乎不认识我，但也许在假装吧，我在市剧院做回忆录报告的事，他们绝不会不知道。除了我，没有人在摊位前停留，哪怕只是路过看一眼。当然，我知道市剧院的目的不在于此，他可能是来监视我的。我朝帝国旅店的方向走去。在回去路上，我与脸色忧伤的马谟擦身而过，好像撞入一团阴云。

“你去哪儿？”我问。

“回家。”

十三

“他是一条爬虫？不可能吧。”母亲说。她收拾工具，穿戴好围裙，准备到苹果园去清洗鲸骨。鲸骨让她看到了世界的复原力。

“你还说爸爸是一只山魈呢。”我说。

“是啊，我怎么会说出那样的话？但不是不可能。”妈妈说，“老板对我们有恩，我们要当面道谢。”她穿戴整齐了，在镜子前整理自己的衣着，有模有样的，仿佛真的有份什么正式的工作在等着她。“你最后还是回来了。”

“你说得对，老板对我们有恩，我怎能一走了之？”

“这地方让你学会了做人的基本道德，懂得感恩。”妈妈拿起工具出门去，像一个外出日常劳作的普通农妇，只是那片农田在她身体里，别人看不见她的收获。

关上门前，妈妈又回头说：“那天我好像在苹果树上看见了山魈。”

“你没看错，那确实是一头猿猴。”

“我喜欢这里，真像个动物园。”

“我是说——”

“我知道，山魈是一头猿猴，我们本来也是猿猴嘛。”

听到她这么一说，我便知道，妈妈不仅没有反思，而且仍然深信不疑，只是她的生活重心早已不在此罢了。我那么努力地使她相信，这世上不存在梦中的山魈，有的只是一种人为地将其命名为山魈的猿猴。但最终的效果似乎是使她更进一步地确信，山魈除了拥有神性，兽性，还拥有一部分人性。不是我们通常讲的“良心”，毋宁说是人格吧。故事逻辑在她的世界里得以维持下去。

我身体的一部分没有走出鹿岛的风暴之夜，也许死在了雷击下，也许留在了镜庄。在那里，我的悲痛就是众人的悲痛，谁也不会独自承受痛苦。从那里走出来的我，又常感到希望全无，需要一次攸关生死的行动来填筑内心的堡垒。这个时代的战争早已结束，易德叔叔有幸奔赴过战场，在灵魂深处留下巨大创伤，腰部的伤口是他值得铭记一生的荣誉勋章，他的痛苦是鲜明而具体的，他的荣耀是瞩目的。我从空虚而来，本身带着秘密，当然不愿又以空虚的姿态而去。连妈妈也找到了属于她的事业，虽然荒谬，但至少走出自戕的境况。我不该破坏妈妈的生活，只是一想到漫漫长路的后半生，心里便多出一份哀愁，竟要以这种身份在这种地方自欺欺人地生存下去，还要努力活得真实，活得有血有肉。我必须与老板见面，心中也已有了计划，带着目标度过未来的每日每夜，能让人稍感安心吧。因此，我越加肯定自己作为间谍的必要性，间谍的身份如今看来更接近一个侦探，是为解决谜团而催生的职业。

现在我应该称帝国旅店的老板为K.T.。第一次与他见面，他是一条蝾螈，第二次见面他又会是什么形态呢？这难以确定，也无从知晓他目前的藏身之所。阮儒是一个信使，是我进入旅店以及后来促成我与K.T.相见的中间人。要再次找到K.T.，想必还需要他的引导。相比之下，宁芙更像一个占有欲极强的守卫，守着K.T.，又莫名其妙地眷恋着他，企图把他藏起来，锁在无菌的玻璃箱里。众所周知，K.T.并不是一个会去爱别人的男人。宁芙执拗且孤傲地缠在K.T.身边，像是一厢情愿。只要想想自己跟K.T.是一类人，我便能理解他那种无爱的自我。爱并不是天生的，那是一种二次发育而来的能力。但世界给我们设置太多的谜团，我们不得不把能量都用在解决原生问题上，没有多余的能量去发育出爱的能力。我想起对宁芙充满狂热痴心，却因为得不到她而要卧轨自杀的禹。因自身的迷惘，或因他人的介入而衍生的种种麻烦，是催生世界真理和神秘的必要元素，正如答案是基于问题而产生的。这也意味着我的诞生也是有因可循的。难题在于，为了探明自己诞生的真相，求索一生，这个闭环在外人看来是多么无聊又是多么缺乏价值啊——人难道不是应该向外，亦即向外部社会输出自身价值吗?

我作为一个间谍，假若协助市剧院最终以某种方式摧毁了栖息地，摧毁了帝国旅店，那么我将在何处安身？梦境、幻想和自我，只有在栖息地那些从现实世界中派生而来的街道上，才被允许以合乎法理，又合乎道德的形式存在。虽说市剧院会为我提供一个舞台角色，但这跟进监牢无甚区别。我毕生追求真实人生，到头来怎么能落到以虚构角色的身份度过后半生的下场？这次间谍任务，我必须慎重，拿捏尺度，一方面搞清楚K.T.的计划，从他口中套取关于暗子的秘密，另一方面在得到市剧院掩护的同时，又不至于落入他们的掌控中。这才是名副其实的双面间谍。我即便仍是一个无名者，但决心不再成为一个愚蠢纯洁如羔羊的被欺诈者。

仿佛是受着某种心灵的感召，我一下楼梯就撞见了阮儒，问他要去哪里。

“没有什么地方要去，只是突然有种感觉要来这里走一走。刚才还碰见了你妈妈，她的精神看起来好多了。”

每个时期，她的精神状态都有一段时间看起来不错，像是回光返照，是短暂的繁荣，然后迎接她的是另一次内部的灭亡。闲话少说，我要阮儒带我去见老板。

“当然，这是我的职责所在。”阮儒说，“但我还是有点儿担心马谟，他的状态越来越差了。如果你不急，不如同我一起去看看他？”

“恕我直言，去见老板这事比较紧迫。”我说。

“好，随你。其实老板就在苹果园，你到那儿去就能见着他。不过你得赶快，他通常不会在白天出来，阳光对他没好处。不是所有生命都需要太阳。”

我从楼梯平台的窗望出去，今天乌云密布，阳光晦暗，天空仅有的微光似乎是从仓库白色的顶棚反射出去的。阮儒的眼神略显隐忧，我想自己应该尽朋友的道义，陪他去一趟，于是说：“好吧，我陪你去，但早去早回。”

我们三个的关系早已不同于市剧院时期，他们两个仿佛变成了另一个人，连名字都是新的。我所熟知的，只是他们的模样，但他们的模样也因为个性的变化，而有了不一样的气质。在市剧院，我对他们抱有厌恶和抗拒的心态，现在我很难再以相同的心态对待他们。在这里，阮儒是一个信使，不是一个撒谎成性的家伙。倒是马谟显得很可疑，他还在摇摆不定：他是一个无情的杀手，还是一个整日哀伤，灵魂流离浪荡的男人？或者两者皆有。他正处于崩塌的边缘，或许将带来无法预测的危险后果。

“谢谢你。”阮儒说。“你怎么非要别人陪你去？”我边走边问。“大概是因为害怕吧。”阮儒面无表情地说，“马谟，他……怎么说呢，有点儿古怪。我担心一旦发生什么事，自己不知该如何处理。”“你们以前不是足智多谋、无所畏惧吗？”“别嘲笑我了。那是剧院生活带来的幻觉，我们原本可不是那样的。”“假作真时真亦假，怎么也有点儿真实成分在里头。”“偷偷跟你讲……”阮儒煞有介事地停住脚步，面向我，“我有时怀疑回来这里是不是正确的？因为经常感觉不到自己的存在。信使——说到底，只是一个工具，好比是一个邮件包装着别人的货物和信件，自己本身其实是空荡荡的。还不如在市剧院演个什么角色来得充实，好歹不用多做思考，剧本都为你写好了。”“有道理。但你这番话在这里会被认为是叛变。”“我们还是不说为好，走吧。”阮儒压低声音说，“隔墙有耳，看到那朵花了吗？有可能是一个卧底变的。”“你真的不知道老板的计划？”“真不知道。说不定根本没有什么计划。不过还是那句话，也许是因为我是个信使吧，只负责通风报信。在消息需要传递出去前，我是一无所知的。”

此刻妈妈和老板都在苹果园，她肯定会比我先见到老板的真实面目吧。我见到的K.T.是一条卑微的爬虫，而妈妈见到的K.T.却是人人崇拜的高贵的人类。一种突如其来的嫉妒开始折磨着我。我恼怒又不甘，微微地叹了一口气。

“为什么生闷气？要是不想陪我去，你大可以先离开。”

“没这回事，你多心了。”

“好吧。我最近变得太敏感了。”

我们进入的又是全新地带，顶棚乌黑发亮的仓库被火烧过似的，组成了白昼之下的黑夜世界。每个角落都有艺术家在进行奇怪的行为，制作奇形怪状的艺术品。但被成为间谍的那种强烈的激情攫获的我，对他们已兴味索然了，只有隐秘、梦幻和未知的冒险才能让我与这个世界产生结构性的关联。自从春聿说帝国旅店里有他们的卧底后，我便对身边的人格外留心，留意观察他们的异常行为。但帝国旅店里的人看起来都与所谓的正常不沾边，很难设定一个判断标准。

市剧院的日子仿佛是我未成年的学徒生涯，在整个庞大的机构里学习、考试、塑造自我。帝国旅店是我从学校毕业后进入的另一种意义上的社会。市剧院这座学校，还为我安排了一份工作，成为社会的卧底。凯旋之日，我将回到学校去，为其服务终生。在未成年和成年之间，存在一个焦灼混沌的过渡阶段，我像一个工具那样被利用、教唆和指使。在我决心成为学校和社会的双面间谍时，这个身份让我突然成熟了。我似乎掌握了自己的命运在此两者间的权重，充满了斡旋的愉悦。阮儒当初和马谟逼我为他们作弊，记录他们的故事，是仗势欺人和不公平的，而现在，他开始真诚地希望我能为他提供帮助。我没有理由拒绝这份被需要的满足感，也是我作为一个成年人所能发挥的作用。我的人生导师始终是我的母亲，尽管很多时候她把我引入了歧途。

阮儒带我走到仓库后面无人管理的林间，穿过一片到处挂满生锈铁丝网和钢架的荆棘丛，带刺的藤蔓和铁器卷缠在一起，黑绿相间，捆成一股诡异的绳索，如青蛇与黑蛇在交尾。我们小心穿行，以免被划伤。帝国旅店的范围比我想象得要庞大得多，在通常无人涉足的黑暗潮湿之地，存在一个在肉眼视野以外的空间。四周明明只有一堵围墙，沿着它你可以走完整座旅店，但当你深入其中，才发现里面的空间其实被折叠起来了。折叠起来的部分是工厂仓库那些残余记忆的顽固投影，没有因为改建成旅店而完全消失，如残兵孽党在暗处默默滋养，额外增加了许多幽深地带。这种地带，这种空间，是由抽象的时间和记忆组成的。我们头脑中的幻觉体积，绝对比容纳它们的这副身体要大，如受热的空气最终会撑破储存它的容器。我在市剧院报告的回忆录，即使是经过过滤和加工的，可是讲述它们几乎超出我体力的极限。假若我最终成为一个靠想象度日的人，一个靠稿费生活的小说作者，在无尽的虚构的岁月中，我的身体是否有足够的耐力，去装载储存那源源不绝的想象呢？

“你是否会觉得市剧院在你身体里植入了一个新人生？”我问。

“无妨吧，也算是一次新体验。”阮儒回答，拨开前方的藤蔓，弓着腰艰难前行，“有时我会违背职业道德偷看客户的信件。我最爱看的有两类，第一类是情信，第二类是密函。阅读情侣每个月的情信来往，我好像也陷入了热恋中，那些甜腻的情话像是对我说的。密函呢，讲求语义简约和暗号破译，我不是这方面的专家，只能瞎猜，但偶尔能猜出一些信息碎片来。”

“这么说，老板应该也有密函？”

“像他这种满腹心事的人，有也不奇怪。”他露出提防的神色，打马虎眼。

“那你肯定猜出什么来了。”

“好吧……我之前说不知道他们的计划，原因是我不敢确定。他们好像……要建造一个什么东西？就在须弥山顶上——你知道，老板是个雕塑家，这搞搞那搞搞的，很寻常，跟秘密计划什么的估计没关系。”他为自己说太多话而发慌，不断地淡化“建造一个什么东西”这件事的特殊性。

“秘密的外面总会有一道障眼法。”

“话说回来，市剧院对马谟的影响有点儿超出预料了。看，我们快到了。”

阮儒故意转移话题。前方除了密密匝匝的藤蔓和生锈的钢铁，便是满地垃圾，天空也被遮蔽了，我们像走在恶臭阴暗的下水道里。一股浓烈的腥臭味笼罩着四周，与其说是下水道，还不如说是尸坑。这里是一个取材于大自然的活生生的棺材，会继续生长。铁丝网上的锈迹越来越厚，剐蹭在衣服上。我发现质感有些异常，用手指擦了一下，抹开，黏糊糊的，还有股臭味。是血迹。不仅如此，有些明显是某种肉碎残躯之类的物质，在铁丝网上垂吊着，但尚看不出具体是什么。越往荆棘丛深处走，那些残躯便越明显了，臭味也就越令人难忍。在那上面挂着毛茸茸的腿，或者爪子，偶尔会有半个小兽的头颅，被撕裂的眼球流出红白色的浆液。

“马谟怎么会在这种可怕的地方？他不害怕吗？”

“人怎么会害怕自己的创造物？我才感到害怕，所以才叫你来帮我劝劝他。”

“看来杀手回归了。”

有猫叫。还有犬吠。不安的抓挠声。笼子。挣扎。撕咬。在拨开最后一道荆棘屏障前，我听到的声音很快在脑海中构成了一幅骇人的画面。马谟在茂密的树林里开辟了一片空地，但这里不是露天的，上空有一个由荆棘和铁丝卷缠而成的穹顶。闷热，黯淡的阳光从缝隙落下来，影影绰绰，若不仔细看，还以为这里搭建了一个植物温室。说是温室也没错，只是马谟养殖的不是植物，而是可怜的动物。空气腐臭，四周有许多笼子，充斥着动物绝望的低吼。

天空如此晦暗，我想努力看清马谟的表情。他拿着小刀，坐在一个笼子前。笼子里有一只臭鼬。见到我们闯入，他马上紧张地站起来，拿着刀子对着我们。阮儒立刻说：“兄弟，是我。圣西也来了。”

“一律处死！”马谟说。

“好吧，你在做什么？”我问。

见我和阮儒无动于衷，他慢慢冷静下来，拿着刀子继续对着臭鼬比画，说：“我在练习杀戮。”杀戮和杀鹿都不是件容易的事，易德叔叔曾这么说过。“杀猫，杀狗，很简单。但这玩意儿还会喷臭气，不好下手。一个完美的职业杀手应该干净利落，不留一点儿痕迹。”

“你不是杀手。”阮儒说，“你跟我一样也是个送信的。”

“呸！你一个送信的有什么资格跟我相提并论？”马谟骂道，“还有你——”他霍地用刀尖指向我，“无名者一律处死！”

“你这样说对我不公平。”我辩解道，“那都是市剧院的陈年往事，是他们给我们强加罪名。”

“口出狂言，盲目无知，自我放逐，才是你们这类无名者的罪名。”马谟说。他朝着笼子连续猛踢。臭鼬唧唧呱呱地叫，射出淡黄色的液体，让这里充满地狱般邪恶的异味。“恰恰相反，市剧院大发善心，为社会上那些失去自我，对原本人生不满意，终日空虚的浪荡子，提供了一个安身立命的场所。帝国旅店，花天酒地，无所作为，无所追求。哼，简直是虚无主义的大本营。”

“那你应该回去演戏啊。看你自己这是干吗呢？”阮儒问，“演一个杀手，需要动真格吗？你太较真了。”

“实践出真知。说不定我原本就是一个杀手。你看，杀戮让我感到愉悦。”马谟指着那些挂满铁丝网的黑乎乎的尸块说，“技艺还需要磨炼……被你们看到实属不该。”

“药水摧毁了你的记忆和认知。你原本也是一个信使。要不然老板也不会派你和我去市剧院把圣西接到这里。”

“药水也摧毁了你的大脑。”马谟反驳，“你有信心自己一定是对的？”

阮儒迟疑了。

此时，乌云变薄散去，更明亮的阳光冲破穹顶的遮挡，照亮这个半球形的邪恶空间。我更清楚地看到，挂在铁丝网上的是各种动物尸体，显然，阳光下的罪恶看起来比想象中的来得更骇然。剥去了毛皮的猫尸、犬尸，以及瘦骨嶙峋的鼠尸，被钉在铁丝上，原本雪白的脊椎和脊髓被抽出来，如发黑的珍珠项链般整齐地挂在荆棘上，覆盖着苍蝇蚊虫。但尸体上的切口粗糙，手法不专业，特别是老鼠这类小动物，处理起来更考验屠夫的功夫。对于马谟这个尚未完全觉醒的杀手来说非常有难度，因此，鼠尸经过粗暴而缺乏耐心的剥皮，变得零零碎碎，裸露的黄色门牙丑陋地龇着，宣泄一种以这种不洁净的惨状死去后的不甘。不安以实体的形式存在于此地。

“无名者！一律处死——处死……”马谟又露出哀伤的神色，语气在愤慨和无力间不断来回变化，“无名者……一律处死……你们下次来看我，我会处理得更完美。但你们还有下次机会吗？我们势不两立。”

“想不到市剧院有这么大能耐把一个人逼疯了。”我说，“它的管理办法非常有现代性。”马谟是不是市剧院安插在帝国旅店的卧底？马谟那天说回家，很可能是到市剧院的招聘摊位去了，不知听信了什么，思想被渗透，他的行为看起来像是临时被激发的。

“是的。”阮儒不情愿似的承认，“我确实有过跟马谟相似的想法。但目前，我还不能做一个叛徒。”

“看来你也曾经有所动摇。”我说。

“别中伤我。再说，在这件事上，你根本没有立场可言。”

“我的立场就是我自己。”我说，“我既不会站在市剧院那边，也不会站在帝国旅店这边。”这是身为双面间谍的原则。我为自己一时口无遮拦感到心有余悸，希望阮儒这个精于语言的人没有从中读出什么信息来，于是自作聪明地补充道：“我是说——我想得到的东西无法在这两者上实现。”

“你想得到的无非是一个父亲。照我说，父亲是一种邪恶的形式，母亲更是愚蠢的育儿袋。”阮儒讥讽道，“时至今日，你还在追求这些低级趣味。帝国旅店的人何曾谈起过什么父亲、母亲、家庭、亲情之类的廉价玩意儿？即便存在一个父亲，那也是艺术层面的，是精神层面的，也就是我们的老板。你应该是最了解这点的人！在你最无法接受山魈是你生父的日日夜夜里，是韦驮菩萨拯救了你。你的故事人人皆知。”

“你们不曾遭受这种屈辱，是因为你们的父母早就在你们的故事里死掉了。”

“不管在现实还是形式上，他们都死掉了，所以我才了无牵挂。”阮儒说。

“一个无名者，一个叛徒，都该处死。滚吧！”马谟口中爆发的字词充斥着残暴和愤怒的情绪，然而那都只是悲伤的产物。我对他莫名地心生怜悯，也许因为在他身上，我看到当初对于成为无名者而充满恐惧的自己，被一种彻底的不自信和自我羞辱夜以继日地熬煮的自己。在已经不那么在乎这些罪名的今天，我有种高高在上的心态，灵魂足以凌驾在马谟之上，审视他这一系列愚蠢，微不足道，也终将成为笑话的行为。

马谟被我们的对话惹得不愉快，举起刀子，赶我们离开他的杀戮训练场。我恨不得立刻离开这个恶臭的邪恶丛林，但笼子里的小兽发出凄惨的叫声令人不忍心抛下它们。我关心动物的命运甚于人类。但我大发慈悲很可能会招致杀身之祸，于是敦促阮儒离开。阮儒也不再多作停留，和我一起走了。身后传来唧唧呱呱的叫声。我没有回头看，分不清那到底是马谟的骂声，还是笼中物的惨叫。

潜藏在帝国旅店的卧底到底是谁。马谟显然过于激动，丝毫不掩饰，不像卧底，更像是一个明目张胆地变节的人。阮儒态度暧昧，虽有嫌疑，但不足以下定论。我们走出荆棘丛林，回到宁静的仓库外面。天已放晴，阳光普照，这里只有阳光暴晒顶棚时发出的细微哔剥声。看着顶棚上那些随云层变化而来回移动的树荫，我突然意识到，是的，卧底是一个变量，是一个时刻在阴阳交界上来回变化的身份。只要市剧院存在一天，作为对立方的帝国旅店，里面每个人都存在变节的可能性。两个物体相互摩擦，更容易失去电子的一方将带正电，得到电子的一方将带负电。谁将失去内部成员，谁又将得到对方的成员？要投身可靠稳妥的现实，还是皈依艺术王国？我不认为自己正面临着这样一种两难的选择。大概因为无名者不需要一个可靠的立场吧。见风使舵，顺水推舟，才是我的处事手段。

望着这明亮的天色，我担心K.T.已经离开了苹果园，应该立刻动身去苹果园，但不知为何踌躇又涌上心头。一个曾经日思夜想、苦苦追寻的人，竟然这么容易就被找到了，我忽然觉得，这是缺乏仪式性的，也不够庄严。我长久期待的，是一种宛如天神下凡，神光普照的场面，而现在我只要迈步走向一个平平无奇的苹果园，就能与其相见，简直是对奇迹与神圣的侮辱。阮儒问我怎么还不走，如果到时老板不在了，可就不能怪他了。他大概不会理解我的难处吧。因为一个信使的使命，是即便道阻且艰，也要日夜兼程地把信件送达。但寄信者的真实心绪，是他无法精准地体验到的，哪怕他把每封信都拆开来读，深深地沉浸其中，也无法做到。

“我送你去吧。我可不希望你在老板面前投诉我，说我不称职。”

“不必，我自己去。你还是回去看看你的兄弟吧。”

“好吧。”他挑挑眼眉说，然后假装不以为意地点点头，转身就回到那片恶臭的荆棘丛林中去了。谎言和杀戮总是成对出现的，如影随形。阮儒走后，我在附近转悠了好久。说是转悠，其实根本没心情去看风景，往苹果园的方向走几步，又往回退更多步。直到天色越来越明亮，仿佛再也不会有黑夜似的，在认为K.T.很大概率已不在苹果园后，我才走回去。当初我一心想见K.T.，却困难重重，现在机会摆在我眼前，我又舍弃了。我对K.T.的印象还停留在他是一条爬虫上。身后的荆棘丛林里升起一阵鸦啼，但看不见它们掠过的影子，有种悠远隔世的氛围。

无尽的烈日在苹果园的草地上蒸起了一层微白的浪，艺术家就算有再厉害的心灵，身体也无法忍受这种炎热。放眼望去，苹果园空无一人。除非他们变成一株耐旱的沙漠植物吧。事实上，帝国旅店里的艺术家已经不怎么热衷变形了，至少变形的次数大大降低了。我见过最喜欢的变形的人是一个热爱搞泥塑的艺术家，为了更好地完成作品，在动手制作前，他通常会先变成那件作品，以自身体验尚未被制造出来的空间构造和线条肌理。不过他年轻时吃过牢饭，原因很简单：贫穷。倒不是没钱就得坐牢，而是他没钱买泥塑材料，于是变成一只老鼠，溜进商店里偷材料，不料被老鼠夹捉住了。在店家准备打死老鼠形态的他时，他才承认自己不是一只老鼠，最后以人的身份被拘留了一段日子。离开拘留所后，他对现实生活彻底失望了，腿也瘸了，来到栖息地，在帝国旅店住了下来。他的手工艺没法谋生，在这里吃喝不愁，可以大搞创作。如果你在这里看到一匹瘸腿的马正跟别人交谈，不用怀疑，那匹马就是他，即使他变成了一朵花，花也会莫名其妙地流露出一种难以名状的瘸腿的姿态。心灵首先在身体上呈现了自己。

然而，最近一连几天，他望着天空发呆，只有在其他艺术家经过时，才怕丢脸似的嘟嘟囔囔地说，他在构思一个伟大的作品，然后把自己变成一尊奇形怪状的泥塑，却给人一种烂泥扶不上墙的颓废。不仅是他，其他艺术家也如此，一系列创作停滞了，只在表面上维持着热情。一入夜，死寂与黑暗降临时，他们才得以喘息似的，彻底自暴自弃，什么活也不干了。正如我之前所认为的，艺术的思索不过是某种痴呆和无聊的表现，一旦被现实因素介入马上原形毕露。连那些以前一周内变换好几回的房间，也长时间维持着功能和模样不变。

唯一可疑的是市剧院，它的渗透似乎影响了这里长久以来艺术至上的氛围。“别再变形了！去追求一种确定的人生吧！去为观众提供廉价的笑料吧！让他们花费最小的力气，去体验艺术的真谛吧！只要不断地强调，用同样的调子去渲染，他们会打心底里认为这就是艺术！”思及此，我对卧底的身份有了进一步的想象，那不是某个特定的人，而是思想瘟疫，在空气里传播，在灵魂里增殖。我是唯一对此免疫的人，因为无名者不需要立场。

这是午后最热的时候。

搁置一旁，无人看管的鲸骨，孤零零地接受烈日烘烤，臭味已经成为这里最平常的味道，让人觉得这片绿油油的草地下面其实填满了尸体。它还保持着最初送进来时的模样，姿势顽固，昂着头，翘着尾巴，形成一个下弦月的弧度，从来没有被改变。这就是世界的复原力之所在。天空上飘浮着鲸鱼的灵魂残影，大概是腐皮烂肉中被烘烤而出的水分在天空上凝结成那云烟般的轮廓吧。此时，我能从死亡中读出美来，一种不再受活着的意志唆摆的美。死亡有它自己的意志和立场。

微白的热浪拥有真实波涛那样的波峰浪谷，每处的颜色深浅不一，能够遮挡前方某种色泽接近透明、材质与热浪相似的事物。浪谷出现时，我才能清楚地看到前方被隐藏起来的事物。恰好在某个浪谷，并且在我往左挪移了一个小角度后，我看见了妈妈。她像一个二维的纸片人，以一条线似的侧面正对着我，令我一直没有注意到她刚才长时间地站立在苹果树下。她正仰望着树冠上的什么东西，身体近乎透明，被烘烤得像一团挥发的水分，形体难辨。说到底，她缺乏鲸骨所代表的那份世界的复原力。她本身便是残缺的代名词，所以才迷恋看似千年不变的鲸骨，如同黑山老妖吸取人的精元，以求容貌的青春永驻。

妈妈也学会了变形，变成纸片人。她用这种偏门的方法隐藏自己，以免其他人打扰她长时间地着迷于某种观望的状态。我也不由得小心翼翼起来，朝她走去时，担心踩在草地上发出的碎音会对她造成干扰。我还是叫了她一声："妈——你在——做什么？"声音被正弦波状的热浪解析后，听起来带着嘈杂的电子质感。这种电子质感的声音，带着众多凹凸不平的毛刺，在妈妈四周封闭的包膜中刺穿了一些小孔，往里面注入空气似的让她的身体逐渐膨胀起来，开始变得立体。现实世界正慢慢汇入她的空间。她回头望着我，用眼神示意我安静，悄悄勾起一根手指，喊我过去。

"你在看什么？你刚才见过老板吗？"

"你没看见这里没人吗？"妈妈仍盯着树上的什么东西出神。

我站在离苹果树还有几米的地方，无法从底部望向树的内部。我之所以不走近，是因为仍觉得那个空间不属于我。但妈妈此刻观望的东西，此前我已经见识过。

“圣西，你看，是山魈。”妈妈带着一丝好奇，和不可言喻的幸福，似乎这种动物给予她长期失落的、无法确证的精神世界以一种强大的支撑。可我更愿意相信，使妈妈感孕的是梦中的妖物山魈，而不是一头灵长类动物。科学摒弃了后一种可能，只有无法确证但又难以否定的前者才是这世间的神秘源泉之一，分裂出众多可能性的支流，又汇聚成大川大河，奔流入人类的意识之海。

“过来一点儿。”妈妈又说。

山魈比我上次见到的体型要小得多，也没那么神秘可怕，甚至像一条温驯的狗。它蹲在最粗壮的那根树枝上，捧着一个苹果咀嚼个不停。在明亮的天色下，山魈脸上的蓝白色条纹异常夺目，依然给人一种美丽神秘的震慑。我难以想象这世界上竟会存在这样一种带有蓝白红三色的哺乳动物，仿佛是往脸上涂了油彩的部落土著，而在宽阔、毛发颀长的头颅上，五官具有浮雕一样的艺术立体感。跟其他的灵长类动物相比，它多么鲜艳又另类。我靠近一步。山魈立刻龇牙咧嘴，露出发黄的獠牙和凹凸不平的暗粉色的牙床，刚才那种高贵独特的生命之美，转眼间被凶恶丑陋的气息覆盖了。

咀嚼苹果时，它那两只诡异的小眼珠不是盯着手上的食物，而是看着妈妈，又不像在好奇地打量，更像在凝视，在深层迟疑的思索中。我一时不知该说什么。趁此机会，我可以和妈妈就某些悬而不决的问题进行一次探讨。

“这是你梦中的山魈吗？”

“当然不是！我在这里看着它，看了好久。它也看着我。我好像从来没有这样跟另一双眼睛对视。但我心里还是有点儿害怕。”

“毕竟这种动物是很凶残的，会吃肉。”

“我害怕的不是这个。你相信意念的能力吗？这个问题，我想了很久很久……在蒲松龄的故事里，山魈是幻想出来的妖物。但我相信，古人在某个幻想时刻，在梦中，曾见过恐怖的山魈。为什么现代人要给这种猴子起一个相同的名字呢？是因为它的脸吧。正因为相似、象征、替代，也因为人为的命名，让另一个空间的山魈在这种猴子身上呈现了它的意志，实现了原本不可能的沟通。这就是为什么祭拜韦驮菩萨的佛像，我们会感受到被保护的力量，不就是因为佛像是一道桥梁吗？连接另一个世界。是的，是桥梁，是媒介。所以，我看着这只猴子，有那么一瞬间觉得山魈也通过它的眼睛看着我。”

“意念的能力？”妈妈的说法令我吃惊，但我还是要泼她冷水，“这不就说明了，只要你停止胡思乱想，日子就不会有那么多无中生有的怪事啦？”

“我实实在在地梦见了山魈，而你又实实在在地出生了。”

我不能认为妈妈在狡辩，或者编造借口，她对此肯定是深信不疑的。那么，我要如何才能跟妈妈毫无顾忌地谈起在这之中存在一件她不知道的秘事，有一个她所不知道的男人，对她犯下了性的暴行呢？那些被掩埋的、被遗忘的羞耻和屈辱如鲠在喉。但妈妈的话从另一个侧面向我暗示也许真相就在不远处，正如她说的，作为妖物的山魈通过猴子的眼睛盯着她。同理可得，那个以山魈作为象征的始作俑者，那个多年来隐而不见的父亲，此刻也正在我们身边吗？这是一个惊人的推理，但这种推理同样出自妈妈所讲的“意念的能力”，它的逻辑是异想天开的。想要这个逻辑成立，那么我们身处的世界也必须是由“意念的能力”创造的。

一个东西砸在我头上。是一个吃剩的苹果，是山魈扔下来的。山魈的模样像个衰老的智者，隐居山中俯视众生。回到现实来，那不过是一头灵长类动物，但正是这种近似人脸又并非全然是人脸的面容，只要稍微摆出接近人类的表情，你便会觉得其中大有深意，甚至会感受到超越理性的神秘。砸中牛顿并使他开悟的苹果，或许也是这么一头动物扔下来的。

“它是不是有什么指示？”我问。

山魈往下层的树枝爬下来一点儿，向我伸出一根皱巴巴的手指，关节上带着几根稀疏的刚毛。我很自然地想起了几个世纪以前，那个跟K.T.同样是搞雕塑的艺术家米开朗琪罗，他的那幅天顶画《创造亚当》：上帝与亚当手指对触，传递智慧之光。当然，将此刻的场景跟那幅原画做类比免不了有点儿辱没原画。山魈绝不会僭越阶级成为上帝。

“你给点儿回应吧。”妈妈拽我的衣角。

我只好伸出一根手指，与山魈的手指对触。它立刻在我手臂上狠狠地抓了一下，留下几道浅浅的血痕。它很快回到上层树枝去，发出几声不怀好意的怪叫。我忍无可忍，捡起地上的苹果朝它扔过去，砸中了它的脑门。山魈估计没想到我会反击吧，暴躁地摇动树枝，然后从高处扑下来，重重地压在我身上，张开血盆大口，露出两只锋利颀长的獠牙，对准了我的喉咙。妈妈被吓得不知所措，她儿子可能会因为她鲁莽的教唆，而死于凶残的动物獠牙之下。我处在一个离死亡特别近的状态，只要它的獠牙刺入我的喉咙，那我将毫无疑问地死去。这头沉重暴怒的野兽正用它的身体将我死死地封锁在泥土上。我凝视它因为暴怒而挤成一团的五官，那蓝白色的条纹仿佛上空凝结的云层，红色的鼻子是从云层后露出的旭日，甚至它的獠牙的弧度看起来也有弦月的美感了。

我的视线在千分之一秒里，停留在苹果树的某一片叶子上，叶脉在缓慢地熠熠发光。我第一次在感到恐惧的同时，却又在黑暗的思想深处觉得，此刻被死亡捕获有一种可以安全地把身心交予死亡的释然。要不是被压得喘不过气，说不出话，我甚至想安慰妈妈别害怕，我已做好迎接死亡的准备。妈妈在一旁无计可施的狼狈样，比抓耳挠腮的猴子更像猴子。经过最初的那阵惊吓后，我已经不那么害怕了，能在这里饲养的动物估计受过训练，不会真的置人于死地吧。山魈只是在装腔作势，龇牙咧嘴，嚎个不停，但我不想表现得太冷静，因为我打算趁此机会惩罚妈妈，让她知道她的所作所为不是完全正确的，甚至会招致死亡的威胁。于是，我有模有样地发出几声惨叫，而这还得有赖于我在市剧院生活的经历，吸取了表演经验。被我吓坏的妈妈躬着身，拜佛似的——应该说是在求饶叩首，要这头野兽别咬死我。

“回去！”在不知该怎么收场时，一阵喝止声传来。山魈立刻从我身上跳到树上去，将我的身体当成起跳板狠狠地踩了一下。见此状，妈妈躬着的身体终于松弛下来，无力地跪下，半侧身坐在草地上。前来喝止山魈的是阮儒，看来他安顿好了他的兄弟，现在又来帮助我脱难。但我希望他能来得晚一些，好让妈妈继续受折磨。事后回想起来，我感到非常后悔，甚至有一点儿羞耻，倒不是因为借山魈惩罚妈妈一事，而是为当时轻视自己性命的想法感到后悔和羞耻。我竟然那么轻易地就接受了死亡。我绝不能死在一头野兽的獠牙下，更不能在这个关头随便伤害自己。我认为自己活着有更重要的使命去完成。

“马谟怎么样？”我问。

“你还是多关心自己吧。你不该逗它，动物本性是凶猛的。”阮儒说。

这场骚动明明是妈妈引起的，但看着她惊魂未定的模样，我没有当场揭穿。毕竟在外人面前，她仍是我的母亲，我必须敬重她，当一个孝子。

“它怎么会在这儿呢？”阮儒对着山魈打手势，山魈也嘀嘀咕咕地回应着。我无法理解他们交流的内容，但可以肯定山魈是这里某个人饲养的，只要找到它的主人，那么真相就能在他身上寻获吧？

“它不会是你养的吧？”

“这是老板的导盲猴。”阮儒回答，“你应该知道老板是个盲人吧？双眼看不见东西，他要靠这头猿猴领路。它怎么在这儿呢，老板肯定迷路了。在这热辣辣的天气迷路，他会被晒死的。阳光对他来说等同于毒药。”

“老板从什么时候开始养它？”

“我第一次见他，山魈就在他旁边了，形影不离。老板一出生就是失明的，所以我猜山魈在他小时候就开始为他领路吧。虽说老板没见过世间万物，但能感知一切。不过诸如辨认方向之类的日常事务对他来说还是有困难的。这是他身为艺术家为数不多无法逾越的障碍。如果他能解决这类问题，他的艺术想必会得到更大的解放。不对，他今天的艺术造诣都源于他的失明，源于一颗暗中视物的心灵。黑暗中的图像是他的灵感。山魈肯定是被什么东西吸引了才胆敢丢下主人，逗留此地。”阮儒审视我们母子二人，“你们到底做了什么？”

妈妈低着头默不作声。尽管我对此一无所知，但已经隐约猜到吸引山魈在此处停留的，铁定是妈妈。一个随之而来的可怕想象，涌入我脑海中：多年以前，这头山魈见过妈妈，在一个恐怖的夜晚，在一个暴烈而邪恶的现场，它看见了老板对我母亲施加的暴行！这个想法令我浑身发冷，但随后让我心情得到缓和的是一个现实条件的限制：老板是失明的，他如何在一个女子清醒的情况下，对其犯下罪行？

我设想了无数种可能，以及与其相反的可能，个中情况的曲折复杂程度，已非一种可能足以解释清楚。若老板真的犯下了如此不可饶恕的罪行，那这个被众多艺术家奉为圣地的帝国旅店也会在我心中蒙上一层不光彩的污垢，万劫不复。

“得赶快找到老板。”阮儒吹了声口哨。山魈从树上跳下来，跟在他后面。

“门口那座雕塑是老板根据它来创作的？”

“大概是灵感的来源吧。毕竟老板看不见东西，你不能要求他非常纤毫毕见地表现事物。他有时缺乏写实的本领。”

“这头野兽怎么看也不像有高超智慧的，更别说摆出那种人类思考的姿势。”

我话音一落，山魈立刻转过头来，龇牙咧嘴地做出威胁状。如果它有什么智慧的话，仅仅是能知道有人在贬损它吧。妈妈叫我别惹它。阮儒让山魈走在前面领路，认为只有它才能嗅出老板的藏身之处。

“它就是一条彻头彻尾的狗！”我忍不住继续贬损山魈。把它贬得一文不值，贬得下贱又低能，让我的内心得到了极大的满足，对它进行辱骂就是在辱骂那个看不见的父亲。但在阮儒严令看管下，山魈只能无奈地恼怒低鸣，继续走它的路，无毛宽大而且泛着桃红色的屁股丑陋地扭动着，呈现一种动物性的肉欲。

在山魈的带领下，我们也没有找到老板。阮儒说：“你看，它不是一条狗。它缺乏猎犬的敏锐嗅觉。不过它总会有办法找到老板。我把它交给你们照顾吧。”我当场拒绝了这个提议，说它明显对我有恶意，留它在身边是有潜在危险的。“狼被人驯化成狗之前也是很野的。”阮儒尝试说服我，“驯化，命令，惩罚，到最后服从，总归有个过程。人类的历史不就是对外物和异类的同化过程吗？况且想见老板的是你。这头蛮猴现在是你的动物信使了，也是你目前唯一的线索。你可以说我失职，但我也有无能为力的时候，不能强人所难。”见我们僵持不下，妈妈擅自答应了这个请求。她向山魈招招手。山魈像条狗似的一路小跑过来，偎依在她身边。妈妈这时轻轻叹了一口气，仿佛一个母亲看见浪子回头那样如释重负。

十四

照顾山魈一事，妈妈草率地答应了下来，现在好了，我们对它有不可推卸的责任。它也不愿意再回到苹果树上去生活了。我打算搬到旅店最顶层的房间住，这样山魈就能从阳台的排水管爬到屋顶上过夜。而更进一步的原因是：我不愿意和山魈待在同一个房间里。它表现出学习人类行为和生活习性的倾向，我担心如此下去，恐怕它会人兽不分，性情颠倒。我在回去的路上悄悄和妈妈商量了这个办法。山魈在随我们回到房间后，看到开着的窗户，便自觉地从窗户翻出去了，沿着排水管爬上屋顶。不是因为它懂人性，有礼貌，因为后来那些夜晚证明，它来了后，我们的生活并不安宁。山魈整夜在屋顶爬行，弄出令人悚然的细微的脚步声，像趁夜色潜入房间的幽灵。在这种氛围下，我又感觉自己置身乌鸦藤树林中了——它是诚心来捉弄我的！

清晨，我一走出阳台，就看到它倒转垂吊下来的怪脸。我吓了一跳，回过神后，鬼使神差地伸出手来，抚摸它脸上的蓝白色条纹。有一种奇异的感觉：不像抚摸一条狗，也不像抚摸一个人。也许是因为山魈在我过去那些漫长的岁月里，有着别样的象征色彩，蓝白色条纹柔软得给人一种错觉，手指仿佛穿过一层湿漉漉的、柔软如黏土的雾气。蓝白色条纹忽冷忽热，我第一次感受到颜色的温度。它的獠牙依然骇人，我很快把手缩了回来，生怕被咬掉几根手指。

阳台的正前方，便是遥远的须弥山，太阳从轴线中心升起。山魈倒转垂吊的脑袋，恰好与太阳重合，它那一大丛竖起来的、略呈桃子般心形的青褐色毛发，透露金光，仿佛是佛像身后的背光。有那么一瞬间，我眼中的山魈变得神圣起来了，在它眼睛背后注视我们的，其实是隐藏于世界中的神明吧。这个想法经不起考究，又如此荒谬，把山魈看成是神明寄居的躯壳有着渎圣的嫌疑，却一反常态地使我感到了愉悦。

无论是用人类语言逗孩子似的进行询问，厉声逼问，还是用水果食物诱导山魈，它始终一言不发，像个痴儿似的呆呆地望着我们。在我们的照料下，它的智力倒退了似的，否则它就是故意在我们面前装疯卖傻。

“连狗都不如。狗还会叫两声。”我说。

“别急别急，为什么不给它一点儿时间？”妈妈对它充满信心，坚信假以时日，跨物种间的沟通能够实现。在妈妈看来，山魈并非完全是另一个物种，我们同为灵长目，山魈还承载着某种本来只有人类才能给予她的希望。

于是，我们开始驯化山魈。我们连养狗的经验都没有，驯化猿猴完全是一项全新的工作。我们从熟悉彼此开始。妈妈每天带着它到苹果园去，她在一旁清洗鲸骨，山魈在一旁玩耍。远远看去，大家以为那是一个生活艰苦的母亲，带着年幼的孩子外出打工，努力维持生活。那些艺术家本来对妈妈清洗鲸骨的行为早已厌倦，现在他们有了新的观察内容：一个人类母亲和她的猿猴孩子。这让我难堪。有挑事者问我，母爱被一头猿猴霸占，我是否感到嫉妒？我甚至难以解释，山魈对妈妈来说到底是儿子的象征，还是丈夫的象征，还是两者共有。

猿猴看见鲸骨，跑着跳着钻进去，在脊椎骨上奔跑撒欢。鲸骨像个笼子，尽管肋骨间的缝隙很大，但它困在密不透风的空间里似的，抓耳挠腮，找不到出口，明明只要一侧身就能出来。我走到鲸骨尾部，朝猿猴打手势，引诱它从这头走出来。它连基本的指令都无法理解，缓缓退到头骨那里去。虽然没有服从我的指令，它却模仿起了我的手势和此刻的表情：无奈，无力，愠怒。我和它之间仿佛有一面镜子，也就是说，在镜子里，我的镜像是一头山魈。

我退后。它也退后，退出了骨笼。我为此高兴，向前走了一步，它却又走进了鲸骨里，抓耳挠腮，苦苦寻找出路。我只好故技重施向后退，再往左移动，引导山魈远离鲸骨。它的每一步，每一个姿势，都在模仿我，像有一根轴连接我和它的身体，而不仅仅是存在一面镜子。它是在耍我，还是确实成了我的镜像？我咧嘴笑一下，它竟也咧嘴笑了。但那根本不是在笑，只是嘴部肌肉机械地向两侧张开，摆出一个小丑般的诡异面容。我败下阵来了。山魈转身又钻进鲸骨里。

原有的观点认为，镜子里面一无所有，没有人，也没有物，唯一想走到镜子后面的是供人取乐的猴子。但如今科学家证实猿猴是为数不多与人类一样能通过镜子测试的物种，亦即能从镜子里认出自己来，而且它们的学习能力更是毋庸置疑的，即使一开始没能认出镜中的自己来，只要通过几次试错，也很快就能通过测试。

我和它之间是否真的存在一面看不见的镜子？透过镜子，我认出了猿猴，猿猴也认出了我，我们认出了自己是对方的镜像。想起刚登上鹿岛时，镜子搬运工人口中的那套镜像理论：镜中人是另一个世界的自己，互为镜像，直到某天由于发现动作不同步，从而惊觉对方的存在。如果排除那是山魈恶作剧的可能，那么我和猿猴是不是符合这种特征？更大的可能是，互为镜像的两个个体，皆真实地存在于世上，好比两个长期只通过书信联系，没见过面，却惺惺相惜的人，有一天在街上相遇，一开始略带疑虑地凝视对方，最终通过某种直觉惊讶地认出对方就是互通书信的那个人。我在世上的另一个本体，是一头山魈。驯化山魈，在镜像层面上理解就是驯化我自己的行为。

我驯化山魈——妈妈看着我驯化山魈——艺术家们看着妈妈看着我驯化山魈——而在这之外又有谁在背后看着艺术家们。层层嵌套，谁是观望者，谁是被观望者。“圣西，这样不对，不是这样的，你应该……”妈妈想提出一些建议，但欲言又止，手举起又放下。她不能理解猿猴的行为，而对于我的驯化方法也给不出什么建议。与其说我是在驯化它，毋宁说这是两个物种在互相试探。

我无计可施。妈妈蹲在鲸骨外观察山魈。她曾经被梦中的山魈逼到崩溃边缘，但现在是冷静的。多年来，恐怖的山魈只是妈妈脑海中的图像。来帝国旅店之前，她没见过这种与传说中的山魈没有相似之处的灵长类动物，只因面容奇特而被命名为山魈。若没人告诉她这一点，她根本不会对一只猿猴产生任何离奇的想法。仅仅因为一个名字，这头猿猴的形象在妈妈的眼里变得复杂起来。我因此相信妈妈所讲的“意念的能力”。她在自己身上亲自印证了它。

妈妈直接以平等的人类身份与它对话，将它看作一个抛妻弃子多年后归来的丈夫。“这么多年你只会托梦给我。我以为你死了，还跟圣西说你是个妖物，要他忘了你。你披着一张猴子皮，整天嬉皮笑脸，在树林里捉迷藏，到底要躲到哪天才肯罢休？圣西长大了，只是有点儿傻，有阵子离家出走。你要是继续想当猴子，就继续这样吧。树上的生活很好啊，春天有嫩芽吃，秋天有果子摘，阳光照在树梢上，月亮是你的夜灯。我理解你的选择，毕竟在地上生活的人是最痛苦的。”

妈妈对着山魈诉衷情的场面，让在座的各位艺术家都忍不住议论起来，值得品咂，这是一场史无前例的行为艺术。有几位艺术家说自己获得了灵感，要赶紧回去创作。在未来，这个场面将以各种艺术形式的变体得到展示和延伸。

山魈不想再听妈妈的白日梦话，从鲸骨的肋骨间伸出手来在妈妈脸上扇了一耳光，打断了她那无止境的谈话。但别以为一个巴掌就能让妈妈从顽固的梦里醒来。梦的迷宫有许多道似是而非的门。妈妈执意要实现和山魈沟通的可能。山魈打她的那个耳光在她看来，反而成了一种浅层次回应，说明它理解了她话语里的埋怨、挽留和劝解，假以时日，山魈一定能受到爱的感化，从猿猴之身变回一个男子，或者躲在山魈背后的那个男人会光明正大地走到阳光下，向她坦白一切。山魈固执地将自己困在鲸骨里不出来，循循善诱不起作用，水果和肉也无法挑起它的食欲。妈妈继续坐在地上，唠个没完，做着无望的尝试。鲸鱼和猿猴这两种生物出现的历史，都比她作为人类的历史要长。前者永恒不灭，后者逆反意志。

一天日落时分，山魈坐在草坪上，远眺须弥山。落日在它背后虚弱地照耀，在它身前投落一个形似须弥山的影子。妈妈一天的工作临近结束，喊猿猴回家。但山魈一动不动。我走到它前面，看见它的双眼竟充满哀伤，呆呆地望着须弥山的落日。我第一次在猿猴身上看到仿佛属于人类的表情。我才恍然想起，在这个世纪山魈早已灭绝，这头山魈是怎么独自活过一个世纪的呢？它没有衰老的痕迹，看起来是一头壮年时期的动物。存在超越时间之影的生命吗？暗子或许便是例证吧，如无源之水，凭空而生，来自虚空，始终无法奔流入海，如人世间游荡的幽灵。但我仍抱有怀疑，从妈妈那儿拿来一条湿漉漉的抹布，在山魈脸上擦擦，以为那些蓝白色条纹和红鼻头是人涂抹上去的油彩。当然是擦不掉的。它是自己族类在这世上唯一的成员，是最孤独的个体。它拒绝被驯化，是为了族类的荣耀，作为最后的子嗣不愿意被抹去。无法被驯化只因不想服从。我对这种生物多了一份敬意，也不再坚持去实现跟它沟通的可能。既然它不主动回到旅店老板身边，我也没有强迫它的必要。我和它变得平等起来，大概是因为出自同样的孤独。我劝告妈妈别再跟山魈说话，借口称蛮猴是不会归顺人类的。

在这样的黄昏时分，一切事物都在衰微的暗黄中浸染着。山魈爬上鲸骨的头部，蹲在那儿，托着腮若有所思。我终于亲眼见到了《思想者的猿猴》的真实画面，并为那个不知所终的失明的创作者感到惊愕。鲸骨和猿猴构成的那种亘古的画面，让我确信超越时间之影的生命始终存在，而当我呼吸这画面的气息，自身也产生了超越边界的撕裂感。但作为一个人，在生的意识上我是超越山魈的，无论它的智慧进化到什么程度，始终无法超脱它仅仅是一头猿猴的局限。

能够以平等的身份成为我的镜像的那个人，只有山魈的主人，也是这尊雕塑的创作者K.T.。他拥有众多分身，裂解成一系列纷繁的元素，山魈、昆虫、雕塑、旅店，在周围的空气中飘浮着。即使见不到他本人，我也见过他的象征。通过象征之物，他也注视着我。见他本人的愿望不仅没有打消，还越发强烈了。

市剧院的人员以各种隐秘又新奇的方式给我传达信息，比如一场雨落在水池上荡开的文字涟漪，一群毛虫在草地上拼出来的图案，或者是隐藏在呼啸风声中的低语。他们约我见面，要我提供情报。迄今为止，我们见面的地方已经遍及废弃工厂、芦苇野地、河边和山洞。春聿和舅舅再也没有主动现身，来见我的是其他陌生的面孔。我没有任何有价值的情报给他们，因为我始终见不到K.T.，但为了不显得一无是处，我只好含糊其词地描述旅店内的生活，把所有活动说得形迹可疑，煞有介事，最后说出他们似乎在计划建造一尊雕塑。至于更为具体的细节，需要他们给我更多的时间去调查。以这种方式，我把双方的这场较劲拖得无比漫长。旷日持久，消耗着肉体，折磨着灵魂，我担心这么下去，最终双方都会意识到这场理念之战的虚无性质，选择放弃或求和。那么到头来，我的双面间谍身份也无用武之地了，线索也会因此中断。我迫切地想知道帝国旅店的计划，而这一切的关键就在于找到K.T.。

此前K.T.隐身的三层小楼，我再也找不到去那儿的路。童年的那个下午，我也找不到回沙门寺的路。疑惑悬置多年。同一条路不会出现两次，事物在悄然改变自己的面目。会自我改变的迷宫永远没有通往出口的唯一路径。

那天，多日未曾露面的宁芙，穿着一身白色的护士服从楼下经过。我从顶楼的窗户探出头来看见了她。人在这里随时变化身份，对于宁芙穿着与原本身份不符的衣服，我没有感到惊讶，反而觉得抓住了一丝希望。宁芙手里还有一个托盘，上面放着些医用的器械，纱布、针管、药水和药膏。护士的天职是照顾病人。宁芙去照顾的显然是K.T.。被太阳灼伤的K.T.。K.T.正躲在某个角落养伤呢。想到这儿，我立刻冲下楼梯。来到楼下时，宁芙的身影已经不见了。我循着她身上留下的混着植物、香水和医用消毒水的气息，没意识到自己赤着脚，像一条猎犬似的一路狂奔，穿过荆棘丛林，穿过满是废铁和油污的场地，穿过交叉重叠、悬空而没有扶手的楼梯，终于赶上宁芙。在阴暗的建筑架空层下，我看见那一抹白色的身影。这栋建筑正是我之前第一次见到蝾螈化的K.T.的三层小楼，为了把自己隐匿起来，抵达此地的路每分每秒都在变幻。我的脚板底传来强烈阵痛。荆棘、废铁和碎石把脚割得血肉模糊，在来路上留下无数深浅不一、步伐凌乱的血红脚印。

宁芙在柱子旁停下来等我。我忍痛跑到她身边，由于担心感染破伤风，便问她有没有消毒水可以为我清洗伤口。她的回答令我又伤心又兴奋：“不可以，这是给老板准备的，他的命比你的重要。”这意味着，K.T.离我不远了！我们沉默地僵持了一会儿。她手上托盘里的医用品泛着乳白色光泽，在阴暗的环境里，浑身素白、表情冷漠的她，给人一种半天使半死神的形象，手里拿着回魂丹，但救死扶伤却并非是其职责，这完全取决于病患的运气和裁决者的慈悲。显然宁芙在等我离开，没有带我去见K.T.的打算。我坚决不会离开她一步，说：“我今天一定要见到老板。我已经知道他的身份。”宁芙立刻打断我道：“别自作聪明，小心引火烧身。我这是在保护你，劝你趁早离开。你当时就不该来这里。是老板叫你来的又怎么样？为了小命着想，人要学精明。老板自身也难保，只有我能救他。”难道老板正身处水深火热之中？但宁芙没有一丝忧虑的神色，反而流露出骄傲和自足。她把自己当成是老板在这里唯一的救世主，照料他，并渴望从他身上得到爱的反馈。多么不切实际的渴望啊！爱是可以用等候和付出交换得来的商品吗？若K.T.对她心怀感激，对爱有所回应，对错误有所愧疚，那么诞生自黑暗的艺术便不会在这里绽放。艺术从来不是一朵干净洁白的花儿。

“我手里有老板想要的信息，是关于市剧院的。”

宁芙狐疑地盯着我。

“你不信？你们之间的矛盾，我并非完全清楚。但我舅舅是市剧院的人，前段时间私下约见我，要我提供帝国旅店的人员活动情报给他。”

“你说了什么？”宁芙紧张起来。

“放心，我没有答应，毕竟我跟老板一样——我还是叫他K.T.吧——我们都是从市剧院里出来的人，是站在同一阵线的。”

“那又如何？我很难信任你。”

“若你非要刁难，我也无话可说。但我们的艺术观点是一致的，自由没有消亡，帝国也只是一个权宜之词。既然自由，何来帝国？这里本身就是矛盾的。你口头上说不信任我，但事实上你不妥协，事件就根本不会有进展。没有压差风就不会流动，没有高差水就不会流动。现在我手里有你们不知道的信息。信任就是制造流动的可能。势均力敌的对峙永远只会是死水一潭，停留在永远不会动的平衡线上。”

“好吧。”宁芙的态度有所动摇，“一切事情都有代价，我今天就把信任的代价押在你身上。跟我走吧。”

在顶楼，我们进入一个与之前相似的房间，生态缸里的绿植和青苔已枯萎，覆盖一片霉菌似的灰色。在一张床上，他浑身缠着白色的纱布，仅有眼睛部位裸露着。眼部皮肤的边缘露出伤疤似的红色瘢痕，是被灼伤的痕迹，表面凝结着滑溜溜的组织液，形似蜗牛在雨后攀行留下的痕迹。

宁芙把托盘放下，说：“治疗已经对他无效了。他很快就会死。阳光把他的身体彻底摧毁了，我现在做的只是让他在最后时光里体面一点儿。”宁芙此时仍然沉浸在那种令人难以理解的自豪和自足中，这个男人将死在她怀里，让她感到幸福。但我不相信他濒临死亡，在我见到他的真容之前，我不会相信这一点。我上次见他，他变成蝾螈，这次他又被厚厚的纱布缠成一具木乃伊似的东西。分明是借口，一次次地阻止我与K.T.见面。我问宁芙到底发生了什么事。宁芙带着不屑和怨恨，朝我呸了一声道："还不是因为你们母子。"

那天K.T.从蝾螈化身恢复人形后，急切地想要见见我和母亲。他不顾外面的烈日，在山魈的带领下前往苹果园。但在中途，原本带领K.T.走在阴影中的山魈突然失控，拽着他走入猛烈的阳光中。如同被阳光蒸发的吸血鬼，他全身的皮肤被火灼烧似的，开始迅速溃烂。阳光是生命之源，却是他的死敌。山魈抛下他，独自离开了。一定有什么扰乱了山魈的意志。宁芙说都是我们的错，自从我们到来后，山魈就不受管制了。她辱骂我的母亲是祸星，诅咒她不得好死。因为可怕的嫉妒，她浑身颤抖起来，姣好的脸蛋也被怒气撕裂了似的，难以接受眼前这个从不回应她爱意的男人，因为一个素未谋面的女人而最终害死自己。

K.T.是个盲人，他谁也没见过，不知道人的真实模样，他所能把握的是一种轮廓，一种抽象的线条。但他肯定见过母亲，以某种方式见过她，我们到这里来是他一手安排的。世界的进程不会没有原因，一定存在某种动力和某种能量，哪怕是他那如谜的诞生，也可能是暗物质结合与生成的结果。

他是昏迷了还是睡着了？我在他的床边坐下，一股奇异的味道从他身上散发出来：轻飘飘的、虚无的味道，像是沙子的金属味，又有着黑暗的冰冷。这时，他睁开眼睛，一双蒙着白翳的眼球，像两颗夜晚的月亮，挂在夜空中，散发衰弱的光。他盯着天花板，那里有什么吸引了他的注意。慢慢地，他的瞳孔在收缩，如扩散的涟漪在往回收，游离出去的魂魄在回归肉体。看，眼球在转动——转向了我！那不是人类的眼睛，注视我的这双眼睛，是物质共同体，是千万种物质的凝视，是世界物质在面对我。这双藏在山魈的眼睛背后的眼睛，是两个深渊般的旋涡，一个粉碎肉体，另一个粉碎意志。他的眼皮似拨动千斤般地眨了一下，我听到一种处在融化状态中的、黏稠恶心的嘶啦声。我本能地从床上蹦起，但他的手如毒蛇般伸出抓住我的衣角。死去千年的法老，复活的木乃伊。一种强大的力量迫使我再次坐下来，把耳朵凑到他的嘴边。他说话了，但不是人类的语言：喉咙被黏液堵塞时发出的咕噜声，鱼吐泡泡的声音，肠道蠕动的声音，软体动物从狭窄管道穿行的声音……感官开窍了似的，我从这些非人类的语言中解读出实际含义。简直是邪恶的美妙！连宁芙也在凝神谛听。他的身体是此刻宇宙的中心，一种宇宙级别的语言在那混沌无垠的体内渗出，每一个毛孔都是一个扬声器，细微，低沉，无处不在，勾魂摄魄。我不可自控地想象，在他缠满绷带的身体之下藏有什么，若解开绷带，是否会出现一个庞大的空洞，人钻进去便坠入宇宙的中心？在冰冷和炙热交织的星云中央，撞上摧毁万物的粒子风暴？而此时的我只不过是身处一个黑暗狭窄的房间里而已。宁芙说得没错，K.T.确实快死了。这也是他自己亲口对我说的。我以通灵似的方式，在大脑中转译他奇怪的语言：

“终于见到你了。我曾经见过你。也无数次见过你。”

我一言不发。宁芙也怔住了，她曾是自然的精灵，如今堕落成嫉妒的妖女，对于分崩离析的抽象精神无能为力。我们坐在他的床前，是他临终前的家属，紧张地听取他的遗言，以为在那濒死的稀奇的言辞之中，包含着解读万物的密码。宁芙低声问我：“他到底在说什么？事实上，他从未对我说过一句话呢。”

帝国旅店的老板早已化为一个无处不在的象征，他的模样、生死和去向根本不重要，残存的肉体毫无价值，他的灵魂早已变成诅咒般的深入人心的艺术宣言，编织进了这里每一个人的血脉神经中，随时发挥效力。

十五

K.T.：科威特，一种电传代码；或者，酮咯酸，一种止痛剂——我曾为他下这样的定义。我沾染了市剧院的恶习，定义角色从来都是市剧院热衷使用的手段。

市剧院是黑暗的母体，罪孽的子宫，痛苦的巢穴。黑暗为他接生，他是从虚无中创造出来的血肉之躯。市剧院不是他的故乡，而是他的战场，是他的宿敌。诞生之初，他双目近乎失明。市剧院职员发现了他，赋予他“暗子”之名，另外还发现，他根本不会饥饿，也从不哭泣，从不生病；会继续长大，但恐怕不会衰老。在他周围，笼罩着一层宁寂，谁靠近他便如同坠入无边的真空。他纯净得如一位神灵，若不是天上的神灵，便是黑暗的结晶。他们相信，他体内蕴含无限的感知能力，能诠释世间任何角色。

恰逢剧目《俄狄浦斯王》正缺一个角色：伟大、悲惨、自瞎双目的俄狄浦斯王。于是，以艺术之名，市剧院职员私底下计划中断治疗他那双本来有机会复明的眼睛，继续将他关在房间里，以黑暗养育他，直至他彻底失去视力，成为一只畏光的地底生物。市剧院这样做是在作弊，因为他失去视力的原因，有一半来自他人，另一半属于天生，他从来没有自瞎双目，这与俄狄浦斯王的设定不一致。但市剧院如此懂得粉饰，懂得擅自定义，万物属性与词语含义都是一个可以进行人为功能性修改的程序。我们尊敬神，也妄想把神像宠物一样，豢养在家庭狭窄的笼子里，供自己进行专属的祈祷。我们对伟大造物的敬意已被邪恶的功利所沾染。

自小被市剧院以本色演出俄狄浦斯王为目的进行抚养，他双眼那层白色的荫翳是他仅有的光明表象。他并非不生病，唯一的弱点是阳光，因患有严重的日光性皮炎，一旦接触阳光，哪怕是由镜子反射而来的，皮肤也会迅速溃烂。只有在梦里，他才看得见阳光，那种阳光不会把他灼伤。他永远无法离开市剧院，只能成为黑暗里的俄狄浦斯王，为市剧院的至高艺术服务，向一批又一批观众实践艺术即生活的真理。可是那些虚假的、捏造出来的真理与艺术，无法彻底降伏他。黑暗先于光明出现，物质中的能量无光无色，在激烈的碰撞后，肉眼可见的光才产生了。

在黑暗的房间里，K.T.度过他的婴儿期，度过他的童年，听着广播里教师的声音学习文字语言，进行训练表演，默读剧本台词，曾一度以为人类是一种缥缈无形体的存在，人类间的交锋就好比两股气流的对撞。当他长大后，到了适合饰演俄狄浦斯王的那年，职员将他从黑暗的房间里放出来。走廊电灯那微弱的光线，立刻将他的皮肤灼伤，红肿的灼痕如长蛇遍布他的身体。他的眼睛早已形同虚设，皮肤的每个毛孔取而代之成为他的五官，成为感知外物的出入口。仿佛长期困在地底的矿工，在被解救出地面时需要蒙着眼，职员不得不将他送回暗室，在里面安装电灯，一点点地增加光线。他如身处熔炉，又似在承受药物副作用的漫长侵蚀，直至身体适应光线，可以在市剧院内部行走为止。但自然的阳光依然是他无法战胜的天敌。他是人类和黑暗共同哺育而生的畸形儿，却即将成为舞台上艺术化身的帝王，是高高在上的艺术掌权者，璀璨发光，台下的观众会为他病态的表演，欢呼鼓掌。

这是一次谋划已久的造神运动，为了在一朝之内掀起一场令人心醉神迷的狂乱表演，带动市剧院的收益，并巩固它作为X市至高无上的核心机构的地位，耗费多年耐心，实在令人敬佩。

弑父娶母的俄狄浦斯王一角，已经选定，市剧院开始物色《俄狄浦斯王》的其他角色，演出有望提上日程。一个多年来饰演僧侣的男人，自荐成为俄狄浦斯王的父亲，亦即忒拜的国王拉伊奥斯，因为他厌倦了过着每日诵读经书、清心寡欲的生活，若市剧院开恩，让他有机会体验成为人父、被尊为王的滋味，即便结局是死亡，也比在无法抵达彼岸的苦海中纠缠挣扎要仁慈得多。“安分守己，恪守角色天性”，是市剧院一贯的宗旨，一人分饰多角是前所未有的，是在挑战市剧院的规则权威。然而，这个男人坦白，没人比他更熟悉国王拉伊奥斯，不仅因为这么多年他一直在偷偷熟读《俄狄浦斯王》的剧本，而且在现实中，他曾像国王拉伊奥斯一样，犯下诱奸的罪名，被送至这里，对于命运的惩罚，他早已了然于心。

市剧院的真实面目再次引起我的怀疑，而结果如我料。表面上，市剧院是一个人文艺术机构，但另一方面，它同时发挥着监狱的功能，那些被剥夺身份的囚犯被收编进来。比终身监禁更有意义的惩罚，是使犯人饰演其对立面，一个犯下诱奸罪的人在这里将成为一个禁欲的僧侣。在此地，艺术与惩罚是一对绝妙的组合！这也解释了为何市剧院处处透露着监狱不可抗拒的冰冷权威的气息，那里是灵魂的模具，更是肉体的地窖。这是市剧院第一次破例允许演员跨角色演出。王后约卡斯塔，据说由一个内部女职员饰演——这是市剧院的第二次破例，因为内部人员通常不参与演出，他们负责发号施令，是舞台真正的掌权者，是命运的导演。但那个女职员似乎握有一定权力，向院方请求参与其中，认为舞台的掌权者若不亲身踏上舞台，不深入演员当中去表演，那么权力只是一条徒有其表的铁链。于是，解救婴儿俄狄浦斯王的牧羊人、俄狄浦斯王的养父母、守在城门外的女妖斯芬克斯，以及他们三人等一众角色，组成一个庞大的王室家庭，在一起生活了许多个日子。他们每天彩排，喝下消除记忆的药水，清除记忆，一次次地轮回。在喝药水一事上，女职员也不例外，哪怕会损害记忆，她也要入乡随俗似的跟着一起喝下，那颗炽热的艺术心灵驱使她要为表演献身。

但这部悲剧并没有成功上演，自始至终停留在排练阶段。因为它最终演变成一次集体逃离市剧院的阴谋。在排练过程中，演员之间慢慢滋生出一种逆反与恶心的情绪。由于真实生活与角色特性的高度相融，逆反与恶心情绪出现的原因看似指向了弑父娶母的违背人伦之举，但触发的关键应该是女妖斯芬克斯的谜语，也即是与谜底“人”本身有关。斯芬克斯每天向俄狄浦斯提出谜语：“什么动物早上用四条腿走路，中午用两条腿走路，晚上用三条腿走路？”起初，一天又一天，他按照剧本所写的：误杀亲生父亲，答出“人”的谜底，击败斯芬克斯，解救忒拜的百姓，成为忒拜的国王，与女职员扮演的王后成婚，意识到弑父娶母的真相后，自瞎双目。

如果他是一个安分守己的人，遵从剧本的安排如同遵从基因的表达，不做超越思维的思索，那么这出充满人性光辉的戏剧将如期上演。但直觉是魔鬼的手，把他带向了歧路。掩盖这条歧路的荆棘野草，只有在他青年时期才会被拨开，因为那时他才慢慢意识到，衰老不会在他身上降临，也就意味着，他不会成为那头在晚上用三条腿走路的动物。他问斯芬克斯："那我还是一个人吗？"虽然俄狄浦斯答出了正确的答案，可是他对自己是一个人的信念产生了动摇，这成了斯芬克斯逆转的胜利，于是她把俄狄浦斯一口吃掉了。饰演斯芬克斯的女演员感到疑惑，自己怎么会做出吃掉俄狄浦斯的举动呢？这不在剧本的范围里。觉醒了似的，他们都察觉到了异样。在他们中间，除了被塑造和禁锢的他，还有后悔成为市剧院演员的人以及计划越狱的人。

国王拉伊奥斯首先发出暗示，他说："我想看看，这么多年过去了，外面天空中的太阳数量是否发生了变化。"斯芬克斯接话道："在梦的预言里面，月亮只剩下半个，但要亲眼去看看才能证实其真伪。"牧羊人说："听说月亮是被羊吃掉一半的，要找到那半边月亮，必须寻回丢失的羊群。"俄狄浦斯的养父母也对他说："你已经长大了，回到真正的父母身边去吧。有羊群的地方，就是你的王国。"他却感到迟疑，因为他的王国无处不在啊，无论在哪里，视野都是一片黑暗的草原，没有区别。可是，衰老和死亡诱惑着他，只有人才会被衰老侵蚀，才会被死亡俘获。在市剧院里，他是一个表演的工具，一个不死的、幼稚的帝王。他想："我是俄狄浦斯王，我弑父娶母，我双目失明，可我却不是真正的人。不是要恪守角色天性吗？我不是人这一点，就已经违背了角色设定。”顽固的矛盾折磨着他。离开市剧院，踏上外面的土地，他也许会成为一个人吧，也许从踏出大门的那一刻起，他的细胞就开始衰老，开始死亡代谢。他的好奇不是对外面世界的好奇，而是对死亡的好奇，而要实践这一点，必须取得彻底的自由。人有死亡的自由。他们全体达成共识，准备要逃离市剧院，除了那个女职员，王后约卡斯塔。

女职员无法背叛自己任职的机构，背叛市剧院等于断送前程，将自己流放于漂泊不定的未来中。然而，朝夕相处，以及由反复排练带来的刻入灵魂的真实性，已经使她发生了根本性的变化，她爱上了年老的国王，也爱上了年轻的俄狄浦斯。在那些寂静的夜晚，她与国王以及俄狄浦斯分别有过肌肤之亲，尽管他们实质上并无血缘关系，可是恪守角色的规训，已经使她将违背人伦的羞耻注入了心灵之中。她在煎熬与欲望交织的地狱火中彻底堕落，这种堕落巩固了这出悲剧的根本性，因而当他们提出逃离的阴谋时，作为这个家庭的成员，她又如何能拒绝呢？进退维谷的她，干脆喝下大量的记忆药水，记忆几乎在一夜之间被摧毁了。没有记忆的人，不需要对过去和未来负责。出于最后的爱意，她向他们描述市剧院的安保系统，指出所有可能逃离的出入口。当安保人员发现《俄狄浦斯王》剧组的人全部逃离，只剩下一个茫然无措、短暂（也可能是永久）失去记忆的女人时，一次市剧院史上规模最大的逃离运动已取得成功。无人怀疑女职员的忠诚，于是将她的失忆看作是不肯向逃犯屈服而被残害的结果。逃离运动发生后，时任院长引咎辞职，离开市剧院。从此以后，市剧院的安保系统开始日益森严，维系至今。

饰演国王拉伊奥斯的男人，带领众人在一座废弃的寺院中藏匿起来。待风头过后，他们修缮了那座寺院，以此作为掩护，过起隐姓埋名的僧侣生活。那座寺院正是沙门寺，而寺院如今的住持，K.T.名义上的父亲（或曰继父），正是饰演国王的男人，他曾在市剧院里饰演僧侣多年，对于寺院运作和大大小小的经文了然于心。出人意料，寺院逐渐有了香客和香火，也吸引了一些真正的僧侣加入，尽管稀疏冷清，可总算有模有样。在佛光庇佑之下，他们看似就此彻底隐遁，度过很长一段相安无事的日子。市剧院没有派人来追捕，忙着修补内部系统的漏洞，亡羊补牢显然比寻回走失的羊群更重要。这是修补漏洞，也是在修补受损的权威和艺术荣誉。在修缮寺院时，他们发现了一头本该在上世纪就灭绝的动物——本世纪的最后一头山魈——不知出于何种原因，它一直存活至今，仿佛是依靠休眠维持最低限度的生理活动的某种生命形式，直至他们到来，才唤醒了它。这也意味着，山魈从未在市剧院出现过，它为K.T.引路肯定是在逃离运动之后的事了。因此，阮儒说山魈从K.T.出生伊始便伴其左右是不正确的。这只是一个小小的谬误，对于理解K.T.的生平不会造成决定性的影响。

在他们打算以僧侣身份彻底隐姓埋名时，我们的俄狄浦斯王却不愿意就此善罢甘休。直觉的魔爪仍揪着他的咽喉，复仇的怒火在他体内燃烧，他决定解放被市剧院以艺术名义禁锢的人们。艺术是直觉的自由释放，市剧院是在变相利用它，巩固权威和艺术统治，是在亵渎那真正辉煌绚烂的艺术之灵。但他的继父，国王拉伊奥斯，沙门寺的住持，坚决不同意他的想法，认为他这样做将毁掉这里来之不易的修行生活。“一个逃狱的诱奸犯，成为一个寺院住持，这种事简直闻所未闻，是惺惺作态。”K.T.如此嘲笑他的继父。他们的父子关系因此破裂。我们不得不再次审视《俄狄浦斯王》延伸到现实中的意义，仿佛是神谕，是来自古希腊伟大先知的预言。被迫饰演僧侣的男人在离开市剧院后，最终选择继续当一个僧侣，在禁欲的修行中反省无尽的罪孽；自幼被塑造成俄狄浦斯王的K.T.，如今也要继续当一个王，把市剧院视为舞台上的斯芬克斯，扬言要击败它，解救被禁锢的人们。我们在逆反命运的同时，也在践行命运，当他们以为自己彻底脱离了由市剧院那股黑暗汇聚而成的苦海时，却在岸上为自己挖出了另一片苦海，在其中继续与想象中的恶浪搏斗。显然，这是市剧院的艺术观的再次胜利：他们要时时刻刻地恪守角色的天性。在帝国旅店里，K.T.继续当他的俄狄浦斯王，企图瓦解艺术自由的公敌。但悲哀的俄狄浦斯王，从来没有自由，他是被有心之人用规则、禁锢和教条造出来的王，却要反过来否定自身。他的继父，国王拉伊奥斯，沙门寺的住持，下判决将他流放似的说，一旦他离开寺院，就不允许再回来，以免权力的灾祸殃及这里风平浪静的幻梦，甚至透露出哀求的语气，希望他走得越远越好，去建立他的王国，避免俄狄浦斯弑父的命运如实降临此地，好让自己在绵绵无尽的忏悔修行中度过余生。沙门寺之外，是沼泽、河流和森林。临行前，住持将山魈赠予他，另外安排几个伙夫为他引路。

几经波折，几个伙夫来到高斯大区郊外的一处地方，在那儿歇脚整顿。那晚，K.T.在黑暗的世界中默想，感觉到自己正身处于一个庞大的空间中，这里是一个百废待兴的国度，甚至看到来自未来的彩色图景，无数脚步将朝这里慢慢汇聚。他问伙夫，这里是什么地方。其中一个伙夫回答道，这里是一座废弃的工厂，很隐蔽，也很安全。K.T.的脑袋忽然被幻象充满了，开始滔滔不绝地向眼前的寥寥数人宣讲幻象中艺术国度的模样，以及如何重建这里的构想，包括建筑类型、区域划分、街道命名、人员职责，如站在宽阔广场上演讲的皇帝。而那几个伙夫呢，其实根本不是伙夫，他们也是从市剧院逃出来的演员，是几名落魄无门的艺术家，当初自告奋勇要做K.T.的引路人，并非真的有此宏愿，其实是为了在风头过后，找机会离开沙门寺，回归世俗的生活。他们既不想当和尚，对K.T.那个白日梦似的宏大计划也不抱任何希望，原本打算入夜后，扔下他和那头猿猴连夜离开。但当K.T.发表他的演讲时，这群收拾妥当、准备一走了之的人，对这个自命不凡的盲人突然产生了难以名状的迷恋，即将消弭的那点儿仅有的艺术之灵像涌泉一样重新灌满了干涸的河床。他们知道自己在外面其实已无容身之地，一旦踏入艺术世界的大门，诅咒便不会放过他们，不会让他们安心当一个堕落的凡人，被创造意义的焦虑时刻折磨着。一场演讲何以使人身心通窍？我们或许该重新打量K.T.的形象：半神圣，半黑暗，在痛苦的血池中培育而成，敢冒天下之大不韪，可能成为圣贤，也可能变为暴君。他们在K.T.的形象中找到了自己的象征，一个勇气的替代，去完成那原本属于真理部分的战斗。山魈对着晴空皓月长啸，为这场战斗吹响了号角。

消息的传输，像埋在地底下的根茎系统，有其独特的生长缠绕机制，一根接一根，蔓延开去。各地艺术家纷纷聚集此地，职业形形色色，操纵不同的资源，艺术自由是他们的共同理念。他们以正当的名义着手重建这座废弃的工厂，把它修建成反击根据地，将此地命名为栖息地，暗地实践K.T.的理念，随时准备解救市剧院的演员。K.T.的理念其实只在那天的夜里发表过一次，但通过最初几个听众之口传播了出去，它已成为天书那样不可见亦无法详细地文字化的心灵血脉，又如躲在后脑中的幽灵，强而有力地驱动着他们的行动。他们中的大部分人根本没见过K.T.，有关他的肖像和资料不过是当中一些历史学家为了方便记载而特意杜撰的。只有少数人有幸认出了K.T.，比如宁芙、禹、阮儒和马谟等人，并成为他身边固定的几个伙伴。但我相信，栖息地的某些重要组成部分的管理者也认识他。只是——正如前面所言，大部分人并不关心K.T.的真实模样和生死去向，以帝国旅店为核心的栖息地，是一个依靠象征来维持生命活力的艺术国度，他们怀念K.T.就像怀念逝世千年的先知。但他们同样知道，K.T.肯定活在他们之中，因为超越时间之影的暗子绝对不会那么轻易灭亡。

栖息地渐成规模，吸引了大批艺术家进驻，纯粹为了谋求商机的商人也慢慢加入，甚至得到了相关部门的资助，朝着设施健全、环境宜居的新区规划发展着，经济和艺术双机制运转良好。那个伟大计划的实施，悄无声息地化作一缕烟云，一个遥不可及的理想，一个人类不可抵达的终极目标。一旦有谁私下说起，其他艺术家便说："我们这不是正在努力吗？但时机尚未成熟。"实则有点儿噤若寒蝉的意味，艺术的温床已滋生出了懒惰与求和的风气。这种艺术是虚伪的，是被粉饰过的。只有K.T.仍活在最初计划的幻梦中，他孤立无援，能做的似乎只是继续构想那个反击的行动，并等待一个接班人。

来到了事件核心的部分。我浑身灼热。被纱布包裹的K.T.失去了一部分形体，似乎正慢慢空瘪下去。我们处在一个静止的时空胶囊里，宁芙在这个时空胶囊以外。她所在的时空过去一分钟，我和K.T.的时间却已经走过了几个漫长讲述的日夜。看吧，这不正是圆形剧场控制时间流速的魔力重现吗？

在几个核心成员的持续推动下，K.T.在沙门寺内部建立了另一个根据地。随着人员流动的加剧，栖息地早已不再纯粹，他怀疑有来自市剧院的间谍在此秘密活动。间谍活动表明，双方的对峙进入了一个新阶段，计划不能再拖延下去。象征给予这里艺术生命，而计划的第一步，是建立一个巨大的象征之物。他计划在沙门寺所在的须弥山顶上，竖起一个百米高的雕像。他毫不怀疑这个做法将会产生强烈的震慑效力，宛如一张握在手中的灵符，举起来便能驱散黑暗中的恶灵。我刚才因他那充满隐忍与激情的暗示而积聚起来的崇敬之情，突然像一个刚出土的木乃伊，由于接触空气而瞬间烟消云散，只剩下一地陈旧、可憎、散发腐臭味的绷带。我毫不怀疑他心灵中的赤诚，和仍旧沸腾着的痛苦，但显然这是一个穷途末路的皇帝的最后挣扎，是万般无奈之下想出的装腔作势的计划，一切不及物的痛苦最终转变为虚无抽象的石雕。形式主义，在腐蚀这里真正的艺术根基。

隐藏在沙门寺内部的所谓根据地，是一个建筑设计院。几年前，他派遣工程师在里面开始设计雕像，同时承接其他建筑项目，一边打幌子，一边维持收支平衡，其实真正的项目只有一个，那就是竖起雕像。

前段时间，K.T.亲自去了一趟沙门寺，发现设计院的人员已有心无力。他之所以能重回沙门寺，是因为当年的住持对外部事务已不闻不问，不再强烈地反对或支持什么立场，在忏悔的苦海中越潜越深。沙门寺的其他管事对于K.T.的行动也是睁一只眼闭一只眼，仿佛这只是两个不同的机构，共用同一个场地，各自经营，互不干扰。也正因为这种对外淡泊、对内苦修的氛围，使沙门寺正逐步朝着一个真正的佛教圣地转变。一部分工程师选择离开，另一些则在耳濡目染后剃度出家了。

在须弥山顶竖起雕像的行动计划严重脱轨，日益荒疏。禹被派过去主持大局。可是从沙门寺回来后，K.T.很久也没再从禹那儿得到进一步的消息，而他正日渐衰弱，连离开这栋被野草环绕的孤寂小楼也成了问题。

“你是超越时间之影的暗子，怎么会死呢？！”我问。

“还不是因为你们母子。”宁芙替他回答道，“从你们来这里的第一天，他就开始变得虚弱了。自然赋予生命衰老的特征，世上没有永恒不朽的事物。你越是强盛，他越是衰弱，此消彼长。”

“我跟他有什么关系？这事怪不得我。”

“你真是冥顽不灵。”宁芙跪在K.T.床边，把耳朵贴在他的胸口上，“太阳上升，月亮自然要落下。你还不知道吗？他的气数已尽，你是他选定的接班人。你有象征性的义务去完成他的使命。但至于是否要执行，完全在于你的选择。可是你忍心看着人们被囚禁在虚伪的艺术里，在森林沼泽里隐姓埋名吗？他派卧底进入市剧院救你，你才得以脱身。忘恩负义，是罪大恶极的。我之前一直不相信，你这种小毛头能有多大抱负。理想主义已经被玷污了，流浪是我们最终的归宿。他一生追求的艺术自由，无法在阳光下展示。如果我们不得不接受失败，夜游者的废墟是我们唯一的归宿。”

帝国旅店和市剧院两者孰输孰赢，于我而言，其实是不切身的。但我从K.T.的暗示里，获得了更直接的提示——关于妈妈的往事。而与妈妈有关的往事，也必然与我相关。还记得吗，那个扮演王后约卡斯塔的内部女职员，她的身份是否有可能与妈妈重合呢？妈妈的生命正缺了那一环。因此，在我的疑问理清之前，我将继续当帝国旅店和市剧院的双面间谍，暂时不能让任何一方面临无法扭转的失败。

“我将死。来吧，继承黑暗与自由的衣钵。”K.T.艰难地说出一句话来。接着，他费尽力气，尝试说完最后的话：“至少替我在山顶上竖起那尊雕像。待我死后，我的灵魂，我的目光，就能在雕像的身体里复活，俯瞰山川原野和茫茫众生。”

“……”我迟疑着。

K.T.的身体已经塌陷一大半，只剩下头颅在发出最后的声音。他身上裹紧的绷带也已开始变得松脱，像被蛀空的朽木露出发黑的腔体，身体组织化作的粉末，从缝隙间漏下来，在床底聚成一小堆金字塔似的锥形物，逐渐膨胀，生长。宁芙不敢再碰他的身体，怕加速他的腐朽。

“你还有很多考虑的时间，这场战斗不是一朝一夕的。”宁芙说，“但我的时间已所剩无几了。我爱的人正在死去，但他还没来得及爱上我。”她对着K.T.那具木乃伊似的身体流下热泪。她脸上那种痛苦是大自然的悲戚，让她有种高贵的悲剧气质。房间里漂浮着一种棉絮似的发光的蚊子，围绕在宁芙的四周。那想必是K.T.的灵魂吧，正从分崩离析的肉体中游离出来。他的灵魂会发光。舍利子。

一切令人难以忍受，同时也没什么比死者的最后请求更令人难以拒绝。K.T.死后，市剧院就无法再追查他，除非他的灵魂像其他灵魂那样，在死后回到市剧院，在那里重复他们生前未竟的事业。但市剧院不会接收这么一个与之对抗的灵魂，不会引狼入室。如此一来，K.T.的灵魂只能继续在世间游荡，成为孤魂野鬼。在他死后，我一旦继承他的遗愿，那么被追查的将是我。我这个双面间谍的身份会因此分崩离析，难以界定。我一时不知该站在哪个立场，也无法与之划清界限，一边是母亲家族成员的逼迫，另一边是真相道路的召唤。

“告诉我你的计划吧。”我已下定决心接受命运。

“小声点儿。”宁芙说，“你说的每个字带来的气流震动，都在加速他的损耗。”

K.T.伸出一只枯枝似的手，指尖的白骨已经从绷带间裸露出来了，指着窗外某处说道：“韦驮，在山顶竖一个韦驮的雕像。”他所指的是须弥山的方向，“人已失去希望。这是一个需要神来平衡人类堕落的时代。”

又是那些不存在的神。人们拿不存在之物彼此伤害。

韦驮对我意味着什么，对他也便意味着什么。是守护光明与正义的菩萨吧。我本以为摆脱了韦驮，但绕了一大圈，它再次回归到事件的核心中来。但于我而言，在历经那些如同被附身的黑暗日子后，现今神祇早已没有正义的光辉，那不过是人类可笑的幻觉，虽然必要，但也可怜。“为什么不是山魈呢？”我赌气地想。一直以来引导他的，不是山魈吗？不如在山顶竖起一个山魈的雕像吧！气数已尽的K.T.计划竖起韦驮菩萨雕像，是妄想使梦想中的静态宇宙回归恒定，至于竖起什么已不是关键，他需要的只是一个象征。但这场不是由他挑起，却因他复燃的无止境的斗争，已使对立事物间的裂缝加速膨胀和撕裂，如暗能量与引力之间的较劲。平衡早已不存在。更多的暗子会从这种撕裂的夹缝中诞生。它已不仅仅是一次简单的艺术理念斗争，在其中将目睹人类命运的嬗变，那些我们在活着时知之甚少的奥秘。

“你不必对自己的命运感到吃惊。而我已期待被人彻底遗忘。”他说。

多么宽宏大量的说辞，无形中却将命运的枷锁套在我的脖子上，也把他的使命，把他的秉性强加于我。他正渐渐碎成齑粉，失去形体。无能为力的宁芙蹲在一旁，努力用温柔的话语暗示他，在他所剩无几的话语中，好歹说出一句爱她的话。此时最应该来到他临终的床榻前的人，不是宁芙，而是我母亲。我夺门而出，沿着我来此处时遗留的血迹，回到妈妈身边。妈妈正在苹果园里跟山魈说话。但她已感到异样，一见我便说：“它的眼睛比昨天暗了许多。”在引路的血迹消失前，在道路被扭曲前，我拽着妈妈朝K.T.所在的小楼奔去。这头即将失去主人的宠物，在天空之下，显得孤苦伶仃。

我们疾步前行。周围的风景也在迅速发生变化。道路如蛇般缠绕扭曲，往草丛更深处隐埋起来。那是K.T.的意志引起的变化，他在消失，渴望在死的时候被遗忘，通往他的道路不再打开。我预感到，那些道路正向我打开，所有厄运或幸福和忧愁，都将踏上路途朝我奔涌。我已成了K.T.的命运的第二个容器，深感重任，又不胜其重。

在最后一级阶梯消失前，我和妈妈踏上正在变形的走廊，加紧脚步，以免卷入变形的夹缝。K.T.的房间如深海般游弋着暗蓝色的水波光影，但四周看不见水，似乎那些光是从一个水晶球里透射出来的。水晶球？K.T.的灵魂结晶？我担心他在我们抵达之前就已彻底化作粉末。

“你带我来看木乃伊？”妈妈首先注意到那堆白布。

这时的K.T.尚有可辨认的形体可言，但情况不乐观。

“什么木乃伊？你这个有眼无珠的蠢女人。”宁芙对妈妈发难。

“我跟你无冤无仇，为何出此恶言？”妈妈说。

这是两个女人间关乎嫉妒和爱的战火。妈妈浑然不知，而宁芙早已将我们两个视作夺走K.T.的心的敌人，只是在爱这个问题之上，还有一种与艺术相关的更为宏大的责任制约着宁芙，要她恪守己任。私情的欲火被迫压抑在灵魂深处的狭窄空间中，猛烈燃烧，将心房化作焦炭。

“妈，你看，你还认得他吗？”我推着妈妈来到K.T.的病榻前。

“我不认识他。太可怕了。”妈妈半眯着眼，不敢直视。K.T.四分之三的身体已经塌陷，头颅也在萎缩，绷带滑落，张着干尸般的嘴。他的眼睛像是被禁锢在死去已久的肉体上的两只小动物，无助地左右滑动。妈妈受到惊吓，连连往后退。

宁芙把妈妈的言行看成是对K.T.的辱没，威胁说要是我们再表现不敬，就请我们离开，至于什么艺术自由，她都可以抛弃。对一具尸体的小小无益的爱情，令她原本姣好的面容突然扭曲起来。妈妈立刻噤声，只好再打量对她而言只是一团白布的K.T.。

“不认识。”妈妈重申。

“当然不认识，你这种女人怎么会跟他有关系？”宁芙讽刺道。

K.T.已经无法说话，但他的眼珠停止左右滑动，被什么东西擎住似的，不断突起震颤。他在望着我的母亲，但一个失明的人无法视物，因此不如说，他是在努力辨认眼前的女人。他的眼珠承受着巨大的压力，最后像两颗鼓胀的泡泡那样，在我们面前破裂了，两个黝黑的坑洞飘出两缕绿色的青烟——这也许是他的灵魂啊，状若夜晚的真菌散发的孢子，或恣意的游鱼，融入四周暗蓝色的水波光影中。人的灵魂到底是什么模样的呢？若要追溯人的种种历史形态，灵魂的形状也会倾向于回溯吗？从人形，到猿形，再回去鱼形，是无脊椎的软体动物形，是单细胞形，最后的最后是……回归宇宙怀抱，成为上帝粒子！

“他是帝国旅店的老板。”我如实告诉她。

“我们的恩人？”妈妈故作惊讶状，“你不是说他是一条爬虫吗？怎么又成了一个布娃娃……”

此刻的妈妈，过于冷静。当她终于见到老板，见到那个收留我们亦给予她机会见识世界复原能力的人已处于弥留之际，没有表达惋惜，也没有感恩之情，像目睹一朵花在黄昏合拢一样，感到安然。妈妈也没有勾起什么回忆。我的猜测是错误的吗？妈妈跟那场逃离运动无任何关系？不过，她又如何辨认一个被纱布裹住头部的人？我甚至想请求揭开K.T.头部的纱布瞧瞧。宁芙是决然不允许的，这无疑是在侮辱她心爱之人的肉体尊严，而很快这份尊严即将成为死者的尊严。直到他死的那一刻，我们都没能见识他真实的模样。或许纱布后面的只是一片黑暗混沌。超越时间之影的暗子不会有固定的模样。他的模样是世间万物的统一。

“爬虫？布娃娃？简直荒谬。”这位自然的精灵哭了起来，无力表达愤怒，晦暗的脸庞如瘟疫侵袭下的败草原野。

“即便是神也有种种化身不是吗？花鸟鱼虫，飞禽走兽。”我说。

“旧王将死，新王尚幼，群龙无首，那群艺术家才日渐倾颓。圣西，你并非一个心灵浅薄的人，终有一天，你会理解他的使命，回应幻觉中的召唤。你们走吧，这里已是英雄的坟墓。”

纱布底下，幽幽地传出流沙散尽的响声。失去灵魂的躯体化为粉末流沙。纱布正式沦为裹尸布。水波光影也静止了，房间寂静如宇宙深空。我和妈妈默默离开。在回去的路上，我们生出一种怅然若失的奇怪感觉。

“你真的不认识他？”我问。

“不认识，但很熟悉。”妈妈回答，“就像看到太阳，看到月亮那么熟悉，触摸不到，但使人温暖，也使人清醒。我刚才是不是很无礼？有眼不识泰山，对这么一个艺术家说出不敬的话。”

我把K.T.叫我在须弥山顶上竖起韦驮菩萨雕像的事，以隐晦的方式将它变为另一种形式讲给妈妈听，告诉她我们即将离开帝国旅店，离开栖息地：“帝国旅店已无大事，旅店老板打算派遣我们到沙门寺，去执行新的任务。”

“新的任务？我的任务已经很明确了，你没看到那头鲸鱼吗？那是我一辈子都干不完的活。我不能离开这里。”妈妈明显畏惧新生活，这里风平浪静，她的工作在无休止的循环中，足以安慰躁动受伤的灵魂。“你听错了吧？他只是派你去。他知道我有任务在身。我说过了，你要学会承担自己的工作。”

几天后，市剧院的人再次找到我，要我提供最新情报。我如实告知K.T.所谓的计划，只不过是在须弥山顶上竖起一尊韦驮菩萨的雕像。为了方便传达，可以将它简称为“韦驮计划”。但我没有告诉他们K.T.已经逝世的事实。他们面面相觑，不相信酝酿多年的阴谋竟是如此不足为惧的可笑行动，于是逼迫我说出真相。我以舅舅的名义起誓，事实确实如此。见我如此笃定，他们面露难色，转而猜测其中是否存在特洛伊木马式的隐藏计划，要我继续盯紧。我顺势提出了附加条件。

“第一，保证旅店所有人的性命安全，停止渗透和抓捕。第二，不能阻挠石像建造、运输以及搭建的过程。韦驮计划的最终目的，是在须弥山立一尊韦驮菩萨，这个形式主义的行为对现实的影响微乎其微。但在他们看来，这已是他们人员力量发挥到最大的成果了。他们今时不同往日，不过是散兵游勇。你们阻止他们的目的，只是为了防止事态扩大。但我另有想法，若等他们搭建好后，再一举摧毁它，这样反而更能重创他们的信心。形式主义的崩溃，不正是来自形式本身的崩溃吗？请各位考虑。”

“姑且听你的。”他们对情况一知半解，勉强地接受了条件，以旁观者身份继续在外围观战。我是市剧院的棋子，也是帝国旅店的棋子。只有我知道，双面间谍有真正的目的，那个目的关乎自身的生死存亡。夜色下，我与他们悄然分别。回去路上，我极目远眺须弥山。月色下的须弥山轮廓鲜明，似乎看得见每棵树，看得见每只栖息其中的鸟儿。不久后，山顶上将立起一尊高大的雕像，遮蔽月亮，覆盖太阳，它的威严将传遍整个X市。但我的身心不会因此变得稳固，我的呼喊也不会传到更遥远的土地上。人类堕落的信仰只是神的负担。

旅店老板逝世的消息迅速传遍帝国旅店上下，艺术家们虽然感到惋惜，但创作的情绪比以往更为高涨。一个英雄的死亡，发挥了另一种激励的效果。旅店内部的艺术创作成果因此进入一个短暂的高峰期。我和妈妈都没有把K.T.逝世的消息传出去，那么传出去的人无疑是宁芙。她无法独自一人承受失去这位英雄兼爱人的悲伤，于是将这份悲伤扩散出去，使其成为一种宏大时代的共同悲哀，最终脱离小情小爱、伤春悲秋的私人范畴。这么一来，她多少被人看成是英雄的遗孀，尽管他们没有正式确立关系，不过在人们看来，她是最有可能被老板爱上的女人。

既然艺术的旧王已死，新王（亦即我本人）尚幼，缺乏担当，头脑愚钝，在群龙无首的今天，宁芙成了这个艺术帝国的摄政大臣似的，以老板的反抗信念为由，重新笼络艺术家，并多次催促我以职员身份进入沙门寺里的设计院，参与韦驮菩萨雕像的外观设计、材料运输、成品搭建以及信息传递等工作。她说已联络了设计院那边的人，就等我动身前往。我问她联络人是不是禹。她冷漠地澄清她跟禹毫无关系，是对方一厢情愿。我亦反问她，她对K.T.也是一厢情愿，而且她现在自封为王是在公然僭越。

“此地不能一日无主。”她回答。

然而，在K.T.几乎消失的时间里，在人们眼中，他本身跟死了没有区别。象征与形式是这里的动力。只是当宁芙将他的死亡消息以官方形式公开时，他的死亡才真正如漂浮的尘埃回到土地上那样，在人们心中得以确认。因此，宁芙当不当这个摄政大臣，或自立为王，这里依然会以已有的某种隐藏机制继续运作下去，正如即使人类灭亡，世界亦有其运转规律，不因食物链顶端的人类消失而崩溃。宁芙作为大自然的精灵，不是本该明白这一点吗？嫉妒与爱欲之火，或许已经侵蚀了她的心灵。

宁芙的爱欲之火温润如流溪，只有嫉妒之火肆意蔓延，开始燎原。这与我有关，却不能只怪我。虽然那天我借口说，妈妈难以抛却她目前清洗鲸骨的工作，因此要我独自去承担一个如此重要的角色是轻率鲁莽的，帝国旅店内任何一位艺术家，哪怕是宁芙本人也比我更适合去沙门寺参与任务。宁芙听完后，将那把嫉妒之火烧到了妈妈身上。濒死的K.T.第一次在旅店内见到妈妈时，神情大变，眼球紧绷，心中有话却无法言说，最终在强烈的压抑中被压碎。日夜守护在他身旁的宁芙却没能得到一个正面的眼神，一句安慰的话语，对于她这样一个女人来说，得不到所爱之人的回应是那么令人心碎。

在一个寂静的清晨，我们见证了嫉妒之火肆虐的后果。在我们出手阻止之前，宁芙当着我们的面，用一罐汽油点燃了鲸骨。那蓝绿色的烈焰从鲸骨尾部开始向上蔓延，并以脊椎骨为轴心，同时沿着肋骨左右迅速绽开，如同展开一双火的羽翼。海洋中的鲸，死后在陆地披上火羽，但在我们面前燃烧的不是一具尸骨，那更像是一座房屋的桁架在剧烈燃烧，在那里面，原本寄存着妈妈计划从此安定于此地的理想，寄存着她渴望的世界复原力。宁芙的双眼被烈火映红，透露出邪恶的满足，隔着火光瞪着妈妈。

“真美啊！”妈妈看着熊熊烈焰说，“但这是没用的。此前我已经试过很多种方法，包括烧掉它，无论怎么做，它都将很快恢复原状。”

一架体型庞大的压路机从旅店门口驶进来。这时我才发现，为了让压路机通过，旅店门口已经被拆除，开出了一个宽阔的入口。这架庞然大物从我们身边驶过时，司机向我们打招呼问好。这个司机似曾相识。我想起来，那天我们搬家曾请他帮我们把房子里的书籍运到海边烧掉。也正是在那天，我们在海边遇上了这头搁浅的鲸。时光回环往复。我问司机他来这里有何贵干。他说有人雇他来把鲸骨压碎。我告诉他，这具鲸骨非同寻常，是压不碎的。他笑了笑，说等着看他的本事。司机似乎真的有信心摧毁鲸骨，并认为我们也很乐意看到他取得成功。

我没来得及阻止，司机便开着庞大的压路机，朝仍在燃烧的鲸骨碾了过去。鲸骨在滚轮的碾压下，吱嘎作响，带着火焰的骨头向四处崩裂，在尚且晦暗的清晨状若流星溅射。我和妈妈被吓了一跳，但此时我们两人都沉浸在事物毁灭的美感中。我的心灵不禁被一种莫名的幸福占满，死死压住世界的那份重量也会因此在一瞬间被卸去，如同泄洪的堤坝，倾泻千里。

“没用的！没用的！”妈妈重复道，大笑起来。她嘲笑宁芙徒劳无功的对抗，信心来自世界的不灭。地球历经了史前恐怖的地质变化动荡，承受了人类无休止的战争，即使如今在堕落的幻觉中苟延残喘，也无阻它将继续存在千万年。

司机把每块碎片重复来回地碾压，直至它们碎成齑粉，最后调转车头，朝门口驶去。再次经过我们身边时，他露出满意的笑容，说：“今天收益不错，又赚了一大笔。下次有生意，记得介绍给我啊。有你们在的地方，就有销毁的生意做。”宁芙不知何时离开了。妈妈坚持在树下等鲸骨一点点复原，从清晨到日暮。自从K.T.死后，山魈就没从树上下来过。山魈在树上，妈妈在树下，一起在等什么东西似的，等世界把咽进肚子里的某些东西吐出来。世界只是神的一摊美妙的呕吐物。鲸的骨灰随风飘散，越来越薄，无论妈妈怎么挡住风，风还是无孔不入，无处不在，把骨灰一点点地带走，混入我们呼吸的空气中。妈妈始终看不到预想中的复原，哀伤不已，自言自语：“为什么呢……明明我试了那么多次……”

傍晚时分，宁芙回来了，跟妈妈说：

“死心吧。金属再坚韧，也有强度极限。一旦超越极限，累积的损伤便是永久性的。你以为世界始终会复原，那只是你还没见识过足以摧毁一切的最高痛苦。”

“我没见识过？你没资格跟我说这句话呢。”妈妈说。

这两个女人并非在互相讥讽，她们说话的语气正如眼前一片片即将消失不可挽留的晚霞，显得平和又哀伤，与其说是辩斗，不如称之为某种难得的坦诚吧。

宁芙收集剩下的骨灰，把一部分骨灰掺进旅店的水塔里。人们喝下这些水，就意味着那头鲸变成他们身体的一部分。虽然碎成齑粉，也未被证实拥有使人永生或复活的功效，但这具奇异的鲸骨好歹也是世界在某种程度上有能力复原的象征，它似乎暗含着K.T.的理想，一个自由不朽的世界。我们每个成员都是鲸的一部分，是永恒流动又终将凝聚归一的共同体。宁芙将另一部分的鲸骨粉末交给我，希望我能把它们掺进制造韦驮菩萨雕像的材料里。

鲸骨已经彻底粉碎，妈妈终于从清洗鲸骨的永恒工作里解脱。我也因此失去了继续留在帝国旅店的理由，即将踏上去沙门寺的路。我还有另一个要前往沙门寺的理由。上回遇见沙门寺，是在我童年迷路期间，之后再也寻不着它的身影。那次偶然如同梦中相遇，我与僧人的对话也如梦中的默示。

如果通向真相的道路仍未被打开，沙门寺将是我的最后一个入口。

III 须弥山巅

沙门寺是一副天然巨大的棺木，或者，整个世界就是人类的棺木。

十六

我满怀对真相的渴望预备踏上征程，穿越沼泽山川前往沙门寺，在须弥山顶立起一尊睥睨众生的韦驮菩萨雕像是我此行的表面任务。当市剧院的人员从我口中得知，帝国旅店只是想竖起一尊雕像时，他们感到愕然不解，还有轻蔑，而且似乎有撤销行动的念头。这种事哪值得大动干戈？部署数年，到头来发现敌人只是一群做着白日梦、不切实际也毫无还手之力的蝼蚁，颜面何存？只是出于害怕有诈，事到如今也骑虎难下，他们才坚持让我继续盯紧。

我在其中发现了对自身而言无法回避的真相暗影。原本为利益而行动的双面间谍，终于发现手中的任务竟然与自己的命运有着莫大的关联，身份从局外人一下子转变为任务的核心。即使如此，我也不能暴露自己的双面间谍身份，只能任由他们派遣我在两地秘密来往，传递资料消息。我必须装作毫不知情，竭尽忠诚。如此大费周章地进行地下活动，只为了竖起一尊石像，跟耗费的时间精力和牺牲的人员相比，成果显得过于可笑。一切只是为了高贵的尊严，为了可怜的面子，为了对世界而言微不足道的真相。

阮儒要和我们一起出发，跟在他身后的是依然满脸哀伤的马谟。但马谟的眼神在不经意间流露出的凶险使我难免忧虑，带他一起上路并非权宜之计。阮儒见我有意拒绝马谟，坦白说这其实是老板的安排，是宁芙在老板临终前从他口中听到的，计划安排他们做我的助手，而且他们是同生共死的患难兄弟，不会分开行动。为了完成死者的遗愿，我没有资格拒绝。山魈比我们都更熟悉前往沙门寺的路况，它也要加入队伍，带领我们走上这条西天取经似的路。四人和一头山魈，俨然前往西天取经的四师徒。妈妈当初为我取名为孙圣西，其含义在今日终于有了现实对照。

临行前，我检查宁芙交给我的那袋鲸骨灰，发现一截类似人类手指的骨头。这袋很可能是K.T.的骨灰，或者是混合了鲸和K.T.的骨灰。世界的复原力和艺术的帝王两种结晶的混合物，没有比这更适合用来制作韦驮菩萨的金身了。我忽然对宗教式的象征力量产生了病态的敬畏。我过去的岁月不正是笼罩在象征的阴影之下吗?

沙门寺在须弥山脚下，既然能从帝国旅店望得见山峰，想必即使道路再曲折，抵达那里也不至于花太多时间吧。我们在夜里出发。树林是险恶的开端，沼泽遍布，白天要小心地爬过沼泽，夜里必须在树上休息，远离水面，还要在四肢和脸部涂抹泥浆，防止铺天盖地的毒蚊旋风来袭。习惯在人类环境生活、久未执行任务的山魈偶尔犯错，忘记路线，带我们误入野兽蚊虫肆虐的死路。尽管在开阔的林地能看见须弥山顶，但地上的险恶超越我们的想象，坐标失去参考意义。我们饱受饥饿和痢疾的折磨。

阮儒是个语言模仿高手，时值鸟类交配时节，他模仿雄鸟求偶的叫声，就能引来雌鸟，用树藤制作的弓箭将其射下来。我们吃下果腹的是为了爱情和繁殖而冒险牺牲的雌鸟。山魈在树上探路。妈妈指着它，又说起我们共同的噩梦。在亲眼见到它之前，它是在树林和茅屋顶上窥视人心的鬼魅，现在却在树上为我们引路。梦幻和现实在我们的生命里分别发挥出不同的效用。当然，妈妈现在不会那么愚蠢地认为我的出生跟山魈有任何关联，但我仍对山魈如何在妈妈的意识里扎根的原因抱有强烈的兴趣。《聊斋志异》很可能只是一个借口，真正的契机仍有待查明。

一天黄昏，我们听到海浪声。山魈带我们来到了海边。我怀疑在不久后，我们甚至会抵达沙漠，穿越戈壁，绕过重重山峦，才能最终抵达沙门寺。它指着内陆河道入口的草丛，在里面我们找到一艘藏起来的木舟。我坐在木舟的中间，妈妈和山魈坐在前面，阮儒和马谟坐在后面。我们用捡来的木头做桨，划着木舟，逆流而上，昏昏欲睡。午夜时分，我筋疲力尽，心绪不宁，往后一看，发现坐在船尾的阮儒不见了。只有马谟怪模怪样地盯着我，不知从哪里掏出一把刀子，挟持我，把我的两只耳朵割了下来。原本我就失去了部分耳郭，现在彻底失去耳朵，那一刻声音开始随着剧痛弥散，无法聚集。我也听不到自己的尖叫。妈妈被突如其来的骚动吓得直哆嗦，认不出失去双耳，脑袋两侧血流如注的儿子，神经兮兮地说："血葫芦！"

我忍着剧痛，才勉强听到马谟的话："无名者和叛徒，统统处死！"失踪的阮儒已经为自己坚持带马谟出来，为了所谓的兄弟情义，付出了生命的代价，在我们昏昏欲睡地划船的某个时刻，他被马谟秘密杀害了。在我们之中，马谟始终是那个叛徒，是敌人的眼线。但他不知道，他效忠的市剧院早已不把这场派别斗争放在心上，只有像他这样浑然不自知的狂热信徒，还在盲目地执行命令，在自以为是的暗杀里践行职责。

山魈朝马谟扑过去。马谟转身躲避，在山魈的胸口上扎了一刀，跳进河里，爬上岸边丛林后消失了。山魈重重地倒在木舟上，脸上的条纹被染成红色。木舟左摇右晃，血迹斑斑。妈妈手足无措，捡起那两只被扔在一旁失去血色的耳朵，堵住山魈胸口的血洞。我听到了山魈逐渐衰弱的心跳，似乎那两只耳朵的神经仍连接着我的神经，随着耳朵的死亡，耳边的心跳声也低了下去。山魈没有死，这世纪仅存的山魈不会那么轻易死去。妈妈及时的抢救发挥了作用，但她始终没有发现，她用来堵住山魈伤口的是我的耳朵，最后还被她当成是吸满血的布团扔进了河里。我看着两只苍白的耳朵慢慢沉下去，在最后一丝声音里，我听见了河流亘古的脉搏。

曾经的RMX三人组，从今天起只剩下一个的X。

当妈妈发现我失去耳朵时，我们已经远离了海岸，重新进入内陆河道。伤口感染后，我发高烧，幸好须弥山已近在眼前，但病重的我以为那只是海市蜃楼，不断跟妈妈说自己快死了。须弥山清晰地展现在眼前，左侧是巍峨峭壁，右边是平坦的树林沼泽，中间江水滔滔。沙门寺位置奇特，建造在山体的峭壁之中，寺院大殿恢宏，但由于嵌入山体，山体平台向外突出的部位不多，阳光难以直射寺庙，整体色泽晦暗，被更为壮观奇险的须弥山死死压住了气势。山魈见到沙门寺后雀跃不已。妈妈仰望须弥山，觉得自己曾经来过。这座圣山跟我记忆中沙门寺所在的山是不同的事物，是未曾抵达之地，梦中所见的事物难以与真实重合。虽然妈妈觉得它似曾相识，但我早已不指望她记忆的可靠性。

我不是野蛮强壮的山魈，只是一个虚弱的人类之子。如果妈妈不尽早带我去处理伤口，那么在任务完成之前，我肯定会难逃一死吧。峭壁之下，没有可供停靠上岸的陆地，山体直入水中。待木舟划得更近时，一道与黄色山泥融为一体、宛如天梯的陡峭石级，才慢慢露出真身，依附山体蜿蜒而上。靠近峭壁的一侧，没有任何护栏，只要稍有不慎，就会坠入江中。

见没有任何可供泊船的设施，妈妈只好将木舟的绳索捆在船桨上，再把船桨插入山体来固定。经过连日跋涉和行船，妈妈的双脚已酸软无力，还要扶着病重的我，攀爬这吃人的天梯，这无异要承受极大风险，但也不能独留我在船中。山魈善于攀树，熟悉天梯，背着我前行不在话下。在山魈背上，我饿得头脑嗡嗡作响，顿觉山崩地裂，左摇右晃，从未想到这片毛茸茸的恐怖背脊如今会成了我栖身的病床。历经凶险抵达此地的我，不是一条卑微的爬虫，便是一个虔诚的朝圣者。终点的阶梯处，冒出几个光溜溜的脑袋。那些僧人知道有人上来，却没有施以援手，也许成功登上天梯是沙门寺的考验，他们没有义务帮助信徒。

寺外的山体平台上，有一座低矮的钟亭，一个僧人手拉着绳子，似乎随时要敲响它，警告全寺人员有外来者入侵此地。还有几位僧人紧张兮兮地看着，直到认出那头山魈，他们才放松警惕，问我们是不是旅店老板派来的。他们的说话声在我听来像有成群的蝇虫在耳边飞，高烧和剧痛使我神志不清。受伤的山魈爬到树上去。

须弥山挖出一个巨型窑洞，将这座寺院硬塞了进去似的，洞口的边缘参差不齐，侧面有条栈道直通向正上方的顶峰。我想那儿就是韦驮菩萨将要矗立的地方吧。洞口前的平台像前突的下颌，占地不大，却密集地竖立了近十尊人高的韦驮石像。从高耸的洞口下经过时，我受到极大的震撼，像是走进一头史前巨兽的大嘴里，随着他们把我抬入黑暗的洞口，意识也一同进入了平静的昏迷深渊。

“圣西，”妈妈抚摸我滚烫的额头说，“你会好起来的。”

“是啊，我会越来越好的。”

昏迷期间，我梦见佛祖治好了我的病痛。我还在梦里游览了整个寺院，它是那么金碧辉煌，信众如织，香火缭绕，诵经声铺天盖地。但我醒来后，发现真实的沙门寺跟梦中所见的大相径庭。治好我的也不是佛祖。我在一间阴暗的僧寮里醒来，躺在一张铺着暗蓝色被单的床上，房间里连蜡烛也没有，透进来的光线应是来自外面庭院的蜡烛。我摸摸双耳，耳朵确实是没有了，裹着厚厚的纱布，我只听得见大脑里的嗡嗡声。僧寮的门是一长排的，门上半部分的格栅镶嵌着玻璃。一个人影从门外走过，停在门前。那个人端着一个铁盆。我听见铁盆放在地上，然后开锁，推门进来的声音。我知道那个人不是妈妈，于是假装仍在昏迷中。

那个人把铁盆放在凳子上。盆里有水。拧干毛巾。水滴溜溜地淌下。一条冰冷的毛巾在我的脸上来回地擦拭。我此时的好奇心战胜了佯装昏迷的战略，睁开一条缝，依稀看到是一个女人，果然不是妈妈。我似乎在哪里见过她，闭着的眼睛再睁开一点儿——那张老瓜皮脸，笑盈盈的，龇着缝隙过宽的牙，突然勾起了我某个夜晚的恐怖记忆——是她，姨婆！给我做驱邪仪式，戴上韦驮菩萨吊坠和耳环的老女人！我蓦地从床上跳起来，一脚踹翻凳子上的铁盆，水花四溅，我冲出僧寮。所有跟韦驮相关的事物，最终还是回到它的原点来了。沙门寺，韦驮菩萨的道场，我童年迷路时来过的神秘之地，也是我如今执行任务的目的地。世界具有复原的能力，事件也有回到起源的趋势。

妈妈正坐在庭院的亭子下，一根蜡烛在她头上摇曳，让她看起来像一尊庭院石雕摆件。见我醒来，妈妈露出欣慰的笑容，问我感觉是否好些，还叫我到她身边坐下。她刚才似乎一直沉浸在某种遐想里。

“妈，那人怎么在这里？”我指着黑暗的僧寮问。

老女人从僧寮里走出来，站在走廊上默不作声，笑着凝视我们母子二人。

“这几天是姨婆照顾你的，你要谢谢人家。”

“你应该记得她做过什么吧？”我低声说道，一边检查自己的手指和脖子，确保没有什么奇奇怪怪的饰物在上面。

“别这样……”妈妈回答，“姨婆是寺院的杂役，当初她来我们家也是缘分，要不然我们今天也不会在这里遇见她。”妈妈笑着朝老女人点头致意。她的笑容是那么僵硬，若承认老女人对我做的事是错误的，等于承认她自己也有错，毕竟那晚让老女人进门的是她。但老女人没有回应，悄无声息地消失在长长的走廊里。“在这佛教圣地，噩梦不会再来了吧？”妈妈神情阴郁，早先摆脱了偏执和妄想后的那份坦然荡然无存，紧张地环视四周。“是她说要照顾你的。你以为我想让你有什么不测吗？但要是不听，我担心人家不知会做出什么来。”

寺院内部不通风，但异常阴凉，烟气上升后没有聚积，我想应该是从隐蔽的通道排出洞外去了。四周隐约听到机械排烟系统运作的声响。寺院里不是藏有一所建筑设计院吗？由于建于洞内，沙门寺缺少自然光，却不见电灯，负责照明的是众多的蜡烛。蜡烛没有让这里亮堂几分，反而因为阴影的摇曳而使得视线模糊，有着如在梦中般的依稀，给人昏昏欲睡的催眠效果。也许是为防止土壤坍塌损坏寺院，洞顶圆拱铺设了灰色石料来稳固结构。与其说这是寺院，我感觉更像是古墓，直通山体深处。

在封闭的寺庙里，分不清此时此刻是白天还是黑夜。一位僧人缓缓走来，问我的身体感觉如何。妈妈替我回答："他好很多了，多谢关心。我们什么时候可以离开？"她对来人充满戒心，警惕地望着偶尔路过的人，看样子不想继续留在这儿。然而，我有任务在身，还有更大的谜团在等着我，绝不能被母亲的情绪阻碍。

"禹，他在吗？"我问。

听后，僧人面无表情。

"设计院……知道吗？旅店老板派我来协助他工作。"我进一步说明，"韦驮菩萨……雕像……须弥山上……知道吗？"

"请稍做休息。"僧人没直接回答问题，眼色如死水毫无变化。他另外解释说，由于房间不够，既然我醒了，得委屈我们母子一阵，两人住同一个房间。于是他带我们离开庭院，穿过天王殿，绕到假山水池的另一侧。在那边，有一排相似的僧寮，只是位置更隐蔽，也更昏暗。他打开一道门，请我们进去。

这房间不像是僧人起居用的，也不像用来接待来访人员。不经收拾的床铺，开叉的牙刷，一条发黄的毛巾。我打开抽屉，在里面发现了图纸，有水文专业的施工图，也有不少韦驮菩萨佛像的构件图。此前住在这里的那个人有可能是禹。没等我细问，僧人便退出房间，把门关上了。我猜僧人并非不认识禹，只是不便回答，也并非让我们在这儿住下，而是特意把我们带到禹的房间里来。沙门寺内部似乎仍处于分裂中，住持已经撒手不管K.T.了，这里的僧人坚持佛门净地的规则，不愿插手其中。

“我想休息一会儿。”妈妈钻到被子里，颓然地睡过去。

“起来吧，这是别人的房间。”我说，一边留意着外面的动静。

“再说吧……”

房间内只有一个小烛台，但假山上的蜡烛多如漂浮的密集鬼火，透过雕花的门饰漫进暗沉的光线。偶尔有人从门外走过，步履缓慢，似在窥听我们的动静。我端起小烛台，勉强在房内四处搜索，看能不能找到什么跟禹有关的资料。结果一无所获。但在烛火即将烧尽时，我在墙纸后找到了一个刻意遮蔽起来的灯盒，沿着凸起的电线一路看过去，在天花上发现了一个被布包起来的东西，应该是电灯泡。按下按钮，那团布料透出与蜡烛亮度相当的灯光。

突然一阵敲门声响起。“熄灯。”我吓得屏住呼吸，关了灯。那个身影随即离去。外面重归岑寂后，我推开房门走出去。

寺内有一种适合深夜秉烛夜游的萎靡气氛，偶尔从其他僧寮里传出佛偈声。由于缺少阳光，这里除了遍布厚厚的苔藓，还有不需要阳光就能生长的剑蕨、纸莎草，以及一般长在腐烂之地的白色水晶兰，阴湿气过重，即使摆满蜡烛，也无法驱寒。圆拱上有渗水的微细裂缝，冰冷的水断续地下落，在僧寮前的院子里发出寂寥的滴答声。但滴答声并非是水滴落地板发出的，我被罢黜的耳朵几经努力判断，才明白那是水滴在韦驮菩萨身上发出的声音。但我的视力没有因为听力受损而有所加强，双眼迷蒙，只能凭借黯淡烛火适应黑暗，看见走廊柱体浮雕图案，正是手持金刚杵的韦驮菩萨……再看每根廊柱都是如此。当我视野环视院子，发现假山、矮树和水池旁都摆设着大小统一的韦驮菩萨石像。想起穿过天王殿时，看见原本是大肚弥勒的位置，摆放的却是韦驮。这里是它接受专属供奉的行宫。

寺院的死寂使人的行为不自觉地变得迟缓，害怕发出任何一点儿噪音，连呼吸都克制着。这里只有一张床，我只好在妈妈身边躺下来，等这间房的住客回来。我暗暗祈祷着那位住客是禹，毕竟目前，除了母亲，他是我在这里唯一认识的人。我的手臂贴着妈妈的衣服，感觉很潮湿，我以为房顶漏水，后来发现她浑身冒汗，在梦里挣扎。她又梦见山魈了吗？可是她应该早已跟山魈和解了……她孕育我时，我们的神经相连，我的痛就是她的痛，她的梦也是我的梦。当我出生后，对她来说，我便是她身体的外人，再也难以感受她的痛楚。

睡了一会儿，我起身倒茶漱口。妈妈不在床上。走出去，我才看见她提着木桶，在水池边打水，逐个擦拭庭院里的韦驮菩萨石像。从湿身的石像数量来看，她已经这样干了有一阵子了。她擦拭东西的神态，一下子把我的思绪拉回了帝国旅店，想起她在苹果园不分日夜清洗鲸骨时的执迷。她这辈子总是在清洁，要抹掉心灵里的污秽。那些污秽从噩梦中漫延出来，污染了她整个现实世界。

“妈，不要多管闲事。”

“这怎么是闲事呢？我们总是寄人篱下，不能白吃白喝。我数过了，这里有上百尊菩萨石像，每天早上起来，可以一直擦到傍晚。工作结束后，还可以和姨婆一起去听佛偈。不要对人家抱有恶意，这份工作还是她好心分给我的，既然寺院能接纳她做杂役，她总该不会是个坏人吧。倒是我们，圣西，我们总要有点儿什么用才好。你不是也有任务在身吗？游手好闲会遭人白眼，生病可不是偷懒的理由。”

“你这辈子除了搞清洁，没别的事可做了？”

“我这辈子就是替你还上辈子的债。姨婆说你上辈子干的坏事太多，今生才会招惹山魈。”

“招惹山魈的是你吧……”

哎，妈妈从来没有摆脱山魈。此山魈又非彼山魈。她只是跟一头猿猴形成了主仆关系，可是那种噩梦般的妖物啊，却从未离开过她的心灵。

“大概吧……”妈妈的手停了一下，又继续擦起来，这么下去菩萨的脸迟早会被磨平的。她继续说：“前几天，我一踏进这里，一种不祥的感觉就涌上心头了。都说有毒蛇的地方，附近便会有解药。如此来说，一定是因为这里是那种妖物经常出没作乱的地方，所以才需要建一座专门供奉韦驮菩萨的寺庙来镇住它呢。”

“你当年见到的明明就是只猴子。”

“嗯，我是在哪里见到它的？肯定是这里，只有这里……披着猴皮的鬼！”

“算了吧，你最好别跟那个女人搭话了。”

偏偏此时那老女人回来了，一声不吭地忽然从走廊某处走到水池边。“在聊什么呢？”她明明听到了我们的对话，摆着一副瘆人的慈祥笑容问道：“圣西，你叫圣西，对吧？还记得我吗？”

我没有回答。

“你的——”她吊起眼睛，指指我的胸口和耳朵，“怎么不见了？”

“还不是因为他那时还小，弄丢了嘛。”妈妈撒谎。

“可惜，可惜。”老女人说，“那你还需要吗？”

“不必了。”我回答，身体却忍不住哆嗦了一下。

“我看你眉目有凶相，印堂有黑气，看来拜菩萨念经已经帮不了你什么。”老女人说，“修道果然还是要靠苦行，菩提树下顿悟之举并不切合你浮躁的本性。”

“你说什么我都不会听了。”

“旅店老板的话你不听吗？跟我来。”她向我招手，“你的工作要开始了。”

我望向妈妈。她竟然点头示意我跟上去，要再次把我推入那双皱巴巴的魔爪中。但理性提醒我，我将要面临的事已远不是那个夜晚所能比拟的，将更深远地影响我的未来。我向前走一步，脚步轻飘飘的，再走两步就坚定多了。

我跟着老女人来到大雄宝殿前的中庭。山洞照射进来的日光，在内部黑暗的强烈对比下更加令人炫目，仿佛那是通向极乐世界的大门，而我们正身处疾苦人间。她要我先在这儿等，有人会来接我。

“我的耳朵是因为你才变成这样的。”我说。

“冤枉。是当年老板叫我去看你的。”老女人回答，“只不过，按我以往的经验，人必须有信仰才不至于被外邪入侵。给你戴上耳环和吊坠，虽然是我的主意，但你也看到了，老板不也沉迷韦驮菩萨吗？别以为我不知道你来沙门寺要干什么。”说完，她指着上方。

“狡辩！就是你害我的！”我勃然大怒。几个正好经过的僧侣，向我投来冷冷的目光。在这封闭的山洞里，人声听起来特别尖锐高亢。“算了。”我本想继续反驳，但有一件事引起了我的注意，“这么说，你来我家的那年，老板就已经知道我们了？”

“时间还可以更早。”

“早到哪一年？”

“你出生的那年。”

“他就是我父亲……是吗？”

“这我说不准。总之，他是所有人的父亲——我是说，信仰、艺术、文化……”老女人说，“当年老板逃离剧院，在他带走的那批人中就有我。我就是扮演斯芬克斯女妖的人。是他救了我。”

“但另一个问题你肯定知道答案。”我犹豫着，过一会儿才继续说：“当年扮演王后约卡斯塔的女职员，到底是不是我妈妈？”

“没错。”

“啊……”

我被无尽的恐怖击中，但答案早已在我种种预想的可能中。这场人生灾难的重要环节便浮现出来了。既然那位拥有一定权力的内部女职员是妈妈，那么赋予她这份权力的，只能是当时担任市剧院院长的人，我的外祖父。妈妈之所以失去记忆，陷入恐怖的妄想和绵绵无期的罪责中，其原因已经在K.T.于病榻上的自述中显露了。或许是出于一种在剧团排练过程中自然产生的爱情、共情、怜悯或理解，她甘愿背上叛变的罪名，协助演员潜逃，最后喝下记忆药水，摧毁自己的记忆，伪装成受害者。我想，外祖父不可能不知道真相，但为了维护家族声誉，在面对女儿失去部分记忆后说出的妄语，在面对她发现自己怀孕后却一再坚持那是山魈导致自己在梦中感孕的迷乱，外祖父只能谎称那只是年轻女孩的错误，并在最后引咎辞职，离开市剧院。

另外在K.T.的自述中，妈妈跟扮演她儿子俄狄浦斯的K.T.，以及扮演国王拉伊奥斯的男人（如今沙门寺的住持），分别有过肌肤之亲，我苦苦寻觅的父亲的暗影轮廓，因此突显到了一个几乎能辨认的程度。然而，无论两者中的哪个是我父亲，似乎都是难以接受的。K.T.没有在自述中完全透露真相，遮遮掩掩，因为细想之下，个中关系如此难以启齿。在市剧院的规则中，演员对于戏剧角色个性的遵循，几乎到了他们仿佛是天生如此的地步，让这变成一个真实的弑父娶母的故事……在那个故事里，我的母亲（王后）将K.T.（俄狄浦斯）视作消灭斯芬克斯、解放人民的伟大情人，而从黑暗中诞生的K.T.渴望母爱，于虚构中产生了真正乱伦的痛苦。而又有谁愿意相信，一个和尚竟是自己的父亲？

“你本来有机会告诉我们真相，至少让我妈知道——”我说。

“不行。没有信仰支撑的人生，在面对残酷的真相时，只会陷入贫瘠的痛苦。”老女人说得如此正义凛然，“你们能活到今天，没有被绝望击垮，不正是因为韦驮菩萨吗？从你拜韦驮菩萨那天起，你就是一个有心灵支柱的人了，只有秉持着这份信仰，直到今天面对世界赤裸裸的那面时，你才能依然充满善意和乐观，坚韧，柔软。”

我无法反驳，事实确实如此。她将我们推入陷阱，我们却因此学会拆解陷阱的方法。她以前是为K.T.出谜题的斯芬克斯，如今把谜题传到了我手中。

“就让你妈在菩萨光辉下度过余生吧。”她又补充，“你看看她的样子，你忍心告诉她吗？她永远无法接受自己的过去。”

“你对我们的承受能力一直抱有误解。”

外面日头转暗，寺庙变得冷冰冰。我们等的人也终于来了。“又见面了。”来人跟我打招呼。时隔这么久，我再次跟禹相见。跟上次在铁路旁看见他扬言要自杀时相比，被昏暗的灯光映出脸庞的禹，现在看起来更病态憔悴，面如土色，眼袋肿胀，四肢干瘪如枯枝，仿佛一具死尸朝我走来。他还沉浸在被宁芙拒绝的伤心苦水中吗？但他这副苍白的样子更像是因为长期没有得到日照造成的。

老女人说，她还有话要跟我母亲聊聊，于是默默地退下了。我刚想警告她别跟妈妈乱说话，但已来不及，因为禹要我马上跟他走。

十七

须弥山原本无名，建寺的高僧因其巍峨高耸，太阳每日沿着山巅中轴线升起，恍如妙光普照，便命名为须弥山，并选址在峭壁被侵蚀而成的山洞内，建造沙门寺。随着后续施工的进行，山体越挖越深。在没有可供人和船只停靠的大江峭壁上建造寺院，不是一个利于信众前来参拜的举措，但它的意义正在于苦行，拒绝修建渡桥，信众要进入沙门寺，必须穿越树林沼泽，直面蚊虫肆虐，抵受口腹之饥，铤而走险，攀爬陡峭的石梯，才能来到佛祖面前请求发愿。

沙门寺住持带着K.T.以及其他人，从市剧院逃出来后在此落脚，或真或假地以僧人身份隐姓埋名，并对其进行修缮。后来几年，部分僧人还俗，改头换面，进入俗世社会，另一部分由于心意不定，徘徊在树林中，过着野人般的生活，用芭蕉和竹子搭建简陋的住所，遭受野兽毒虫的侵扰，还要提防市剧院派来的人员追捕，在山涧密林沼泽之间转移，如同艰难的游牧民，最后选择回到沙门寺。

但多年来，由于风雨侵蚀，沙门寺缺乏维护，破败不堪，山体和建筑主体都有坍塌的危险，仅靠这群人的力量，根本难以维持其稳固。一件破天荒的事发生了，X市政府决定派一批工程人员，驻守寺内，参与修葺重建，与僧人共同起居饮食。这也是寺内那个设计院最初得以成立的重要基础。但X市政府的真正目的，是计划以和平的方式监视他们，相信信仰的力量能使他们改邪归正。这批由市政府派来的工程人员，几年中离开得七七八八，逐渐被K.T.安插进来的人员取代了。

这是禹的日常工作。他兼职当沙门寺的导游解说，寺内阴暗，不便张贴文字。若有香客想了解沙门寺的来由，老女人便通知禹前来，讲述上面这段故事的第一部分。然而，后面被省略的故事与现今所见的沙门寺显然有更为直接的历史关联。禹一边解说，一边带我继续深入山体。连日的困倦让我成为梦中的比丘，在密林红色的鬼影噩梦中，穿越漫长的时间线，与看不见的护法韦驮菩萨相伴，只为重返须弥山，重回沙门寺。这里除了无尽的黑暗和梦一样的岑寂，一无所有，连神仙也默然。

“为什么不点灯？”我问。

“这里只用蜡烛。”禹说。

“但我看到房间里有灯。”

“这里虽有水电系统，但僧人们希望过一种点蜡烛、饮山泉的生活。他们从市剧院逃出来后，个性竟有如此大的改变。”禹走到一个快要熄灭的灯盏前，换了一根新蜡烛，“蜡烛是从旅店那儿运来的，比普通蜡烛耐烧。”

我拿起一根蜡烛打量，质感跟普通蜡烛有差异，蜡质黄棕色，还散发着微弱的鱼腥味。我问他：“蜡烛用什么做的？”

“鲸蜡油。从鲸鱼脑子里提取的。”禹对我比了个手势，“别说出去，僧人还不知道。”

布满整个寺院的烛火，竟是那头抹香鲸的大脑？用鲸蜡油制成的蜡烛，以前放置于古墓中被当成长明灯使用。在我看来，这个藏于洞内的寺院更像是古墓，难以将此地视作庄严的佛教圣地。

前面有个年轻的扫地僧，正为即将熄灭的烛台更换新蜡烛。

“这里太黑了，对视力不好。”经过他时，我随口说了一句。

“佛陀的教诲让我们内心的火长明。”扫地僧自言自语似的说。

扫地僧的脸离烛台很近，小心翼翼地点燃蜡烛，所以没朝我们看来。蜡烛火苗燃起的一瞬间，我看见他的侧脸，心中顿时大惊。我没有停下脚步，很快把脸转了过去，以免被他认出。即使他剃光头发，我还是认出这个扫地僧就是我舅舅的儿子苏武。我上一次见他，是在栖息地外的废弃工厂，那时他从夜游者的废墟归来不久，后来便踏上归家的路。今天怎么会在这里见到他呢？我不禁怀疑，市剧院的卧底已经渗透到沙门寺内部来了。不过在他亲口承认之前，我还不能做判断。

走远一点后，我问禹刚才说话的年轻小僧是谁。禹说自己跟他不相熟，只知道大家都叫他小武，刚剃度出家不久，在这里干了一段时间杂活。

禹带我来到一个不对外开放的偏殿，在隐秘处的墙上，有一道铁门，进去后能看到一个向下的楼梯入口。这里的情况迥然相异：普通照明灯、应急照明灯、摄像头、出口指示灯牌以及自动喷水灭火系统等设施，一应俱全。在寺院地面不见踪影的东西，这里应有尽有。

“他们原本计划在大雄宝殿后面的山体，开凿空间来建造设计院，但由于担心落石会破坏原建筑结构，最后决定建造地下室。”禹带我往下走，“一个水平工程，变成了垂直工程，地下室还能当避难所使用。”

设计院的第一层的层高很低，天花板上安装着如喉管般攀缘生长的通风换气管道，而那些蛛网似的电线是这里的血管，共同维持这个深入山体内部的空间的运作。如果第一层看起来还有现代的气息，那下一层简直是穴居人的巢穴：一个椭圆形的洞穴，在洞壁挖出一个个小空间，像是某种昆虫的卵荚。而这些卵荚似的空间，其实是各类机房，热交换机，消防供水，发电机，水电输出线路穿过洞壁向上延伸。为了避免掏空寺院地底，导致地陷，设计院决定仿照蚁巢结构来建造地下空间，眼前这些挖出来的洞看起来很粗糙，其实经过计算和建模，只要不遇上剧烈的震动，便能维持稳固，通风换气排水等功能也非常完善。

我沉浸在惊异中。几经周转，我们终于来到职员工作的办公室。职员只有十来个，对着图纸焦头烂额，个个神情萎靡，脸色苍白，是不折不扣的地底生物。他们抬起迟缓的头颅，望我一眼，便马上低下头忙着奇怪的工作。有的在捏陶土，做韦驮菩萨模型，有的在快速计算，有的在批阅图纸……当他们感到心烦意乱时，原本苍白的脸会透出不正常的绯红。经过职员的座位时，我瞥了一眼，清楚地看到图纸上画的是韦驮菩萨雕像的构件图，桌上的图纸还有风力发电系统、建筑平面图之类的设计项目。从部分项目的名称看，设计院本身还在继续建造扩大中。其中几个职员还穿着僧人的衣服。禹说，他们是当年还俗的僧人，接受社会职业培训后，又选择回到这里，既是僧人，也是设计院的职员，拥有双重身份。我不由得僵直了身体，以为禹在暗示什么。

禹犹豫着要不要把我介绍给这里的职员认识，后来还是作罢了，认为我没必要跟他们打交道。这群人设计韦驮菩萨的工作一直处于停滞状态，而他自己也无计可施，被派来设计院的这段时间，他被无意义的日子折磨得不成人形，后来机缘之下，一旦有空，他便和其他僧人一起参见晚课，打坐念经。

“设计院还在继续扩大？”我疑惑道，“这些工作真是没意义啊……”

“如果不继续干活，他们活着又有什么意义呢？设计院已成了这些人的身体，活着就是不断建造和完善自己的身体。它唯一的存在目的，就是建造自身，跟寺院修行一样，除此之外没别的意义。所谓普度众生，是更宏大的目标。在普度他者之前，自己才是首先需要被普度的。”

禹带我离开办公室，再次回到过道上，朝地面走去。向上走时，我觉得自己正离开一个逼仄的地狱，回到温暖的人间，于是便也能理解禹在此地工作的痛苦了。禹说，在和僧人一起参加寺庙生活的过程里，他发现了语言的力量，单纯坐着念经，不断重复那些音节听起来混沌不明的经文，让他的心灵更加透彻了。他露出欲言又止的神情，而后承认，念经给他带来一种可以重整体内结构的稳定力量，这种力量要比帝国旅店里的艺术都更有价值。这也是为什么当初从市剧院逃出来的人们，包括住持本身，这些叛逆的起义者在来到沙门寺后，竟然安心过起清心寡欲的僧人生活，不再痴迷所有对峙的运动了。只有K.T.这个天生的逆子仍沉浸在他黑暗的世界里，企图占据白日的王国。禹对K.T.的行动产生了怀疑，韦驮计划只是一个空想，他们根本没有任何设备，可以把如此巨大的石头运上山并搭建起来，K.T.也根本没有考虑到这一点，他只是一个空想家，一个彻头彻尾的疯子。僧人们跟K.T.对于韦驮菩萨的崇拜有着相似的形式，在本质上却是不一样的，前者在构筑心灵内部的平衡，后者妄想重现外部世界的混乱。显然，在成功的概率上，前者更大。禹还对自己以前为情自杀的念头感到羞愧。

“爱情多么微不足道啊。”禹感叹道。

“K.T.已经死了。”我决定告诉他，“是我亲眼看见的，他碎成了一堆粉末！宁芙还伤心了很久……后来，她把掺有K.T.骨殖的鲸骨粉末交给了我，要我用它来建造韦驮菩萨的雕像。”

“死了？不可能！”禹一口否定，“暗子非生非灭，是绝不会屈从于肉体消亡的。K.T.变成粉末，只是自我更新的必要过程，好比断肢后能够再生的螃蟹，在理想状态下可以通过不断蜕壳维持不死的龙虾。你看到的只是表象，听到的，也只是宁芙这只妖精的谎言！为了独占K.T.，她真是花样百出，说不定这个时间，焕然一新的K.T.正在苹果园里喝下午茶呢……圣西，你太轻信别人的花言巧语了。”虽然前一秒还在否定K.T.荒谬的所作所为，然而对于K.T.存在的本身，禹仍充满难以名状的崇拜之情。“不过我相信，这也是K.T.的计划，为了促使你继承他的意志，完成他的计划。在行动不便期间，宁芙是他的代言人，她说的一切皆来自于暗子的暗示。”

“我只是怀疑，K.T.选择我继承他意志的原因……”我说。

“子承父业。伟大的K.T.也不能免俗。”禹说，“这可能会使你误解。我是说，K.T.是艺术的源头，是一个父亲般的角色。你是精神层面上最接近他的后代，他的一生都在等你的出现，不选择你，还能选择谁呢？”

精神之父——我心里感到落空。此前，我已从苦苦追寻生父身份的幼稚执着中解脱了。如今，我又拾起扔下的绳头，并非因为再次陷入其中，而是生父身份与母亲某段被刻意掩埋的历史相关。它直接推动了母亲后半生的生活，也是我心灵图谱的开端。

“但我相信你。”禹继续说，“即使我不相信计划的可行性，但只要你愿意继续执行，我就会尽力为你提供帮助。我倒也想见证一下，筑起一个那么大的菩萨雕像，是否真的如伟大的K.T.所预示的那样，将会为这个混乱的世界带来全新的平衡。”

禹虽抱有怀疑，但对K.T.仍有着对父亲似的信赖，以及宗教般的虔诚。当我们回到地面时，那里依然是一片清冷的烛光，但外面的天色已暗下来了。我不禁对禹给予我的信任感到愧疚，毕竟我有一个与他的预想迥然相异的计划。我答应过市剧院，最终会摧毁韦驮菩萨的雕像，时至今日仍未改变这个想法。在完成K.T.嘱托的那天，我同时会完成市剧院的间谍任务。接下来，我该考虑如何实施这一计划。

那袋骨灰放在禹的房间里。我告诉他要回去拿，交给相关的施工人员。

“那不是我的房间。”禹说，“房间紧缺，我很早就搬到设计院下面住了。”

我把房间的位置告诉了他。

“是那位新来的小和尚的房间吧？”

“小武？”

“嗯。在他剃度后，住持还没授予他法号，所以大家仍叫他小武。但住持已经不管事了，他在地底深处修行，基本不会到地面来。K.T.和住持关系甚好，可是上次他到来，也是经过多番求见，住持才肯从地底深处上来。跟K.T.短暂地见了一会儿后，他又回到了暗无天日的地洞里去了。想必他会在那儿圆寂吧……”最后一句话，禹说得小心翼翼。

晚课时间结束，一群僧人走出来，然后一缕烟似的很快从大殿消失。这时，一个僧人从对面走过来。那人正是小武。我立即低下头，以免在禹在场的情况下被认出来。不过他似乎已认出我来了，在与我对视的短短一刹那，眼神掠过一抹惊讶。他此时不想与我相认，也低下了头，朝僧寮方向快步走去。双方相遇，是敌是友，尚不明确，气氛骤然紧张。我告诉禹，拿回骨灰袋后会再亲自交给他。跟禹告别后，我快步朝小武的背影追去。

小武站在门前，手搭在门锁上，侧身望着在池边打水清洗石像的母亲（也就是他的姑姑），貌似是在进门前发现了她，正想搞清楚她是谁。他们已多年未见。听见我赶来的脚步声，他才回过神打开门进去。我从还没来得及掩上的门的缝隙，看见他正慌张地检查床褥和抽屉。我和妈妈的私人物品引起了他的怀疑——有人进来过。显然，他更在乎自己抽屉里的东西，一张张地清点那些不属于他的图纸，大概是担心如果被人发现，自己不可告人的目的也会随之曝光。这里的僧人并不关心K.T.的计划，哪个僧人要是私下藏有与计划相关的图纸，即使洗脱了是为市剧院通风报信的卧底的嫌疑，也会被怀疑有异心，对出家生活不够专注和虔诚吧。但他的神情这么紧张，反而有点儿做贼心虚。当他拿起放在地上的那袋骨灰时，我不得不推门进去，从他手里夺过袋子。

“你跟踪我？！”他迅速把袋子藏在身后，装出凶狠的模样，嘴唇却在发颤。

“我是奉命光明正大地来沙门寺的。”我回答，“是师傅安排我暂住这里的。再说，你那些图纸是怎么回事？”

我们之间有些许拘谨，毕竟大家各怀鬼胎，即使是表兄弟，此时表现得却像两个陌生人，在相互试探。当我还在猜测苏武到底是真的剃度出家了，还是来打探消息时，接下来他说的话，可以说是不打自招了。

“你会揭发我吗？”他神态有变，略显怯懦地问。

“揭发什么？因为你是市剧院的人的儿子？还是你抽屉里的图纸呢？”

“别明知故问了。”他把头探出门去望了几眼，然后关紧门，“我最近从设计人员口中打听到，有人要来代替K.T.执行计划，那个人……就是你吧？”

“没错。这是K.T.的骨灰，他已经死了。”我撒了个谎。

“啊！”苏武把袋子扔到一边，紧张地擦着碰过袋子的手，似乎害怕沾染死人骨灰，“那个时代终于结束了吗？我真想回家啊。圣西，如果你和我一起走——外面那个是姑姑对吧？既然K.T.都死了，谁还在乎什么计划呢？我们一起离开这里吧。”

“不可以。我要完成他的遗愿。”

“哎，大家都有自己要完成的事呢。不像我，从夜游者的废墟回来后，对世界再也没有期望了，在家空虚度日。也是因为这样，我才被父亲派来这里。虽然不愿意，但也许是为了证明世界还有希望吧，我最终还是来了。但这么久以来，即使假模假样地剃度了，每日跟着师傅打坐念经，我的状况也没有丝毫好转，也没有什么值得传达的情报。既然你说K.T.死了，我想一切也差不多该结束了。”苏武不断暗示，只要我放下手中的任务，那就天下太平了。当然，我说要完成K.T.的遗愿只是一个借口。我没有任何义务要这样做，即便他是我的生父，因为存在于我们之间的不过是一种遥远的、不可名状的血缘。若我们能彻底视自己为宇宙的子孙，那是怎样的一种解脱啊！

苏武在这里的生活有何等枯燥，可想而知。他只是一个卧底，并无真正的出家意愿，却必须遵循其他僧人同样的作息表，凌晨两点钟起床，坐禅，击鼓鸣钟，早课……这种极其规律的生活，在他看来比在夜游者的废墟的冬天海边牧羊更令人难以忍受。苏武悲哀地认为这可能是父亲给他的惩罚，其实，他父亲从来就没有期望他能提供什么有用的情报，派他来这里，纯粹是为了打发掉他。因为那个家族容不得一点儿有损正统尊严的叛逆，正如市剧院对于演员恪守角色本性的严苛要求，对于叛逆者，只能下令驱逐。舅舅当初那样对待我母亲，今天对自己的儿子也毫无情面可讲。

“严格遵循僧人的作息生活，留给我私自行动的时间太少了，这也是我此前一直没能找到有用情报的现实原因。但今天你来了，我才意识到也许这其中已经没有任何有价值的情报。你看那些僧人，他们一心向佛。地底下的设计院死水一潭。若有什么称得上是情报的，那就是你的到来……但我没有理由出卖你。”

“你也不需要出卖我。”我把K.T.的计划一五一十地告诉了他，包括要把这袋骨灰掺入制作韦驮菩萨雕像的材料里的事。我还告诉他，市剧院找过我，我答应给他们提供情报。“也就意味着，除了替K.T.办事，我跟你有相同的目的。”

“你这样做有什么好处？”苏武苦笑，“一旦被识破，会落得什么下场，你要考虑清楚。”

“你会见识到的。”

我对苏武隐瞒了我最终会摧毁那尊巨大的韦驮菩萨雕像的计划。不过，即便告诉他也无妨，我之所以隐瞒，是希望那场象征的毁灭，能为所有人带来毫无预兆的震撼，同时借此摧毁长期占据我心灵上方的那团至高无上的、神似的巨大阴霾。我摧毁象征，并非因为不相信象征，反而正是出于对象征之物的力量深信不疑，相信它是扰乱我人生的罪魁祸首，才决意采取这个行动。

“是时候和师傅去行香了。”

苏武把那袋骨灰还给我，对K.T.之死依然感到难以置信。他起身告辞，开门走出去时，刚好碰上回来的妈妈。姑侄时隔多年后再次相见，他们彼此对视了几秒，看样子谁也没认出对方来。姑姑被赶出家门时还是个年轻的女子，今天却饱经风霜，满脸愁悒。妈妈诚然也不会想到，当年的侄子如今已剃度出家，还以为他是住在同一个房间里的小和尚，说了句“打扰了”。苏武回应：“你好。”但事实上，进门前，苏武在走廊驻足观察那个擦洗石像的女人时，就已猜到她是自己的姑姑。在他的童年印象中，人人都说姑姑跟妖怪结婚离家出走了，躲到深山里捕鱼打猎。

苏武走后，妈妈呆呆地望着地板好一会儿，才缓缓地问我：“那不是苏武吗？”

妈妈来到僧人行香的地方，在门外等候。约半个小时后，行香结束。再次见到苏武时，妈妈扯扯他的衫角，叫他到一旁去。姑侄终于相认，简单地进行一番嘘寒问暖，但话题总是在要触及舅舅时就马上转移了。苏武解释自己出家的理由，只是为了修行一段日子，过后也许会还俗。“在韦驮菩萨的保佑下修行是好事。”妈妈说，“圣西要向你这个表哥学习。”苏武只是点点头，没作答。

晚上熄灯后，妈妈执意要打地铺，让苏武和我睡在床上。夜晚的寺庙非常清冷，水滴落石像的声音听起来如此寂静微妙，仿佛是菩萨趁着僧人们进入睡梦后，悄悄地进行交谈，谈论世界的生死轮回与普度之法。

忽然，响起一阵虚渺的猿啼。我这才想起自从来沙门寺后，便再也没见过那头山魈的踪影。由于整日擦拭石像，妈妈已经累得进入深沉的睡梦中。我隔着薄薄的被子，感觉到苏武在猿啼传来后打了个激灵，望向门外。

“那头猿猴跟着你们一块儿来了吗？”苏武问。

“嗯，是K.T.派猿猴送我们来的。你知道那玩意儿？”

“有件事……我觉得必须跟你说，但别让你妈妈听到。”苏武拉起被子，把我们两人盖住，眼前仅有的光线也被淹没了。我们表兄弟两人，似乎回到了一个黑暗的胎腹里，在里面说着未出生前的悄悄话。苏武继续道：“那天，K.T.带着猿猴来求见住持。那是我第一次知道那种东西叫山魈。原来山魈是一只猴子？姑姑怎么可能跟一只猴子结婚呢？我的疑问很快被解答了，有个僧人听到我的自言自语，以为我不知那野兽是为何物，于是告诉我山魈是一种猿猴，同时也是一种虚构的妖怪的名字。当然，我猜这些你早就知道了。那也是我第一次见到住持的模样。这使我大吃一惊。因为这次奇特的相遇，勾起了我的一些回忆。接下来的事便是我要告诉你的重点，但只是出于我的猜测，至于是否属实，需要你自己判断。还记得我家吗？六层楼，房间众多，规规整整，每个房间都出租给别人办公，那里有各色人等。你也知道，市剧院其实是一个监狱，当某些犯人从其他地方引渡过来需要中转时，我家会被拿来充当临时的拘留所。我爸爸身为市剧院的一员，不得不服从，为他们提供房间。某个深夜，市剧院秘密转运犯人到我家时，我刚好起夜，看见他们押着一个男人和一头小孩那么大的猿猴。他们试图分开男人和猿猴。但猿猴死死扯住男人的衣衫，似乎是男人的宠物吧。在依稀的灯光下，我被猿猴青蓝色的脸吓坏了。那个男人也注意到了我的吸气声，瞪了我一眼。没错，那张脸，就是沙门寺的住持……也就是说，在你出生前至少十年，当你妈妈还跟我们一起住时，沙门寺的住持和山魈就已经来过我家了。当时，所谓的住持还只是一个被押解过来的犯人。今天他是怎么摇身一变，成了这里德高望重的僧人呢？我吓得不轻，只能忍着尿回到房间里去。后来的下半夜，我听到了一阵不小的骚动，第二天起床才听其他住客说，昨夜发生了一次犯人逃跑事件，但犯人很快被抓回来，并连夜押走了。在他们中有流言称，那个犯人是一个诱奸犯，强奸犯……”说到这儿，苏武沉吟不语一会儿，支支吾吾地又说：“幻觉中的痛苦，比来自现实的创伤要更容易接受……”

苏武说起这些遥远的回忆，还提醒我要自行判断真伪，其实无非只指向一种可能：妈妈异想天开似的认为，所谓山魈在梦中使她感孕，不过是自我欺骗的幻觉；事实的真相是，在那个暧昧混乱的夜晚，那个诱奸犯曾对她施暴，而那个过程中，那头形影不离的猿猴，在一旁目睹了全过程！

难以言喻的恐怖再次向我袭来。K.T.没骗我，正如他所说，在进市剧院饰演僧人之前，在成为这里的住持之前，那个此刻在地底深处宣称要苦修的男人，是一个彻头彻尾的罪犯。然而，老女人的话却让我陷入了另一种矛盾中，既然她说，在排练《俄狄浦斯王》时，妈妈跟K.T.和住持一起生活了很久——那么，难道妈妈从来没发现，对她施暴的男人就是她的国王丈夫？而且还协助他们逃离了市剧院……

当年在六层楼顶楼养鸡的男人，他那段阴暗的话语仿佛毒蛇一般，此刻爬进我的耳朵里："你妈年轻时可是个下流坏子，这栋楼的人每晚轮流钻进你妈的被窝，像黄鼠狼钻进鸡窝。"

若事实确实如此，那么在排练《俄狄浦斯王》期间，妈妈不可能没认出那个男人来。如果认出了，怎么还会协助他们逃跑？也许可以简单地用斯德哥尔摩综合征来解释，又或者——除非……妈妈从来就没有把它看成是一次诱奸，或一次施暴？那只不过是众多难以启齿的风流事中的一桩？！

我为自己的猜想感到作呕，掀开被子跳下床，跃过沉睡中的妈妈，推开僧寮的门，赤脚冲到门外阴冷的庭院里。在那昏暗中，一尊尊韦驮菩萨石像的眼睛，似乎齐刷刷地望向我。

我冷得直颤。冷静下来后，那些恶心的猜想随之沉入冰冷的水池底部似的，缄默不语，从我的头脑里撤出。我并非否认其可能，只是想起多年来，母亲如处地狱般地活着。佛不也在引人向善吗？我强迫自己这么想。

“我明天必须亲自见见他。”我回到房间对苏武说。

“你要我带你去？”苏武非常不情愿，“我会被罚的……”

思虑再三，他还是答应了，前提是不准向别人透露是他带的路。因为住持修行之地的入口是保密的，不少僧人也不知其具体位置。若不是在剃度前那段时间秘密地做过调查，他如今根本无法抽身进行自由活动。沙门寺清冷严肃的修行气氛，竟使他日渐变得循规蹈矩，探子的身份已显得邈远而不自知了。

妈妈迷迷糊糊地醒来，问现在是什么时辰。这里的时间并不重要，也不存在。她抓抓手臂，略有惊恐地叫了一声，要我快把蜡烛点上。在烛光下，妈妈的手臂出现了一排白里透红的水疱！她马上挽起我的袖子，在我的手臂上发现一排连我自己也没察觉的水疱，在蜡烛的昏光下，像一颗颗红色的小眼珠。那些水疱突然刺痛起来。

她吓得浑身筛糠似的，坚称手臂上的水疱是山魈来过的证据：“果然，这里之所以摆那么多菩萨石像，就是为了镇住山魈啊！我们这是自投罗网！”苏武查看了妈妈的手臂后，解释说，沙门寺的山洞里有一种刺毒蛾，它们的幼虫会在温度适合的夜晚出没，第一次前来上香的客人若碰到了，就会出现过敏反应，包括他自己刚来这里也遭受了过敏的折磨。但这里的僧人长年生活在此，已经适应了与这种生物共存。妈妈固执地认为山魈的巢穴就在附近，甚至就在沙门寺里头，要我今夜抱着花园里的韦驮菩萨石像睡觉。苏武只能一再解释，但他那瘦削的身体在执拗的姑姑面前，显得有气无力。来到沙门寺后，妈妈的精神又变得不稳定了。后来她总是说，在梁上、佛像后、花园里、床底下，都发现山魈的影子……

能在我们的肌肤上引起相似症状的，想必是思想里的毒虫吧。多年来，它潜伏在我们的神经里，伺机而动，分泌毒素。

带我去见住持的事拖了几天，原因是苏武一直没找到合适的机会，日常的佛事活动也在束缚着他。一个大雨滂沱的夜晚，雨势猛烈，雨水倒灌进寺院，僧人们纷纷去抢救，所有活动只能暂停。禹冒着雨到寺外查看一番后，发现排水管道堵塞了，是排水不及时造成雨水倒灌进寺院。他坚信自己设计的排水系统是完美的，绝不会如此轻易地被堵塞，而且看样子有人为的痕迹，不排除市剧院搞破坏的可能。听到情况后，妈妈立刻加入清扫的行列，她不会放过任何一个搞清洁的机会。当他们忙着清扫雨水时，苏武来房间找我，说时机已到，带我快步往山体的深处走去。

毫无疑问，这次事故是苏武搞的鬼。

越往深处走，空间就越逼仄。在几乎没有光亮的山体深处，竟还有一尊韦驮菩萨石像。苏武带我绕到石像背后，那儿有一块垂挂的帷幕，掀开帷幕后，露出一个地道入口。设计院的入口在形式上跟这里如此相似。在山里挖洞建造寺院，进行着普度众生的佛事，但在地底之下还藏着另一个世界。他们恨不得生活在地底似的，用一层黑暗套着另一层黑暗，无法光明正大地进入光明的世界版图。

我们几乎匍匐着进入地道入口，弓腰爬行一会儿后，空间才逐渐开阔起来。如此狭窄的入口想必是障眼法吧。走下一段楼梯后，我们开始转入一条如矿道似的通道，四壁敷设石砖，从发绿发黑的颜色判断，投入使用时间已久。跟地上的寺院相反，为了降低氧气消耗，这里的地下空间不使用明火，用的是电灯，但瓦数很低，而且隔大概十米才设一盏灯，只能勉强照亮四周。墙壁弧度和石砖质感给人一种正在进入古墓的错觉，极具压迫感。

在昏暗的地道里行走，形销骨立的苏武看起来宛如冥神，正带我往死人地界越走越深，永无回头路。我不由得大口喘起气来。他提醒我调整呼吸，适应地底的空气环境。接着没走几步，他突然把我拽入一个岔道。一阵敲木鱼的声音传来，在狭窄的地道里嗡嗡作响。一个僧人走了过去，手里拿着一个托盘，上面放着碗碟和一个木鱼，他一只手托着托盘，另一只手敲上面的木鱼。那僧人一颠一颠地走了，一时出现在光亮下，一时隐没在黑暗中，木鱼咔嗒咔嗒地敲着，僧袍飘动看起来像一阵青灰色的烟……

苏武说，那是负责住持膳食的僧人。但现在每天提供给住持的食物越来越少，间隔也越来越长，因为听说他打算在那里死去。苏武拒绝使用圆寂一词。

通道频繁变得曲折，陡峭向下，斜坡数量增加。来到一个竖井式的洞口前，我们又躲了起来。几个戴着矿工帽的工人从竖梯爬上来，手里提着铁锹、铲子、测量仪和图纸，每人还驮着几袋泥土。看样子地道还在继续往下挖，与另一头的设计院进行着相似的工程，在无意义的工程里容纳虚无的肉身。每当工人挖出一个更深的地洞，住持就随之转移到更深处去，直至再也无法挪动，并将在最后一个地洞中死去。须弥山也将成为他的棺椁。苏武之所以拒绝称之为圆寂，大概是认为住持仍是他记忆中的诱奸犯，功德尚未圆满，人生仍在烦嚣中，还在某种痛苦中。与住持不同的是，当年外祖父被驱逐出自己的家庭时，进行的是一种往上的跃离方式，每天向更高层移动直至抵达顶楼。有人进入天国，有人身处地狱，更多的在人间徘徊。

不知道走了多深，我们才最终来到住持所在黑暗地洞的转角前。这个洞外面没有任何装饰，由于是新挖出来的，泥土还很新鲜，也尚未通电，只有一盏油灯在燃烧。我注意到墙壁有水渗出来，说不定已经挖到了地下水的深度。这里恐怕会被水淹没吧。苏武指着前方的黑暗说，住持应该在那儿，但我要自己过去，他不想见那个罪恶之人。

我摸索着墙壁走过去。

比我想象中还要衰老的住持，直接在潮湿的泥面上禅坐，油灯光只能勉强照亮他的僧袍一角，阴影下的老瓜皮脸，看起来似乎缠满了树根，说不好是庄严还是恐怖。我现在感到呼吸畅顺，但在幽闭的环境中，依然有种永不超生的压迫感。

我一时不知该作何表示，只好拘谨地行合十礼，说道：

“师傅。”

他紧闭双眼。我怀疑他已经死了，只有从上层洞口输送下来的空气在微微拂动灯苗和青白的虬髯。这里每过一秒，人间就要经历千年流逝。我无法想象这个人与我和母亲有任何关联，更遑论他还是个诱奸犯。

“是K.T.叫我来的。”我又说，接着补充自己的名字，“孙圣西。”

“唔——”

一声长吟，在古老的体内经过了漫长时日才逸出来，如宇宙死星最后的光芒，穿越多年后才抵达人类视野。

我死死站着不动，话语凝结在舌尖，却一句也说不出来。万一住持根本与之无关，那我的唐突质问只会带来难堪，有失礼数。于是，我说起在少年时代迷路途经沙门寺，向僧人询问山魈的往事。见他不作声，我鼓起勇气，又说起市剧院《俄狄浦斯王》剧组，问他是否认识我的母亲。他的沉默化成巨大的压力，墙壁的渗水以肉眼可见的速度加快，很快在他禅坐的地方积起了一个小水洼。我不得不直接质问他，他和K.T.到底谁才是我的父亲。

“我见过你。”他终于回答道，但答非所问。

“在哪里？”

“梦中。”

在须弥山内，在幽深曲折的通道末端，答案依然不得而知。我忽而断然地确信，他是在回避历史的真相，在自我蒙骗的苦修里，等待死亡来为自己赎罪。

“事到如今，你没有任何要交代的事？”我追问。

“我早就看不见了。”住持缓缓睁开眼睛，两颗布满白翳的眼珠赫然暴露，“但在梦里，我多次梦见你。一切都是罪过，一切都是被安排的宿命。”接着，他沉吟了很久很久，似乎在酝酿长达一个世纪的回忆。他终于又继续叙说下去：

“不过是一场阴谋，是一出大戏。我当年确实因为犯错被逮捕，押解至那栋楼，听候审理。我预想自己会被处死。但那夜，他们提出一个减刑的方式，如果我配合他们排练一出周期可能长达十几年的戏，那我的死罪便可免除。”

“俄狄浦斯王？”

他又开始沉默。身体在湿润的泥土里越陷越深，积水向上湿透了他的袍子，泥菩萨似的。他发白的眼珠一动不动地望着前方，面露微笑，令我感到悚然。我只好避开他的视线，在旁边蹲了下来。一只刺毒蛾的幼虫爬上他的脸，又沿着皱巴巴的脖子，爬到后脑勺，也许在那儿咬出一个洞钻了进去。一道血从他背后流下来——我想提醒他，但他若无其事地继续说：

“幌子。那只是幌子。市剧院高层一直想搞清楚，K.T.是因何诞生的。那种研究渐渐成了一种艺术追问。既然无法从K.T.身上得出答案，他们便以他为蓝本和灵感，决定制造全新的暗子。一个不知自己从何处而来的人，到底会如何过完他的一生？所有人都是这出戏的观众，它是市剧院成立以来最隆重的排练。

“你一直以为，你母亲是彻头彻尾的受害者。其实正相反，你们家族才是市剧院最狂热的信徒。你舅舅想成为推动这出戏的重要一环，而你外祖父则引领了这场家族性的表演。这成了他们后来进入市剧院高层的捷径，用牺牲换取权力。我当时只是个贪生怕死的浪子，既然能得到自由，又有何不可？我答应了他们。你母亲在这样一个家庭中生存，即使对此抱有怀疑，也无济于事。家族的阴影是她无法摆脱的噩梦，死死钳制着她。她只是一个扯线木偶。

“在排练前的某天，我第一次见到K.T.。他与常人无异，但我竟然有种被吞噬的恐惧。那完全是来自黑暗世界的人种。不过到头来，K.T.也不过是一枚无知的棋子，毫无察觉阴谋正在酝酿，一直以为自己是为了饰演俄狄浦斯王才被引入剧组，可是市剧院的真正目的，是为了安排他做你的父亲！暗子的后代，是多么神秘又迷人的存在！诞生自黑暗的子嗣，能产生另一个黑暗的子嗣吗？你母亲只能听从家族的命令，诱惑K.T.，于是便有了你。K.T.以为那是日久生情的爱，有一天还来到我面前说，他坚信自己是个真实的人类，因为他感受到了一个女人的爱。

“事情的转折，却也出在你母亲身上。当她终于意识到如此下去将万劫不复，于是试图说服我们，逃离那个暗无天日的监狱。我很快答应了她。你母亲不知道，这也是计划的一环。试问单靠几个人的力量，如何逃出守卫森严的市剧院？解散剧组是必要的一环，因为你已在黑暗中孕育，接下来漫长的岁月，便是见证你的诞生以及充满痛苦疑惑的成长。只有解散剧组，他们才能让一无所知的你在世俗社会中成长，但他们同时开始了对你的实验观察。只有可怜的K.T.，一心以为那次逃跑是一次意识觉醒的反抗。事实上，他的反抗也是市剧院预料中的结果，要在敌我双方的矛盾中激发艺术光辉。这也是为什么当他每次提出反攻市剧院，我都选择回避不谈，因为那自始至终是被安排的宿命。

“你母亲选择遗忘，喝下药水，只为清除罪恶的记忆。伴随你一生的山魈只是个意外，那头野兽是整个剧组里唯一对你母亲抱有纯良感情的生灵。当年你来沙门寺，问我山魈是什么时，我便认定你就是K.T.的孩子，暗子的后代。真相如此残酷，我宁愿你认山魈作父。佛祖也许真的存在于每个人的心灵中吧？来到沙门寺后，我如愿获得自由。市剧院对我说，只要我安分守己，便能幸福地过完一生，在沙门寺里当一个德高望重的僧人。我希望彻底远离那些纷争，潜心苦修。我的肉身自由，是用你的痛苦换来的，但我的心灵愧疚却日益加深，人世之苦如水覆舟，夜夜使我不能安眠。孙圣西，你要知道，你痛苦的一生才是这个阴谋的辉煌成果。这完全称得上是人生如戏啊！”

他每说出一个字，我的理智就如流沙失去一点儿。我看到了整个令人作呕的历史，放声大喊，声音却被压缩了，变成蚊子般的嗡嗡声。我的身体不属于自己，要被老瓜皮脸的老僧夺去似的，换取他下一个千年生命的延续！

堆积多年的真相从他体内释放完毕后，老僧的身体失去了支撑似的，在我眼前以疯狂的速度衰老、枯萎，溃散成一堆四分五裂的阴影。它们长着一张张猴脸，龇牙咧嘴，急速旋转，最后漂浮在水面上，散发着腐肉的恶臭，慢慢溶解殆尽。他以剧烈恐怖的自我毁灭，完成了他理想中的圆寂。

我是怎么离开那个地下迷宫的呢？我几乎丧失了那段记忆，印象中，只听到身后曲折的山洞里不断回响着类似哞哞的回音。回到地面后，我更加坚定地认为，此地进行的只是一场表演式的忏悔修行，根植在丰润的罪恶土壤上，在菩提树上开出恶之花！

十八

那天妈妈跟踪我们找到了地道入口，打算趁我们不注意时进去。她想求住持施法念经，帮我们摆脱山魈。苏武及时找到她，否则她会在四通八达的地道迷宫迷路。

“他为什么见死不救？”妈妈质问。

“姑姑，师傅不便见客。”苏武回答，“他现在很虚弱。”

“没见过人在地洞里养病的呢。”

只有我知道他再也上不来了。我没告诉苏武在那下面发生的事，搪塞说住持坐在那里什么也没说。妈妈便不再坚持，洗净双手，继续擦洗韦驮菩萨石像。她还有可能恢复那段记忆吗？我希望她永远也别想起，但只有她想起来，才会明白她这些年经历的事都不过是一场虚妄，苦果是她亲手结成的。假如她是受害者，那施害者之一也是她自己。

天还蒙蒙亮，参加早课的僧人齐聚大殿。经过大殿时，我看见众多僧人之中有一个女人——是妈妈。她穿着海青，有模有样地拿着经书，跟着众僧念诵《韦驮赞》：

“韦驮天将……菩萨化身……宝杵镇魔军……”

我依稀听到这几句，每句间隔都被拖得特别长，绕不出来似的。除了白天清洁韦驮菩萨石像，妈妈如常参加晚课。晚课时吟诵的还是《韦驮赞》。

我拿着骨灰找到禹，希望他能尽快推进韦驮计划。

但禹告诉我，一直以来，综合各方考虑，韦驮菩萨像难以用石头进行雕刻。一是这里缺乏精湛的雕刻工艺师，二是没有体积足够大的石材。他们决定选用纸浆塑模，而我带来的骨灰，也只能通过这种形式掺入材料（亦即纸浆）里，再制成雕像身体部件，最后拼接在一起。但我必须离开寺院才能到城里寻找可以完成塑模的工厂。

除了K.T.自己，其他人都已明白竖起雕像完全是一场虚张声势的恐吓。大家继续奉陪只是因为游戏开始了，就必须分出一个胜负，制造一个结局。于我而言，这其中还有别的深意。

若此时市剧院得知，他们竟然想用纸浆来制造一个泥菩萨，说不定会马上撤销行动。毕竟，自己一手创造出来的敌对势力，最后落得如此下场，不过是些流氓和过街老鼠，根本不能构成威胁，也不足以产生艺术光辉——不对，市剧院的行动还会继续下去，因为我才是这出戏的主角！我的种种行为才是他们观察的对象！只要我还活着，还在呼吸，这出戏就不会有谢幕的一天！

禹安排一个设计人员陪同我前往市区，但我提出由小武来做伴。我事先没有告诉苏武，但他非常乐意。他渴望逃离这里，回到自由的世俗中去。妈妈执意跟我们去，说再也受不了被山魈注视的恐怖，就算每日念经也无济于事。

这段时日，我只能在昏黑的寺内见到苏武，晃动的烛火模糊了他的形体。所以刚走出寺院，在须弥山明晃晃的日光下，见到苏武那副枯柴似的身躯时，我担心他会在阳光中化成一缕白烟。妈妈倒是嘲讽起舅舅来，说舅舅没给自己儿子好待遇，在养育孩子的问题上，没资格批评她。

“对了，那头山魈呢？”妈妈问。

唯一令我感到宽慰的是，妈妈已经能区分两种形式的山魈了。那头猿猴在她看来，只不过是一只宠物。猿猴无言无语，即使记得这个女人，也难以道出真相。在动物眼里，人类的活动与日升月落一样，只是世界纷繁无意义的日常倒影之一。

寺院门口有众多菩提树，但不见猿猴的踪影。妈妈觉得自己忽略那头受伤的野兽太久，感到懊悔，每走到一棵树下便学猴叫，想引诱它出来。

“它应该回山上去了吧。”苏武说。

“那我们怎么离开森林？”

苏武带我们绕到沙门寺背后。那儿有一个被遮掩起来的缓坡，走下去就能抵达河岸。我们当时走的那段陡峭的石梯是很久以前的建筑，如我所想，它是苦修的必经之路，但如今的僧人早就开辟了一条新路。须弥山上地势开阔，一眼望尽整个森林，包括高斯大区。那些棱角尖锐的灰色建筑，正是高斯大区的标志。我被市剧院玩弄于股掌之中，像宠物似的被圈养在高斯大区。我的外祖父和舅舅装成毫不知情的局外人，暗中却咀嚼着我们的痛苦，只为至高无上的表演艺术。

我们来到河岸的铁路旁。这条铁路串联起夜游者的废墟、栖息地和舅舅家。它是迷走神经，勾连着整个X市的躯体。童年迷路的下午，说不定我也是在这样昏昏沉沉的时刻，沿着铁路来过沙门寺，遇到当时的住持，问了他一个关于山魈的问题。我们连夜沿着铁路走，在天亮时终于抵达市区。我们茫然四顾，发现抵达的不是高斯大区，而是舅舅家的所在地。

这是我们三人曾共同拥有的故乡。

妈妈和苏武比我更熟悉这里。我只在童年来过一次，早已没有印象。我们找到两三家制作纸模的工厂，但他们都拒绝了我们的请求，一是因为规格过大，二是掺入骨灰令他们感到奇怪。最后其中一家看中我们的出价，硬着头皮接了单。我把定金、图纸和骨灰交给对方。等待期间，妈妈决定厚着脸皮去舅舅家，去看看她的老母亲。那栋六层楼虽然不归妈妈所有，舅舅也完全可以像多年前那样把她扫地出门，但他总不能阻止自己的妹妹来探望老母亲。妈妈思乡情切，流下眼泪。

我们遇到几个穿得花枝招展的女人。她们提着行李包，在巷子里见到妈妈后，突然围着妈妈，相拥在一起，兴高采烈。我和苏武都认不得她们。她们是妈妈早年嫁到省外去的那些姐姐。“妹妹，你这几年去哪儿啦？”“哪个是你儿子？”“啊，肯定是这个瘦猴！”一个阿姨指着苏武说。“这是哥的儿子。”“听说你流浪去了？丢人呢。”阿姨是指他去了夜游者的废墟。

多年没见，她们轮番追问各种问题。妈妈又好奇又惊恐，看着这些像群陌生人似的姐姐，问道：“好久不见。怎么都回来了？”

“哥快病死啦！你不知道吗？”

“当然知道。我是说，怎么那么巧凑一起回来了。”

这时我们才得知舅舅因为心脏病发作病危的事情。想起他上次来找我，派我去做间谍，当时他面黄肌瘦，但尚未到这么严重的地步。妈妈听后很不是滋味。我因为想起住持在地洞里说出的真相，仅有的一丝伤心也烟消云散了。苏武对于父亲病危的消息，也没有表露任何悲伤，面无表情。

我们继续朝舅舅家走去。途中，几个阿姨在苏武身上翻来覆去地检查，想知道去过夜游者的废墟的人到底会有什么生理变化。其中一个阿姨还说，舅舅即使不病死，被他这副死人似的模样吓一跳的话，心脏也会承受不住。接着，她们又观察起我的脸来，想找出什么异常之处，想知道我是不是妖怪的孩子。她们最后认定，我失去双耳便是证据之一。这群女人嫁到外省去，怎么变得这般刻薄呢？也许她们本来就如此吧，所以才嫁得远远的，躲到舅舅管不到的地方。妈妈想融入几个姐姐的谈话，却只有点头应和的份儿，只好闭嘴。

“我也要死了。”苏武脸色苍白，贫血得厉害，说不准也遗传了家族心脏病。

姑嫂见面，假惺惺地向前张臂，紧握对方的手，说些安慰话。等几个姐姐慰问完毕，妈妈才跟舅妈问好。舅妈露出久别重逢之喜，与妈妈久久相拥。她们相互寒暄，谈起舅舅便满脸悲恸，明明人还活着，气氛却像他已经死了，大家是来参加丧礼的。

但我有一种预感——一种死亡的预感，藏在这栋楼终年不散的冰冷苔藓味里。由于每层需要留出足够宽敞的空间租给他人办公用，因此它比周围的楼房都要高出许多。这种出租的营生维系了很多年。

舅妈一时分不出到底哪个是自己的儿子，哪个是我。我和苏武一语不发，舅妈在我们脸上来回打量，最后张开双臂，把两人拥入怀中。屋里几个阿姨围着外祖母，嘘寒问暖，但外祖母连一个女儿都没认出来，呆呆地望着这群聒噪的女人，直到妈妈进去时，她突然喊道：“元元！”外祖母唯独认出妈妈来，两个女人抱头痛哭。妈妈比外祖母的个头高很多，外祖母的头刚好贴在女儿胸口上，边流泪边说：

“你的心脏还很好，还能活很久呢。”

这样的状态维持没有多久，外祖母又开始失忆，对自己伏在一个中年女人身上感到难为情，说要去做菜汤了。几个阿姨感觉自己被冷落，也就散了，在偏厅聊些闲话，直到舅妈提醒，她们才想起要去看病重的哥哥。她们哭丧着脸，挤挤攘攘，争着问哥哥在哪儿。苏武坐在那儿，跟谁也不说话。几个邻居比舅妈更早认出苏武来，吊起眼睛，交头接耳，从夜游者的废墟归来的苏武似乎成了一个不祥的人物。舅妈还没认出哪个是自己的儿子，只好说：“大家一起上楼看看吧……”

几个阿姨不敢上去，挽着舅妈双臂说上面就像个迷宫，人员复杂。舅妈说那些外来人员早就搬清了，这里如今只住着自己一家。

“哥在几楼？”一个阿姨问。

“昨天还在二楼，今天迁到三楼。”舅妈说，“他想按老爹的方法，每天只喝水，每天往上移动一层，到顶楼那天就是他升天的日子。他们的想法真奇怪啊。”

舅妈哭哭啼啼，好像以那种方式离开家是外祖父自己的决定，而不是她心肠歹毒想出来的。但真相已不再重要，舅妈很快就要独自撑起这个空荡荡的家，必须跟几个小姑处好关系，她们才愿意帮她。

几个阿姨还是不敢上去——她们害怕的是舅舅呢，害怕他会指着她们鼻子骂。但最害怕被骂的，应该是妈妈。当阿姨们排着队，毕恭毕敬地上楼时，妈妈还坐在客厅，不时朝厨房望去，想帮老母亲做菜汤。妈妈没有理由害怕舅舅，因为这都是一出戏。

我只好代妈妈去看舅舅，还要向他提供情报。他人之将死，在死亡面前，世间的纷争显得微不足道了吧。但这里没有彻底的死亡，更何况他服务于市剧院，他死后，他的灵魂会回到市剧院，继续履行他生前的事业，

“怎么不去看你爸？”我问苏武。

“繁文缛节实在令人扫兴。”苏武淡漠地回答，“这个家庭的灵魂早已出卖给市剧院，我们死后会在那儿相聚，被永恒奴役。”

阿姨们大呼小叫，推搡着跑下来，说那个男人根本不是她们的哥哥。至少不是她们印象里的哥哥，他的脸看起来像另一个人。舅妈连忙解释：“这是他在市剧院工作的职业病。你们知道市剧院吗？经常化妆，扮演不同的角色，脸偶尔变成其他模样，也是正常的。而且，他病得太重了。”舅妈显然不了解市剧院“安分守己，恪守角色天性”的规定，一个人不可能扮演不同的角色。从舅妈认不出苏武那刻起，事实就摆在眼前——我们这群人慢慢地相互遗忘，家庭关系只是过眼云烟，只有舅妈还在苦苦找借口。阿姨们整理仪容，缓了口气，坐在偏厅继续聊些鸡毛蒜皮的事。

有人从楼上喊道：“孙圣西在吗？你舅舅要见你！”

这是法庭在传唤我，去接受法官的判决！

每层楼都有一条看不到尽头的走廊，地毯上有涟漪图案，在灯光下荡漾。我来到第三层，没找到传唤我的人，于是逐间打开房门。租客搬走后，大多数房间没来得及清理，遗留着各种办公用品，其中某个房间堆满香火蜡烛，木鱼，蒲垫，还有不少大小规格与沙门寺里相似的韦驮菩萨石像。为什么敌方的东西会出现在这里？我的疑问刚冒出来就被打消了。我提醒自己必须消除一种惯性思维，即认为市剧院跟沙门寺或者帝国旅店是敌对的，是泾渭分明的，事实上所有事件都出自市剧院的安排。

我在走廊尽头找到舅舅的房间。房间里有好几个人，春聿也在。他守在病榻前。舅舅身上插满各种辅助呼吸和进食的管子，仪器不停闪烁，他的皮肤发黄。

“从什么时候开始的？”我问春聿。

“我们上次见面后。”

“他当时看着没大碍。”

“他的身体早就拒绝他的灵魂。”春聿解释，“他的灵魂像个影子，照常到市剧院上班，吃饭，午休，下班。偶尔，他会察觉自己是个影子，跟死人的影子一样，魂不附体。为了减轻他的痛苦，我们喂他喝特制药水，让他暂时忘记自己濒临死亡的事实。他越虚弱，灵魂就飘得越远，当他偶尔灵肉合一时，我们才可以跟他说话。”

“任务进展顺利。”我并不关心躺在病榻上的恶魔，说完客套话后便转移话题，“我说过从心理上击溃K.T.的唯一办法，是等雕像竖起后，再一举摧毁。问题是，他们现在没有能力搭建这么大的雕像。他们决定做一个纸菩萨。”

“真的吗？那任务岂不是简单多了？”

“对。是一个纸菩萨。”

“放一把火，就能烧掉纸菩萨了。”

舅舅还在昏迷中，传唤我的想必是春聿本人吧。在场的几个人中，我看到了一张熟悉的面孔，正凶神恶煞似的看着我。是我曾经的朋友马谟。我猜，在手刃了自己的兄弟后，他现在得到信任成为核心成员了吧。若所有事件都是市剧院的安排，是从这个宇宙中心般的地方生发的，那么我成为双面间谍的选择很大概率也是宿命之一。我们如今的谈话也不过是一场戏中的某一节。我没有必要刻意隐瞒双面间谍的身份，也不必担心马谟此时会告发我。我甚至还怀疑，就连住持在地洞里告知我真相也是注定的，因为按惯例，一出戏剧必然会上演高潮迭起的故事的必要环节：谋划，隐瞒，真相揭露，主人公的觉悟，以及艰难的抉择等等。我不知道自己还握着什么筹码。不，唯一的可变量，是主人公的抉择，它影响了结局可能性的分岔，即使他们能预知几种结局，但终究无法确定我最后走向哪个分岔。

有人敲响房门。是妈妈。她不敢进来，远远地看着病榻上的舅舅，告诉我们晚饭准备好了。晚饭期间，一大群人围在客厅，把主客厅挤得满满当当。当晚，我们的胃口被外祖母煮的那一大盘寡淡的紫甘蓝牛肉汤彻底败坏了。我们喝着没味道的紫色汤汁，啃着硬邦邦的牛肉块，肚子好像填满东西，但又饿得打鼓，汤里还有股跟舅舅房间里相似的衰败的味道。

“味道好吗？”外祖母问，“每天都有鸟飞来偷吃紫甘蓝。刚才我打死了一只。”

舅妈用汤勺搅拌汤底，捞起一只被煮得羽毛糜烂的麻雀。

几个阿姨又开始大呼小叫，争先恐后地跑去漱口。舅妈突然呕吐，溅得四处都是。其他宾客也乱作一团。妈妈带着受到惊吓的外祖母回房间去。只有苏武继续咀嚼硬得像木头的牛肉。“真想忘掉这个夜晚。”春聿一脸僵硬。

几天过去，杯盘狼藉，我们几乎吃空家里的食物，但绝不让外祖母进厨房。

舅舅的房间搬到了五楼，明天他就要到六楼，后天就会正式抵达顶楼。舅舅会在那天去世吗？我们战战兢兢。就算知道他死后的灵魂会回到市剧院，但在烟火缭绕的俗世里一天，我们便活得与常人无异，仍被传统的道德生死观困扰着。舅舅跟外祖父一样，对于用楼层数量来倒数生命很有一套。外祖父在登顶后，沿着邻居家的阳台离开，在鹿岛上与我们共度了最后一段时光，但对于世界来说，他这个以虚数概念解释人生的前院长，早已不在人世了。能否原谅那些将死或已死之人曾犯下的错？我突然对自己经历的空想与苦痛感到一阵美妙，若不是如此，我的人生或许会平淡许多，艺术的光辉确实是在矛盾中迸发的。毒药也可以成为甘美的蜜糖。

再也受不了这里的吵闹，春聿趁机外出，替我监督工厂的制作进度。妈妈鼓起勇气进入舅舅的房间，在病榻前照顾他。第五层的房间有更充足的阳光，事物的面目明媚多彩起来。“没想到吧，到头来还不是要我照顾你？”妈妈对着昏迷中的哥哥说，仿佛又取得了一场战争的胜利。见我进来，妈妈嘱咐我多跟舅舅说话，提醒我别忘了他的养育之恩，然后离开房间。我认为她其实一分钟都不想在这里多待。

一个昏迷中如死尸般的人，我该和他说些什么呢？便随口说了些气话：

“舅舅，这出戏我演够了。你们真是可怕啊，连外公也是只恶鬼！”

一缕阳光正好爬到舅舅的右眼皮上，他猛地睁开那只眼睛，眼球颤动，接着永远闭上了。我马上把手放在他的心脏位置：平缓，渐息，最后一片阒静。他是我人生灾祸的始作俑者，在他死去的那刻，我出奇地平静，因为只要我愿意，我在市剧院就能再见到他，尽管见到的是他失去记忆的灵魂。

得知死讯后，众人围在舅舅的尸体前，悲伤早在前几天耗光，如今只是默默不语，只是在哀悼，脸蒙上一层如同宇宙般无言又悲哀的神色，没多久又恢复了常态。一群群乡亲陆续前来吊唁。舅妈每隔十五分钟就要在他们面前哭一次，嗓子都哑了。她叫几个姨妈一起哭，后来女人都在哭。来了个做法事的师傅，他正是舅妈的前夫，一来便骂我们没把东西准备齐全，纸扎娃娃、寿衣、香火蜡烛什么的都没准备。我们只好到楼上那间有香火蜡烛的房间把东西搬下来充数，经清点后，目前还缺寿衣和棺木。

春聿被繁文缛节弄得头疼，宁愿把舅舅运回市剧院，执行老法官死时的那套葬礼仪式，点篝火，跳舞，最后把遗体推入大海，而不是在这里大呼小叫。

有人在某层楼找到一个曾出租给殡葬公司的房间，里头还有很多殡葬用品，包括一副棺木。大家觉得不可思议，议论纷纷，不知这栋楼到底还藏着多少不为人知的产业。一个阿姨拉着我上楼，来到殡葬公司，要我试穿麻质寿衣，还要我在棺木里躺躺，看大小是否合适，因为她觉得我的体型跟舅舅很相近。尽管不吉利，我还是穿上寿衣躺进棺木里去了。这件事该由苏武做，但他一点儿不在乎父亲的死，心里还在为父亲的所作所为赌气，躲在房里不出来。棺木刚好能容下我，但有点挤。我挪挪胳膊，但卡住了，心里有点儿慌。法事师傅匆匆赶上来，催促我们赶紧完事。我依然卡着不能动。师傅看见后咒骂了一通，说活人怎么能做这种事呢，但时间紧迫，只能叫人直接连我一块儿把棺木抬下楼去。下楼时，我感觉自己正迈向死亡，想象人们假如忘了棺木里有个活人，直接把棺木送去火化了，会有多么恐怖。但如果此时我死了，这出大戏也就谢幕了。

我穿着寿衣从棺木里爬出来。在场的人都吓了一跳，以为诈尸。我脱下寿衣，给舅舅换上，很合身，和其他人一起把舅舅的尸体抬到棺木里。妈妈已经给舅舅清洁完身体了，几个姐妹里只有她敢这么做，明明最该害怕的就是她，大概是因为经常搞清洁吧，她只要把尸体看成某种需要清洁的秽物，便没什么害怕的。

外祖母不知道长子去世。作为长辈的她原本不允许参加晚辈的葬礼，可是，大家认为她老年痴呆，估计记不得人了，又不想花时间安置她，干脆让她在那儿坐着。外祖母也没闲下来，她在追赶突然多起来的蓑蛾。它们跟苍蝇差不多大小，到处飞。从今天清晨开始，屋里的虫子就多了起来。天牛、叩头虫、金龟子等等，各种各样的虫子纷纷在葬礼上出没。法事师傅说，那是舅舅的魂魄附在昆虫身上回来了。我们只好不去管那些虫子。春聿听后，觉得新奇，纳闷市剧院那么多死灵魂怎么不变成虫子？于是我问他，市剧院的剧本里出现过虫子吗？他说没有，然后恍然大悟。

外祖母追着虫子，不小心踩中拴在棺木旁的那只引魂鸡。公鸡疼得长鸣一声。法事师傅很高兴，说鸡鸣能把邪气驱走。但鸡鸣把外祖母吓着了，仿佛记忆也给吓了回来，她突然注意到躺在棺木里的男人，啜泣起来："天牛再也不会啃你的心肝啦。"

春聿站在角落里，皱着眉头，希望尽早结束这场闹哄哄的仪式，却又说：

"不得不承认，艺术的源泉就是这些鸡飞狗跳的东西。"

"我当时自投罗网回到市剧院，是不是很愚蠢？"我问他。

“这个问题，我早就说过了。一个有强烈自我意识的人，他决心要搞明白自己处境的话，市剧院是没理由阻止的。”春聿回答。

“你没有听明白我的意思。我是说——回到市剧院。”

“你以观众身份来市剧院看戏，看过几回，又看过哪一出，我当然是不知道的。”

“自始至终只有一出戏吧。”我观察春聿的表情，只见他挑着眉，带着好奇等我说下去，“我的出生是市剧院的计划，对吧？我才是一个天生的演员。正如你以前对我说过，我饰演的是一个被欺诈者，一个无名者，只是这次的舞台是整个世界。”

春聿竟然露出温和宽慰的笑容：“检验成果的时候到了。”

我不寒而栗。

不久，舅舅被火化。他的骨灰埋在外祖父所在的墓园。下葬时，法事师傅咬破引魂鸡的鸡冠，把鸡血滴在坟墓四周，再把鸡放走。公鸡嗖的一下，穿越山林，长鸣一声，空气中只留下一抹橘红。

葬礼结束后的下午，我们回到客厅，商量接下来的打算。突然，整个客厅暗了下来，仿佛迎来日食。一颗巨大的脑袋从天而降，堵在门口，一只大眼珠无神地瞪着屋里的人。人人噤若寒蝉，这时一个工人挤进屋里来大声宣布：

“孙圣西，订单送达！”

十九

纸菩萨的身体部件，单单一条手臂就有两层楼高。我们请了一群工人，费了不少力气，才把所有部件送上须弥山。运送纸菩萨的工作有诸多顾虑，不能用胶带捆绑，担心模型变形，路上还要提防暴雨。幸好天气晴朗，但在太阳照射下，纸菩萨表面散发出一股腥臭味，我怀疑是掺入骨灰的原因，那是死鱼和死人的味道。运送工人熏得头昏脑涨。一个显而易见的悲哀结局摆在眼前，即使我没有摧毁这尊纸菩萨，到了暴雨天，它也支撑不了多久。韦驮计划如今成了一只纸老虎，虚张声势，是自欺欺人的幻象。

到了山脚，车上不去，部件只能用人工抬上去。零零落落的菩萨身体部件几乎占据了沙门寺门外的山体平台。僧人全跑出来围观，他们一个个走出洞穴，在阳光下眯着眼睛，仰起头，说从未见过这么巨大的韦驮菩萨。一直以来宣称不关心韦驮计划的僧人们，此刻也被这幅景象迷住了。

连续几个日夜，所有设计院职员埋头商讨如何拼接纸菩萨。连僧人也破例参与其中，日常的佛事活动因此暂停了。从前那些空虚乏味的日子被热情填满，旺盛的生命力溢出沙门寺，汇入悬崖下的大江大河，浸没大地丛林。讨论声喊喊喳喳，不断膨胀，充斥沙门寺的黑暗空间。设计院职员的神情更加焦灼了，他们是否怀着矛盾痛苦的心情参与工作呢？一旦完成搭建，他们的价值就到此为止了。他们花了漫长的时间，喋喋不休地讨论，表面是在为搭建形式争持不下，其实是为了把开工日期无限延迟吧！

回到沙门寺后，我们三人陷入昏睡，白日梦纷乱交杂，不断醒来，望着闪烁的烛火，被催眠似的又累得躺下去。我总觉得自己睡在棺木里。沙门寺是一副天然巨大的棺木，或者，整个世界就是人类的棺木。自从那天穿着寿衣从棺木里爬出来后，我就难以摆脱这种错觉。

我们从昏睡中清醒后，寺院里的讨论声依然交杂如织，从墙壁的每道缝隙渗出来。我闷头闷脑地在庭院里散步，试图清醒过来，后来去设计院找禹，却也没找到他。在回来的路上遇见了那个老女人，我问她有关禹的行踪。老女人先是对我一番赞扬，赞扬我对于信仰的坚守，然后才告诉我，因为搭建工程启动在即，禹认为老板必须在场见证这一历史时刻，前几天回帝国旅店去要带他过来。若禹此前所言当真，那么K.T.可能还活在世上。常言超越时间之影的生命绝不会轻易死亡，蜕了一层皮后的K.T.到底会以什么全新形态出现在众人面前呢？我不知道该如何面对他。我们之间的关系早已超越简单的血缘。我们都是被欺诈者，在操纵者的控制中，浑然不知地生活，还自以为拥有强烈的自我意识。扯线木偶一旦脱离操纵者的线，能靠自己站起来吗？

妈妈四处寻找猿猴的下落。但猿猴踪影全无。她明明处于事件旋涡的中央，却因为记忆残缺，流落至幻影的边缘，生活在抽象的痛苦里。她这种充实的、可持续生长的痛苦，回避了真相带来的杀身之祸。若没有这份痛苦，我们也许早就踏入人生正轨。但我们能因此得到幸福吗？迷人荒诞的幸福转瞬即逝。

苏武对事物日益淡漠，什么都不关心。他整天追问我关于未来的去向，帝国旅店和沙门寺都不是适宜久留之地，而他的家现在剩下两个空虚的女人。他一再想起夜游者的废墟，怀念在海边牧羊的艰苦卓绝的生活，似有意重回旧地。思考间隙，他在大雄宝殿徘徊，一盏盏地吹熄蜡烛，又一盏盏地把它们点亮。

我一心一意地等待那天到来。

韦驮菩萨预备搭建的那天，一群人爬上山来到沙门寺。他们是来自栖息地的艺术家们，我在人群中寻找禹和K.T.的身影，但一无所获。他们立刻被纸做的韦驮菩萨迷住了，没有对它缺乏实用性和耐用性提出指责，反而沉浸在一种脆弱之美中，由衷地认为，韦驮菩萨竖起后能起到一锤定音的效果，向世人宣示他们的艺术信念：强烈而又稍纵即逝的美。寺内没有足够的僧寮供那么多人落脚，于是他们在大殿和走廊里席地而坐。有些人还找到了住持苦修的地道入口，钻进复杂的地道里去探险。

沙门寺再也没有清净的日子，所有僧人都在帮忙把韦驮菩萨的身体部件运上山。这里只有一条临近悬崖的狭窄栈道通往山顶，树木横生，巨大的模型很难在其中穿行。人们将挡道的松树砍伐一空，在山上清理出一条宽阔的道路，在这个炽热的日子，四处弥漫着松脂的味道，似乎只要一个小火花，就能将空气引燃。他们在部件身上安装许多排环扣，每个环扣引出一根绳子，把部件垂吊在栈道外的悬崖，数十人手执绳子沿着栈道行走，走得心惊胆战。

密密麻麻的绳子，紧张挪动的腿脚，杂乱急促的呼吸……好比一大群蚂蚁往巢穴运送食物。夜晚，原本只点蜡烛的沙门寺灯火辉煌，全部电力用来供应外面那些高功率的巨大照明灯。须弥山在虚假的白昼中熠熠生辉，再无黑夜。妈妈一时泪流满面，能目睹韦驮菩萨逐步建起，仿佛整个晦暗污秽的人生瞬间被虔诚光辉所照耀，洗涤干净。人们按顺序把部件铺在地面，开始用铆钉、螺母、螺丝拼接，制作关节。那柄由纸板做成的金刚杵，几乎横亘整个山头，反射出金光幻象。他们计划用坚固的缆绳，将韦驮菩萨的脚与松树固定在一起，稳住腿部位置后，用另一根绳子捆住韦驮菩萨的脖子，在远处合力将其拉起。

众人即将把韦驮菩萨立起来的那天，艳阳高照，气温奇高。在他们狂热地专注于拉起纸菩萨期间，我开始收集落满地表的松针，铺在纸菩萨脚下，松针柔软，充满松脂清香。只要点一把火，火很快就能从地面向上蔓延，吞噬整个纸菩萨。山下树林中，有人影走动。是市剧院的人，他们要看我如何摧毁这尊佛像，迎来它最后的毁灭。

好戏即将落幕！我所有奇异、痛苦、甜蜜的往事，都将在这里结束。

韦驮菩萨竖起来时，从远处眺望，大家才真正注意到菩萨的异常之处。经过多次的拉扯、挤压和碰撞，韦驮菩萨变成歪瓜裂枣：金刚杵断裂，头颅凹陷，肢体蜷曲，如同痉挛，山风稍稍吹拂，它马上剧烈摇晃。但以上并不是真正的异常之处——菩萨的面容，跟以往见过的菩萨不一样。

不错，菩萨那张脸，正是我自己的脸！

在工厂投入制作前，我偷偷告诉工人，要求他们以我的脸为模板制作菩萨的脸。

来自栖息地的艺术家，很快忽略了这个异常之处，陷入极度兴奋的癫狂，生命要在这场怪异的歇斯底里中彻底耗尽似的，相互撕扯，舞蹈，高呼，哭泣……肉体的疼痛也无法满足宣泄，最好让每个细胞都湮灭成宇宙的原子粉尘，才能结束这场狂乱。妈妈要我跪下来，磕头祭拜。我们创造了这尊畸形、拼贴、毫无价值的大块头，到头来又要从心灵深处信仰它。我没有拒绝，跪下来磕头。因为矗立在我面前的，不是菩萨，而是我自己的雕像。我信仰的只有我自己。只有熟知菩萨的僧人们面面相觑，但最终无暇顾及，在喧闹中纷纷肃穆地站在一起。

一个僧人跑出寺外，高声宣布住持圆寂的消息。这声庄严悲戚的宣告立即被喧闹声淹没。一声长长的猿啼，穿越群山。依稀之中，我看见那头受伤的山魈，踉踉跄跄地跑进沙门寺，消失在院门内的黑暗中，也许钻进了地道，与死去的主人一起在幽深的洞穴底部，同归寂灭。

“我再现了建造金字塔的奇迹！”

是K.T.的声音！声音萦绕我耳边，但不见人影。他的灵魂也许融入空气中，融入了世间万物。当这尊纸菩萨竖起来的那一刻，我就已不再苦苦寻找他了。

一种奇特的变化，在我心里悄然发生。随着风往纸菩萨体内灌注，使其逐渐变得浑圆，几乎恢复原状时，我看到一个顶天立地的自己，以菩萨之身矗立在须弥山巅，我突然打消了毁灭它的念头！我甚至满怀爱和怜悯，仰望自己的雕像，它处处昭示着脆弱之美。即使不出几日就会在狂风暴雨中崩塌，即使是人工的产物，它仍以肃穆的形体姿态，在这个世界掷地有声地存在过！

我嘱托苏武带妈妈回家。妈妈没问我要去哪里，而是说：

“圣西，西天取经的九九八十一难，你还没经历完吧？别担心，在这一路上，韦驮菩萨都会在山顶上，替我看着你，保佑你。”

我们三人沿着铁路走。直到开往“夜游者的废墟”的火车驶来，我才向他们告别。张先生曾向我描述过那里的自由、贫穷和篝火。我想他应该还游荡在那里的某个坐标。我很期待在未来遇见他，并向他解释我这短暂的一生。

Ⅳ 回到前夜

我叫孙圣西。我要向你们解释我一生的故事。

二十

市剧院。一场盛大演出的前夜。

历经三年时间，K.T.完成题为《暗子》的虚构回忆录。他时而感觉自己是“K.T.”，时而是“孙圣西”。他原本计划在结尾处安排孙圣西摧毁韦驮菩萨的雕像，但在最后一刻，他改变了主意。他觉得自己诞生于这世上，不是为了毁灭，而是为建立新的平衡。这样的结尾令他很满意。K.T.托人把这份厚厚的手稿交给负责报告工作的职员，然后心满意足地睡过去，等待翌日汇报开始。他频繁梦见一个世外桃源，梦见栖息其中的猿猴于一夜之间进化成人类，遍布大地。

春聿关上市剧院的图书馆大门。在路上，有人递给他一份手稿。拿到手稿后，他连夜阅读完毕，发现自己以一个同名角色出现其中，另外，不少市剧院职员也被写了进去。但他对文中的“春聿”感到陌生，猜想K.T.所写的这个角色是根据上一任图书馆管理员来编造的。而他才接任不久呢。每个图书管理员都叫“春聿”。这是市剧院的规定，每个担任特定职位的职员都有其特定名称和个性，这样才能以最好的品质服务于专属的领域。春聿接任图书馆管理员一职时，K.T.的书写已接近尾声。

前任管理员向春聿回忆K.T.的往事，称他被发现时还是个婴儿，全身赤裸，沾满尘埃，躺在图书馆一间编号为K.T.的杂物间里。杂物间的锁已生锈多年，也没有打开过的痕迹，若不是听到哭声，谁也不会发现里面有一个婴儿。人们猜测是图书馆孕育了它自己的孩子，否则无法解释K.T.的出现以及他阅读理解的天赋。

童年期间，K.T.便已将图书馆的书册读完。随着知识的增加，他对于自己从封闭空间孕育出来的往事也越加着迷，越怀疑自己是否是一个真实的人类。奉艺术为最高荣誉的市剧院，从来不会放弃任何艺术契机，更何况是一个奇异的生命，于是封锁消息，将他留在剧院内部，多年来由职员抚养。市剧院无法按既有的规定，为这个凭空诞生的生命确定一个身份，也没有可供参考的先例。

某日，前任图书馆管理员提议，这项自我身份确立的工作，应该由K.T.自己完成，他必须为自己创造一段起源故事，带着这份起源故事，走入外面的世界，或者留在市剧院内部。从那天开始，K.T.的虚构回忆录的书写，便成为市剧院成立以来耗时最长的人生剧本创作工作。

春聿整理好手稿，放进抽屉。天亮前他还有时间休息一下。入睡之前，他为前任图书馆管理员无法活着见证K.T.的这一天而感到遗憾。那位受尊敬的前任图书馆管理员，由于患有严重的心脏病，在卸任不久后逝世。但春聿相信，他的灵魂会在明天而回到此地，完成他生前未竟的事业。明天，全市观众也会买票进场，一同见证K.T.的表演。这场盛大的表演将会持续三天三夜！

那夜，春聿和K.T.都梦到了第二天的情景——

一个男人由于日夜奋笔疾书，形销骨立。但他的脸却因为心灵的狂热骚动，显得无比红润。他站在舞台上，铿锵有力地向在场观众念出第一句台词：

“我叫孙圣西。我要向你们解释我一生的故事。”

第一稿 2019.6.9

第二稿 2021.7.9